Entspannung

Die Deutsche Nationalbibliothek – CIP-Einheitsaufnahme.
Die Deutsche Nationalbibliothek verzeichnet dieses Buch
in der Deutschen Nationalbibliografie;
detaillierte bibliografische Daten sind im Internet über
http://dnb.d-nb.de abrufbar.

Erste Auflage Hardcover 2013
Erste Auflage Softcover 2016
© Größenwahn Verlag Frankfurt am Main
www.groessenwahn-verlag.de
Alle Rechte vorbehalten.
ISBN: 978-3-95771-088-8
eISBN: 978-3-942223-38-6

Antonia Pauly

Entspannung

Kommissarin Mylona
und die Gefahren des Yoga

IMPRESSUM

Entspannung

Autorin
Antonia Pauly

Seitengestaltung
Größenwahn Verlag Frankfurt am Main

Schriften
Constantia und *Lucida Calligraphy*

Covergestaltung
Marti O'Sigma

Coverbild
Marti O'Sigma: ›Hagía Ble Sofía‹

Lektorat
August-Paul Sonnenmann

Druck und Bindung
Print Group Sp. z. o. o. Szczecin (Stettin)

Größenwahn Verlag Frankfurt am Main
Februar 2016

ISBN: 978-3-95771-088-8
eISBN: 978-3-942223-38-6

Handlung und alle agierenden Personen sind frei erfunden.
Jede Ähnlichkeit mit reellen Personen ist rein zufällig.

Für Nikos,
der mich Zakynthos lieben gelehrt hat.

»Wenn aber die Begierde vernunftlos hinzieht zur Lust und in uns herrscht, wird diese Herrschaft Frevel genannt.«
Platon, Phaidros 238a

MITTWOCH, 12. MAI

»Komm, setz dich!« Der alte Vassilis deutet auf die Holzbank, die fast die ganze Länge der einen Wand in seiner Küche einnimmt. »Möchtest du ein Glas Wein?«

»Ja, gerne«, stimmt Eleni zu. »Und ein Glas Wasser, bitte. Es ist schon ganz schön warm für Mai.«

Vassilis stellt ein größeres Glas und eine Plastikflasche Wasser vor sie hin und ergreift dann zwei kleinere Gläser, die er aus einem Weinfass, das in einer Ecke des Raumes steht und nie zu versiegen scheint, füllt.

Eleni nimmt am oberen Ende der Bank Platz, der Sitzgelegenheit, die, seit sie bei dem alten Schreiner zur Miete wohnt, zu einer Art Stammplatz für sie geworden ist. Vassilis setzt sich wie üblich auf einen einfachen Stuhl mit geflochtener Sitzfläche am Kopfende des Tisches. Er stellt die gefüllten Weingläser ab, steht dann aber gleich noch einmal auf und verteilt Oliven, Sardellen und ein Stück Feta auf kleine Tellerchen.

Eleni Mylona lehnt sich zurück und krault mit der linken Hand den struppigen, grauen Nacken von Vassilis' Hund, der, wann immer sie auftaucht, sogleich ihre Nähe sucht.

»Wie alt ist Herakles eigentlich?«, fragt sie ihren Vermieter.

»Wenn seine natürliche Fellfarbe nicht sowieso grau wäre, dann würde er mittlerweile sicherlich ergrauen.« Vassilis lächelt milde. »Er ist jetzt fast zehn Jahre bei mir und war etwa ein halbes Jahr alt, als er hier auftauchte.«

»Das ist für einen so großen Hund schon ein stolzes Alter, oder?« Der dicke Kopf des Tieres schmiegt sich an Elenis Bein.

»Kann man wohl sagen«, bestätigt Vassilis und wirft Herakles einen zärtlichen Blick aus seinen klaren, blauen Augen zu. Sie wirken in dem ganzjährig gebräunten und wettergegerbten Gesicht des Alten auffällig hell. Auch sein schlohweißes Haar mit den lang getragenen Koteletten bildet einen aparten Kontrast zu seiner dunklen Hautfarbe.

Das Verhältnis, das der alte Mann zu seinem Hund hat, war Eleni von Anfang an aufgefallen und hat ihn ihr noch sympathischer gemacht. Tierliebe wird in Griechenland nicht gerade großgeschrieben und Menschen, die einen Hund nicht nur an der Kette halten und mit dürftigen Essensresten versorgen, bilden die Ausnahme. Eleni, die zwischen Griechenland und Deutschland aufgewachsen ist, hat sich mit der Art der griechischen Tierhaltung schon immer schwer getan und ist froh, in Vassilis eine der seltenen Ausnahmen von der Regel zu sehen.

»Als ich gestern mit Alekos telefoniert habe, hat er mir etwas Schreckliches über Hunde in amerikanischen Tierheimen erzählt, was ihm zu Ohren gekommen ist«, berichtet Eleni.

»Ja, richtig, dein Sohn ist ja zurzeit in New York! Wie geht es ihm?«, erkundigt sich der Alte.

»Gut geht es ihm. Er macht wohl in jeder Hinsicht recht intensive Erfahrungen.« Eleni krault Herakles' dichtes Nackenfell, wobei dieser genießerisch die Augen schließt. »Was ich sagen wollte: Alekos hat gehört, dass in den Staaten alle Hunde – unabhängig von Alter, Rasse und Gesundheitszustand – nach exakt einer Woche Aufenthalt in einem Tierheim eingeschläfert werden.«

Vassilis lässt ein missbilligendes »Ts« vernehmen, während er die Teller mit den Appetithäppchen am oberen Ende des Tisches platziert, noch ein paar Scheiben dunkles Brot dazulegt und seine hagere, sehnige Gestalt dann auf den Stuhl sinken lässt.

Die Gespräche bei einem Glas Wein sind den beiden schon lange zu einem Ritual geworden. Kommissarin Eleni Mylona ist nach wie vor überglücklich, dass sie damals, als sie vor knapp zweieinhalb Jahren die Stelle auf Zakynthos angenommen hatte, ausgerechnet die Wohnung im Dachgeschoss des Schreinerhauses fand, welche der alte Mann ursprünglich für seine Tochter hergerichtet hatte, die jedoch seit vielen Jahren im Ausland lebt und nur selten von sich hören lässt. Von ihrer Bleibe aus ist Eleni in nur wenigen Autominuten in der Stadt, hat aber dennoch die Ruhe, nach der es ihr verlangte, als sie den Dienst bei der Kölner Polizei quittiert hatte. Außerdem bietet ihre Wohnung einen phänomenalen Ausblick aufs Meer. Die Annehmlichkeiten der Wohnsituation gesellen sich zu der sympathischen Person des Vermieters. An Vassilis schätzt Eleni nicht nur die liebenswerte Gesellschaft, sondern sie profitiert bei den Plaudereien mit ihm auch immer wieder von seinen unglaublichen Kenntnissen der antiken Mythologie.

»Ich überlege gerade«, meint Eleni kauend, während sie sich eine Olive in den Mund steckt und mit der anderen Hand weiter Herakles' breiten Kopf tätschelt, »wie die mythologische Gestalt heißt, die in einen Hund verwandelt wird. Ich glaube ...«, sie spuckt den Olivenkern in ihre Hand und legt ihn auf dem dafür vorgesehenen Tellerchen ab, »es war eine Frau aus der Ilias«.

Vassilis nickt und will schon mit einer Erklärung ansetzen, doch Eleni hebt die Hand und bittet: »Warte! Mir fällt der Name gleich ein.« Ihr Wissen auf diesem Gebiet ist zwar im Vergleich zu dem des Alten eher als rudimentär zu bezeichnen und stammt überwiegend noch aus Schulzeiten, aber sie ist jedes Mal stolz, wenn sie etwas beitragen kann.

»Ich hab's!«, ruft sie begeistert aus. »Hekate!« Eleni klatscht in die Hände. »Stimmt's?«

»Fast«, bescheinigt Vassilis ihr nickend.

»Wieso nur fast?« Enttäuschung breitet sich auf den Gesichtszügen der Kommissarin aus.

»Du verwechselst Hekate mit Hekabe. Das passiert allerdings vielen«, beruhigt er sie.

»Das klingt aber auch verdammt ähnlich! Und welche hat nun etwas mit einem Hund zu tun?«, hakt Eleni nochmals nach.

»Beide«, schmunzelt Vassilis. »Die Gestalt aus der Ilias, die du meinst, heißt Hekabe, mit ›b‹. Sie war die Gattin des Königs Priamos von Troja und somit die Mutter von Hektor, Paris, Polydoros, Kassandra und noch einigen mehr. Ihr war ein wahrlich grausames Schicksal beschieden.« Der Alte hält inne und kaut gemächlich eine Sardelle, die er mit einem Schluck Wein hinunterspült. »Hekabe musste bei der Zerstörung Trojas den Tod ihres

Gemahls und all ihrer Kinder mit ansehen. Selbst wurde sie als Sklavin dem Odysseus zugesprochen.«

»Und dann wurde sie in einen Hund verwandelt«, versucht Eleni die Geschichte zu Ende zu bringen.

»Nicht so schnell. Da gibt es, wie so oft, unterschiedliche Überlieferungen. Manche setzen Hekabes Verwandlung in eine Hündin gleich nach dem Tod des Priamos an. Grund für ihre Metamorphose sind in dieser Version ihre andauernden Schmähungen gegen die Griechen. Hast du hierzu irgendeine Assoziation?« Vassilis schaut Eleni über die Tischkante hinweg fragend an. »Zu Hund und Schmähungen, meine ich«, konkretisiert der Alte, der wieder einmal mehr einem Philosophen als einem Handwerker gleicht.

Die Kommissarin muss nur kurz nachdenken. »Die Kyniker? Möchtest du das hören?«

»Ausgezeichnet«, lobt Vassilis und holt dann aus: »Die Kyniker, deren Name sich vom altgriechischen Wort für ›Hund‹ ableitet, eine philosophische Richtung, die gedanklich an Sokrates anknüpfte, hatten eine Haupttugend: die Bedürfnislosigkeit.«

»Wie die Hunde eben«, wirft Eleni ein.

»Bedürfnislos wie Hunde, ja. Den Kynikern ging es mit der Bedürfnislosigkeit vor allem um die Sicherung ihrer Unabhängigkeit. Sie lehnten Staat und Familie ebenso ab wie Güter, Wissenschaft und Kultur. Dass sie mit dieser extremen Lebenseinstellung massiv aneckten, versteht sich von selbst. So kam es zu der negativen Ausprägung der Begriffe ›Zynismus‹ und ›zynisch‹. Aber zurück zu Hekabe.«

Der Alte greift nach seiner Pfeife, die auf einem Wandbord liegt, und hält ein Streichholz an den noch im Kopf befindlichen Tabak. Bedächtig schmaucht er die Pfeife an und fährt in seiner ruhigen Art fort: »Hekabe stürzt sich in der berichteten Version nach ihrer Verwandlung ins Meer. In anderen Schriftquellen übt sie noch Rache, bevor sie die Gestalt einer Hündin annimmt. Sie blendet Polymestor, den Mörder ihres jüngsten Sohnes Polydoros. Bei Euripides beispielsweise ist Hekabe diese rachsüchtige Furie.

Aber auch in seiner Tragödie wird Hekabe zuletzt in eine Hündin verwandelt.«

Dicke Qualmwolken steigen aus Vassilis' Pfeife, als er einige genüssliche Züge nimmt.

»Das ist also Hekabe mit ›b‹«, stellt Eleni befriedigt fest. »Und wer ist nun Hekate, mit ›t‹, wie ich die Figur, die ich meinte, fälschlich genannt habe?«

»Hekate«, gibt Vassilis bereitwillig Auskunft, »war eine Titanen-tochter, entstammt also dem Vorgängergeschlecht der olympischen Götter und ist somit selbst eine Göttin.«

»Und was hat sie mit Hunden zu tun?«

»Sie wurde als Göttin des Zaubers und der Geister verehrt und streifte nächtens mit Hunden umher. Eine etwas unheimliche Gestalt. Sie war aber auch eine hilfreiche Göttin, die vor allem den Fischern, Jägern und Hirten beistand. Mancherorts hatte sie außerdem einen Kult als Mondgöttin.«

Vassilis erhebt sich und ergreift mit einem fragenden Blick auf Elenis leeres Weinglas die Trinkgefäße, um sie am Fass wieder aufzufüllen. Beide spüren die Nähe, die zwischen ihnen herrscht und eine Verständigung ohne Worte möglich macht. Für Eleni ist der alte Schreiner eine Art Ersatz für ihren verstorbenen Vater geworden, und umgekehrt findet Vassilis in der warmen Beziehung zu seiner Mieterin Trost über den Verlust seiner einzigen Tochter, die vor etlichen Jahren ins Ausland geheiratet und den Kontakt zu ihrem Vater auf Zakynthos nahezu komplett abgebrochen hat. Eine Weile sitzen sie schweigend beisammen. Vassilis genießt seine Pfeife, Eleni krault Herakles weiter und bewundert im Stillen wieder einmal das umfassende Wissen, welches ihr Vermieter zur antiken Mythologie gespeichert hat. Vor einiger Zeit hat sie ihn einmal darauf angesprochen, wie er zu diesem schier unerschöpflichen Fundus an Geschichten gekommen ist und er hat ihr gestanden, dass er sich, sobald er lesen konnte, von den Sagen des Altertums angezogen fühlte und sein Leben lang nie aufgehört hat, sich dafür zu interessieren. So hätte sich eben in fast siebzig Jahrzehnten einiges angesammelt.

»Was gibt es bei dir Neues«, unterbricht Vassilis die Stille und schaut seinem Gegenüber interessiert in die Augen. »Hoffentlich kein weiterer Selbstmord?«

Eleni schreckt aus ihren Gedanken hoch. »Was? Nein, glücklicherweise nicht«, antwortet sie, langsam in die Realität zurückfindend. »Die beiden, die wir dieses Jahr schon hatten, reichen mir völlig. Der eine, der sich in den Mund geschossen hat, war ein ziemlich unschöner Anblick.« Die Kommissarin spült das Bild, das sich in ihrer Erinnerung aufzubauen beginnt, rasch mit einem Schluck Wein hinunter. »Der andere hat sich erhängt. Da war zumindest der Fundort nicht gar so abscheulich. Beide wegen finanzieller Probleme. Aber das habe ich dir bestimmt schon erzählt.«

»Ja, hast du« nickt Vassilis. »Diese Krise bricht im wahrsten Sinne des Wortes so manch einem das Genick.« Nachdenklich reibt er sich das Kinn. »War nicht einer noch ganz jung?«

»Ja, zweiunddreißig.«

In beiden Fällen konnten die Selbstmörder ihre Kredite nicht mehr bedienen und sahen keinen anderen Ausweg mehr. Nicht nur auf der Insel Zakynthos, sondern in ganz Griechenland ist die Quote der Menschen, die ihrem Leben mit eigener Hand ein Ende bereiten, in der letzten Zeit sprunghaft angestiegen. Das weiß die Kommissarin aus den vergleichenden Statistiken, die regelmäßig in ihrer Dienststelle eingehen.

»Gerade die junge Generation«, meint Vassilis nach einer Weile, »kennt, so fürchte ich, das rechte Maß nicht mehr. Alle leben über ihre Verhältnisse, leihen sich von den Banken Geld für Autos, Häuser, Hochzeiten, Einbauküchen oder Reisen und machen sich keinerlei Gedanken darüber, wie sie ihre Schulden wieder begleichen können.«

»Genau«, stimmt Eleni zu. »Halb Griechenland lebt auf Pump! Und jetzt sind die Finanziers selbst in die Bredouille geraten und verlangen plötzlich, dass die Kunden ihre Kredite, Raten und Zinsen pünktlich zahlen. Das löst natürlich Panik aus. Keine Ahnung, wie oft wir in der nächsten Zukunft noch mit solchen Verzweiflungstaten zu tun haben werden.« Auf ihrer Stirn bilden sich Falten, als sie die Augenbrauen hochzieht und vernehmlich seufzt. »In Athen hat gestern ein Mann erweiterten Selbstmord begangen, das heißt, er hat nicht nur sich mit Gift umgebracht, sondern gleich seine ganze Familie mitgenommen.«

»Schwierige Zeiten, in denen wir da leben.« Der alte Schreiner wiegt bedächtig sein Haupt.

»Ja, die Nerven liegen allerorten blank. Wir werden im Moment viel häufiger zu Schlägereien gerufen als sonst. Es liegt so eine allgemein gereizte Stimmung in der Luft. Gott sei Dank haben wir zurzeit wenigstens keine schweren Gewalttaten zu bearbeiten«, stellt Eleni, die aus diesem Grund ihre Stelle bei der Kölner Polizei gegen den ruhigeren Posten auf der griechischen Insel getauscht hat, fest. »Ansonsten beschäftigen uns zurzeit vor allem Eigentumsdelikte. Vorgestern hatten wir zum Beispiel einen Diebstahl unten in Vassiliko. Einem Österreicher, der dort eine Yogaschule betreibt, wurde das Notebook gestohlen. Eigentlich keine große Sache, aber wenn es um Ausländer geht, müssen wir immer unsere Glacéhandschuhe überziehen.« Eleni greift nach einem Stück Brot und kaut gedankenverloren darauf herum.

»Eine Yogaschule? So etwas gibt es hier auf Zakynthos?«, wundert sich der Alte.

»Ja, so ein Saisonbetrieb. Da werden in den Sommermonaten Entspannungsferien mit Yoga, Meditation, Tai-Chi und so weiter angeboten. Die Besucher dieser Kurse kommen, soweit ich das bei unserem kurzen Besuch dort abschätzen konnte, ausschließlich aus Österreich und Deutschland. *Haus Sonnengruß* nennt sich diese Yogastätte übrigens.«

»Na, dann sollen die mal schön die Sonne grüßen«, lächelt Vassilis.

»Wie gesagt, nichts Dramatisches, aber wir müssen trotzdem dranbleiben. Anweisung von oben. Der Herr Polizeipräfekt hat mich eigens angerufen und um zügige Aufklärung des Diebstahls gebeten.« Der Alte, der sich wundert, dass der hohe Beamte aus Patras einem Diebstahl so viel Aufmerksamkeit schenkt, blickt erstaunt auf. »Er hat wohl Angst«, fügt Eleni erklärend hinzu, »dass uns sonst auch noch die letzten deutschen und österreichischen Touristen wegbleiben. In den vergangenen beiden Jahren waren es schon spürbar weniger.«

»Das habe selbst ich hier in meinem eigenbrötlerischen Dasein mitbekommen«, bestätigt Vassilis. »Und auch für dieses Jahr sind bisher nur sehr spärliche Buchungen eingegangen, wie ich neulich von einer Nachbarin, die Zimmer vermietet, erfahren habe.«

»Es ist aber irgendwie auch verständlich«, gibt Eleni zu bedenken. »Wer möchte ausgerechnet in den schönsten Tagen des Jahres, dem kostbaren Urlaub, in unsere andauernden Streiks hineingeraten und für einen Kaffee mehr bezahlen als zu Hause?« Ein Achselzucken begleitet ihre Worte. »Wenn man als Tourist damit rechnen muss, ganze Urlaubstage damit zuzubringen auf eine Fähre zu warten oder gar in irgendwelche in Gewalt ausufernden Demonstrationen hineingezogen zu werden, dann verzichtet man doch lieber auf Griechenland und bucht seine Ferien woanders, wo es ruhiger, sicherer und billiger ist.«

Eleni Mylona zeigt Verständnis für die Haltung der Touristen, denn sie hat die deutsche Mentalität in den vielen Jahren, die sie in Deutschland zunächst als Kind mit Vater, Mutter und ihrer älteren Schwester Zoi verbracht hat und später während einem weiteren langjährigen Aufenthalt in Köln, gründlich kennen gelernt.

»Hinzu kommt«, meint sie und eine Sorgenfalte bildet sich auf ihrer Stirn, »dass gerade die Deutschen befürchten müssen, nicht mehr viel von der legendären griechischen Gastfreundschaft abzubekommen.« Mit dem angefeuchteten Zeigefinger sammelt Eleni ein paar Brotkrümel von der Tischplatte. »Es hat sich inzwischen wohl herumgesprochen, dass sie bei uns Griechen wegen dieser Horrorkredite momentan nicht allzu beliebt sind. Sie sind nun einmal die größten Geldgeber für die Griechenlandhilfe und diktieren damit den brutal harten Sparkurs, der jeden von uns trifft.«

»Menschen mit viel Geld, die uns durch dieses in der Hand haben und Druck ausüben können, mochten wir Griechen noch nie besonders leiden.« Vassilis unterstreicht seine Äußerung durch eine beredte Geste. »So, wie sich die Banken momentan unbeliebt machen, weil sie das Geld, das sie verliehen haben, von den Leuten zurückfordern, so geht die allgemeine Tendenz wohl auch dahin, die Deutschen schon mal prophylaktisch dafür zu hassen, dass auch sie irgendwann ihr Geld wiedersehen wollen.«

Der alte Mann erhebt sich, fordert Herakles mit einem Zuruf auf, es ihm gleichzutun, und öffnet die Küchentür, um den Hund in den Hof hinauszulassen. In der Tür stehend fällt ihm noch etwas zu dem Thema ein: »Bei der älteren Generation kommen außerdem die Antipathien aus den Zeiten des Zweiten Weltkrieges wieder hoch«, sagt er über die Schulter hinweg.

Eleni schüttelt gequält den Kopf. »Leicht ist dieser Konflikt für mich nicht«, sagt sie, »da ich mich ja mit beiden Nationen eng verbunden fühle.«

Sie steht ebenfalls auf und räumt mit flinken Handgriffen das Geschirr in die Spüle.

Vassilis dreht sich um und ist bemüht seinem Gast zu helfen: »Ganz wirst du diese innere Zerrissenheit wohl nie loswerden. Aber du bist Griechin und durch deine Entscheidung, wieder hier zu leben, hast du dich nochmals bewusst dafür entschieden, eine von uns zu sein.« Mit warmer Sympathie betrachtet er die sportliche Gestalt der Kommissarin, die zwischen Tisch und Spüle hin und her läuft.

»Aber ich habe nun mal die Hälfte meines Lebens in Deutschland verbracht. Das prägt einen und zwingt mich dazu, immer beiden Seiten gerecht zu werden.«

»Ich weiß, meine Liebe, ich weiß«, stimmt er ihr mitfühlend zu.

Eleni legt den feuchten Lappen, mit dem sie noch rasch den Tisch abgewischt hat, wieder auf den Rand der Spüle und wischt sich die Hände an ihrer Jeans ab.

»Es ist spät geworden. Ich gehe nach oben. Gute Nacht, Vassilis.«

»Gute Nacht, mein Kind.«

In ihrem gemütlichen Apartment unter dem Dach räumt die Kommissarin nur noch kurz das Nötigste auf und geht dann mit einem guten Buch zu Bett. Die Angewohnheit, vor dem Einschlafen eine Weile zu lesen, hat sie von Kindesbeinen an. Manchmal schafft sie nur ein paar Seiten, andere Male vertieft sie sich stundenlang in ihre Lektüre. Die Dauer des Lesevergnügens ist nicht nur von ihrem Müdigkeitsgrad abhängig, sondern auch von dem gerade in Angriff genommenen Buch. Der Roman, den sie momentan liest, ist ganz klar einer von denen, die einen komplett abtauchen lassen, jegliche Müdigkeit wegblasen und das Zeitgefühl auslöschen: *Insel der Vergessenen* von Viktoria Hislop schildert eindrücklich das Schicksal der Insel Spinalonga, Griechenlands Leprakolonie bis 1957, und der Menschen, die dorthin kamen. Den Lektüretipp verdankt Eleni einem charmanten Franzosen namens Luc, mit dem sie in einem der vergangenen Sommer eine kurze Affäre hatte. Obwohl beide reichlich Gefühle in diese Beziehung investiert hatten, war letztendlich doch keine feste Partnerschaft daraus geworden. Doch sie waren nach wie vor miteinander befreundet und trafen sich, wenn er im Sommer auf Zakynthos weilte, regelmäßig.

DONNERSTAG, 13. MAI

Kommissarin Mylona hat das Tor zum Hof von Vassilis' Grundstück geöffnet und will gerade in ihren roten Golf einsteigen, als ihr Handy Laut gibt. Auf dem Display macht sie ihren jüngeren Inspektor, Nionio Spirakis, als Anrufer aus und meldet sich mit einem saloppen: »Was gibt's?«

Sie lauscht kurz und hat es dann auf einmal sehr eilig. »Vassilis, kannst du bitte das Tor hinter mir schließen?«, ruft sie dem alten Schreiner über die Schulter zu, während sie in ihren Wagen springt. »Wir haben eine Tote!«

Vassilis winkt ihr seine Zustimmung zu und Eleni setzt rückwärts aus der Ausfahrt und braust mit leicht überhöhter Geschwindigkeit in Richtung Stadt.

Vor dem an der Hafenpromenade gelegenen Kommissariat warten ihre beiden Inspektoren bereits in einem Streifenwagen. Eleni steigt um, begrüßt ihre Mitarbeiter knapp und erkundigt sich sogleich: »Wo geht es hin? Was wissen wir schon?«

Da Spirakis am Steuer sitzt und sich in waghalsigen Manövern durch den Stadtverkehr schlängelt, übernimmt Nionio Gamiras die Antwort. »Eine tote Frau mittleren Alters – Ausländerin – augenscheinlich gewaltsam zu Tode gekommen«, fasst er in dem für ihn typischen Telegrammstil zusammen.

»Was heißt ›augenscheinlich gewaltsam?‹ Ist schon ein Kollege vor Ort oder woher wollen Sie das wissen?«

»Habe den Notruf selbst entgegengenommen – Anrufer war ein Mann, der Englisch sprach und was von ›murder‹ faselte.«

Inspektor Gamiras zieht seinen unvermeidlichen Notizblock aus der Tasche seines wie immer tadellos gebügelten Oberhemdes, wirft einen raschen Blick darauf und fährt fort: »Der Anrufer heißt Walter Stein – Seine Adresse ...«

»Was?«, rufen die Kommissarin und der jüngere Inspektor wie aus einem Munde und Eleni vergewissert sich: »Walter Stein ist der Name des Mannes, der die Tote gemeldet hat?«

»Ja«, nuschelt Gamiras verdattert und beobachtet, wie die beiden vorne Sitzenden einen verständnisinnigen Blick austauschen. »Könnte mich vielleicht mal jemand aufklären?«, fordert er verärgert.

»Natürlich.« Eleni wendet sich zur Rückbank. »Walter Stein ist der Inhaber dieser Yogaschule, in der Spirakis und ich am Montag wegen eines Diebstahls waren.«

»Dieser Laptop, oder was?«, hakt der ältere Inspektor nach.

»Genau«, bestätigt Eleni und sucht Halt, als Spirakis den Streifenwagen nun in rasantem Tempo durch die Kurven nach Vassiliko jagt.

»Dann ist die Adresse ja bekannt«, konstatiert Gamiras leicht beleidigt, klappt seinen Notizblock zu und verstaut ihn sorgfältig an seinem Platz. Er verschränkt die Arme über seinem sich mit den Jahren immer weiter vorwölbenden Bauch und lehnt sich zurück.

»Sind die anderen informiert?«, möchte die Kommissarin noch wissen.

Gamiras schweigt – anscheinend stört es ihn, dass seine beiden Kollegen den Fundort der Leiche schon kennen – doch der jüngere Inspektor informiert seine Vorgesetzte ausführlich: »Dr. Xenakis müsste auf jeden Fall schon vor Ort sein. Als ich ihn auf seinem Handy erreicht habe, war er gerade zufällig in Vassiliko bei einem Kranken. Und Tassoula, unsere eifrige Kollegin von der Spurensicherung, meinte, sie würde nur rasch ihr Zeug packen und dann sofort losfahren.«

»Allein?«, erkundigt sich Eleni. »Was ist mit Mathew?«

»Well, der ›König der Spuren‹ hat wohl ein paar Tage Urlaub.« Lässig tritt Spirakis mit seinem Westernstiefel das Gaspedal auf einer kurzen Geraden voll durch. Das ungewöhnliche Schuhwerk, welches er witterungsunabhängig das ganze Jahr über trägt, gehört ebenso zu seiner Persönlichkeit wie die Anglizismen, die er gerne beim Sprechen verwendet. Beides ist auf seine Vorliebe für amerikanische Kino- und Fernsehfilme zurückzuführen.

Vassiliko wird der gesamte südöstliche Zipfel der Insel genannt, eine hügelige Landzunge, die um diese Jahreszeit an das von Homer beschriebene »grüne Zakynthos« erinnert. Die eigentliche Ortschaft dieses Namens ist eine Streusiedlung, deren Kern aus nur wenigen Häusern, einer kleinen Kirche, einer Grundschule, ein paar Läden und Tavernen besteht. Kurz bevor sie das Dorf erreichen, lenkt Spirakis den Streifenwagen von der Landstraße aus links in einen Schotterweg. Durch grüne Wiesen windet sich der Weg erst ein Stück aufs Meer zu, um dann eine scharfe Linksbiegung zu machen. Nun geht die Fahrt etwa einen Kilometer lang parallel zur Landstraße zurück. Rechter Hand ist der Schotterweg hier von einer hohen Hecke gesäumt. Noch schmalere Wege mit Hinweisschildern zu Ferienpensionen und Gästezimmern zweigen hier und dort ab.

Spirakis nimmt eine scharfe Rechtskurve, lenkt das Fahrzeug durch einen Olivenhain wieder auf die Küste zu und schließlich durch eine breite Einfahrt auf ein Privatgrundstück. Der Inspektor stellt den Wagen nicht auf der freien, zum Parken vorgesehenen Fläche gleich hinter der Einfahrt ab, sondern fährt noch ein gutes Stück den sauber geharkten Kiesweg entlang bergauf und hält vor einem flachen, gelb gestrichenen Gebäude. Beim Aussteigen werfen die drei einen kurzen Blick von der Anhöhe auf das in Luftlinie nur etwa hundert Meter entfernte Meer und wenden sich dann dem Gebäude zu, über dessen Eingang in leuchtend blauen Buchstaben der deutsche Name des Anwesens steht: *Haus Sonnengruß*.

Eleni und ihre Assistenten betreten das Foyer, in dessen Mitte ein Springbrunnen in unendlichem Reigen sein Wasser in ein ovales Becken plätschern lässt. Außer vier sehr weich scheinenden Sitzpolstern, die sich um ein niedriges Glastischchen gruppieren, enthält der Eingangsbereich des Yogacamps keinerlei Mobiliar. Die Lichtverhältnisse widersprechen dem Namen des Hauses. Falls man ein sonnendurchflutetes Interieur erwartet hat, so wird man enttäuscht, denn der Raum ist bestenfalls in diffuses Dämmerlicht getaucht. Eine Wand wird zur Gänze von einer Schautafel eingenommen, die, wie die Kommissarin bei ihrem ersten Besuch im *Haus Sonnengruß* hat feststellen können, einen mit seltsamen Symbolen gespickten Wochenplan der laufenden Veranstaltungen sowie einige Fotos von den Teilnehmerinnen bei ihrem Entspannungsprogramm zeigt.

»Guten Morgen oder námaste, wie wir hier sagen«, ertönt plötzlich eine angenehm tiefe, ruhige Stimme neben den drei Polizeibeamten.

Walter Stein, der Leiter der Yogaschule, ist völlig geräuschlos aus einer Tür schräg hinter ihnen getreten. Der Boden aus Kork oder Korkimitat schluckt jeden Tritt. Barfuß und mit federnden Schritten kommt der Yogi auf die Ermittler zu.

»Sie schon wieder?«, fragt er verwundert und reicht zuerst Eleni, dann den beiden Inspektoren die Hand. »Ich dachte, sie gehören zur Abteilung ›Einbruch‹ oder ›Raub‹ oder wie das heißen mag! Oder hat man Sie wegen Ihrer exzellenten Deutschkenntnisse geschickt?«

»Guten Morgen«, grüßt Eleni zurück und erklärt in fließendem Deutsch: »Zakynthos ist eine kleine Insel, auf der es keiner separaten Dezernate für Raub, Kapitalverbrechen, Wirtschaftskriminalität, Sitte oder Rauschgift bedarf. Es gibt eine Kriminalpolizei, die für alle Gewalttaten und sonstigen Delikte, außer für solche, die mit dem Verkehr zusammenhängen, zuständig ist, und die wird durch uns repräsentiert. Inspektor Spirakis« – sie nickt in Richtung des Genannten – »kennen Sie ja bereits und Inspektor Gamiras.« Sie deutet auf den Kollegen an ihrer linken Seite. »Und nun führen Sie uns bitte zum Fundort der Leiche.«

Der kleine Trupp setzt sich in Bewegung.

»Handelt es sich bei der Toten um eine Kursteilnehmerin?«, fragt die Kommissarin, während sie neben der ganz in weite, weiße Kleidung gehüllten Gestalt des Yogi hergeht. Sie schätzt den schlanken, athletischen Mann mit den halblangen, eisgrauen Haaren auf Anfang bis Mitte Fünfzig. Eine Aura der Unnahbarkeit umgibt ihn, die seine Attraktivität noch unterstreicht.

»Ja«, bestätigt Walter Stein, »sie kommt – eh, sie kam – jedes Jahr im Mai hierher. Eine sympathische Person.«

Durch einen halbdunklen Flur, von dem auf beiden Seiten lindgrün gestrichene Türen abgehen, bewegt sich die Varianten Vierergruppe auf den Hinterausgang des Gebäudes zu. Stein öffnet die ebenfalls grüne Tür und sie treten ins Freie. Vor den Augen der Ermittler erstreckt sich ein riesiger Außenbereich mit gepflegten Rasenflächen, die von Blumenrabatten und edlen Rosensträuchern gesäumt werden. Der Garten ist nicht eben, sondern durch seine Lage auf einer hohen Hügelkuppe wellig und unübersichtlich.

Walter Stein führt die Polizeibeamten ein gutes Stück weit durch diesen Landschaftspark, bis zwei Menschenansammlungen im Blickfeld erscheinen. Die erste Schar besteht aus fünf Frauen in legerer Sportbekleidung, die wispernd beieinander stehen. Eine wischt sich mit einem zerknüllten Taschentuch ein um das andere Mal die Augen aus. In einigen Metern Entfernung erkennt Eleni den Mediziner, der auf der Insel die Funktion des Polizeiarztes innehat.

Dr. Xenakis erhebt sich, als er die Polizisten auf sich zukommen sieht, wirft noch einen kurzen Blick auf die Leiche zu seinen Füßen und streift die Gummihandschuhe von den Händen.

»Hallo, Frau Kommissarin«, ruft er Eleni lebhaft entgegen und spricht die Übrigen mit einem »Guten Morgen, die Herren« pauschal an. Die rundliche Gestalt des Arztes reicht der Kommissarin gerade einmal bis zur Schulter.

»Von mir aus kann die Frau abgeholt werden«, verkündet Xenakis in breitem Zakynthisch. »Ich bin mit meiner Untersuchung fertig.« Er reibt sich über seine arthritischen Knie. »Das kam ja gut aus! Ich war sowieso in der Nähe. Ich mache morgens, bevor ich meine Praxis öffne, meistens ein paar Hausbesuche und war heute zufällig hier unten in Vassiliko, als der Notruf mich erreichte.« Er langt in die Tasche seines zerknitterten Leinenjacketts, zieht ein großes Stofftaschentuch hervor und wischt sich damit über die Halbglatze. »Schon ganz schön warm«, stöhnt er und fährt sogleich fort: »Viel kann ich Ihnen noch nicht sagen. Eigentlich nur das Offensichtliche: Die Frau wurde stranguliert und zwar höchstwahrscheinlich hiermit.« Er deutet auf ein Springseil, das in Schlingen auf dem Boden neben der Leiche liegt.

»Todeszeitpunkt?«, erkundigt sich die Kommissarin.

»Der Körper ist noch warm, die Leichenstarre hat erst an den Augenlidern und am Kiefer begonnen. Demnach ist sie vor höchstens drei bis vier Stunden gestorben.«

Alle Augen sind auf die mit abgespreizten Beinen im Gras liegende Gestalt geheftet. Sie liegt auf dem Rücken, den Kopf dem Meer zugewandt, eine Pose, die steif, aber auch irgendwie obszön wirkt. Die Frau ist sicher nicht mehr ganz jung, hat aber eine ausgezeichnete Figur und ehemals sicherlich recht hübsche Gesichtszüge. Nun sind diese durch weit aufgerissene, leere Augen mit einem Ausdruck ungläubigen Entsetzens und durch den weißen Schaum, der aus ihrem halb geöffneten Mund quillt, fratzenhaft entstellt.

»Wer ist die Frau? Wie heißt sie?«, wendet sich Eleni an den Inhaber der Yogaschule.

»Renate«, gibt Walter Stein an.

»Ich werde hier wohl nicht mehr gebraucht?«, funkt Dr. Xenakis dazwischen, der gerade sein Köfferchen zuklappt und sich zum Aufbruch anschickt.

»Nein, vielen Dank, Herr Doktor.« Die Kommissarin hebt zur Verabschiedung des Arztes kurz die Hand und fordert den Yogameister dann auf: »Renate und wie weiter?«

»Renate Lindenfeld. Sie kommt aus Würzburg in Deutschland.« Seiner Miene ist keine Gefühlsregung zu entnehmen. Wenn ihn der brutale Tod einer seiner Gäste betroffen macht, so ist ihm das nicht anzumerken.

»Alter? Angehörige? Herr Gott, lassen Sie sich doch nicht alles einzeln aus der Nase ziehen!«

Elenis Ungeduld wirkt auf den geübten Entspannungsprofi keinesfalls ansteckend. Langsam und sehr ruhig antwortet er: »Das habe ich nicht alles im Kopf. Dafür müsste ich auf das Anmeldeformular schauen.«

»Dann tun Sie das bitte«, ordnet die Kommissarin an, korrigiert sich aber sogleich selbst: »Nein, warten Sie. Ich werde Sie begleiten.« Zuvor dreht sie sich zu ihren Mitarbeitern um, die nur den

Worten von Dr. Xenakis haben folgen können, die deutschsprachige Unterhaltung zwischen ihrer Vorgesetzten und dem Yogaleiter jedoch nicht verstehen konnten. »Der Bereich um die Tote wird großräumig abgesteckt«, weist sie die beiden an. »Danach gehen Sie, Gamiras, wieder nach vorne ins Foyer und warten dort auf Tassoula und auf den Leichenwagen. Und du, Nionio, kümmerst dich um die Frauen dort.« Sie weist mit dem Kopf in Richtung des immer noch tuschelnd und schniefend dastehenden Grüppchens. »Die ein oder andere spricht sicherlich Englisch. Wer hat die Tote eigentlich gefunden?«, wendet sie sich wieder an Walter Stein.

»Das war die Sabine«, gibt er Auskunft. »Sie kam sofort ganz aufgebracht zu mir gerannt. Sabine Procek ist ihr voller Name. Das ist die etwas Mollige dort« – er dreht sein Gesicht in Richtung der fünf Frauen – »die mit dem langen, blonden Zopf.«

Eleni gibt diese Information an Spirakis weiter und bedeutet dem Yogalehrer dann, dass sie nun gerne ins Haus ginge, um mehr über die Tote zu erfahren.

Walter Stein geht voraus und betritt das Haus dieses Mal über eine Veranda durch eine breite, vierflügelige Glastür. Sie durchqueren einen offenkundig der Yogapraxis vorbehaltenen, relativ großen Raum, der sich anschließt. In kreisförmiger Anordnung, aber mit reichlich Abstand zu-einander, liegen zehn Kunststoffmatten auf dem Boden, der auch hier aus demselben korkartigen Material besteht wie im Eingangsbereich. In der Mitte der Entspannungsstätte steht eine dicke Kerze auf einem Keramikteller. Daneben liegt ein einzelner grüner Zweig.

Walter Stein bewegt sich selbstsicher durch sein Anwesen, dessen Ausgestaltung ihn ein Vermögen gekostet haben muss.

Sein Büro, in welches er die Kommissarin schließlich führt, ist schlicht, doch erlesen eingerichtet. Interessiert betrachtet Eleni die einzelnen Möbelstücke: ein bogenförmiger Schreibtisch mit einer Arbeitsplatte aus Graphit, drei Designerstühle mit grauen Lederpolstern und hohen Lehnen, in die ein gitternetzartiges Quadrat als Dekoration eingefügt ist, und zwei verchromte Regale, das eine mit Aktenordnern, das andere mit esoterischer Literatur gefüllt.

»Einen Moment«, bittet Walter Stein. »Nehmen Sie doch Platz.«

Er selbst geht auf das Regal mit den Ordnern zu, bei denen er die Einheitsfarbe Blau gewählt hat, zieht einen hervor und blättert kurz darin. Dann legt er den aufgeschlagenen Ordner kommentarlos vor der Kommissarin auf die Tischplatte.

»Danke«, murmelt Eleni und vertieft sich in das Anmeldeformular: *Lindenfeld, Renate* – liest sie, und weiter: *Montessoristraße 11, 97078 Würzburg.*

»Die jetzt hier Anwesenden sind meine erste Gruppe in diesem Jahr«, gibt Walter Stein unaufgefordert bekannt.

Kommissarin Mylona nickt abwesend, zückt ihr Diensthandy und gibt die Telefonnummer, auf die sie soeben gestoßen ist, nebst deutscher Vorwahl ein. Es ertönt ein Freizeichen, doch niemand hebt ab.

»Wissen Sie, ob Frau Lindenfeld allein lebte oder Familie hat?«

Parallel zu der Frage überfliegt Eleni die weiteren Angaben in dem Ordner: *Geboren: 01.02.1965*. Die Frau war demnach gerade mal ein knappes Jahr älter als sie selbst. – *Anreise: Freitag, 07.05.2010 – Abreise: Freitag, 21.05.2010.*

»Sie ist verheiratet. Ob sie Kinder hat, entzieht sich meiner Kenntnis. Mein Bruder wüsste das wahrscheinlich eher.«

»Ihr Bruder?« Elenis Aufmerksamkeit gilt nun wieder dem smarten Mann, der sich auf einen der Stühle ihr gegenüber gesetzt hat und seine stahlblauen Augen auf sie richtet.

»Mein Bruder Aaron und ich sind gemeinsame Inhaber der Yogaschule. Unsere Standorte sind über Österreich und den süddeutschen Raum verteilt und im Sommer betreiben wir die Ferienanlage hier.«

»Gibt es sonst noch Personal? Und wie darf ich mir das mit ihrer Arbeitsaufteilung genau vorstellen?«

»Eins nach dem anderen«, bremst der Yogi den Wissensdurst der Kommissarin. »Ja, es gibt noch weitere Mitarbeiter. Eine Frau aus München, die bereits im dritten Jahr von Mai bis einschließlich Juli Kurse in progressiver Muskelentspannung und in Kräuterkunde gibt. Sie heißt Gudrun Meier, nennt sich in ihrem Berufsleben aber Shankara. Sie gibt in Deutschland eigene Yogakurse, aber den Bedarf an Yoga decken hier mein Bruder und ich völlig ab. Aaron war es, der sie kennen gelernt und hierher gebracht hat. Dann haben wir noch eine Köchin, die jedes Jahr mit mir herkommt, und ein Mädchen aus Albanien, das die Zimmer in Ordnung hält.« Walter Stein beobachtet die Kommissarin mit stetem Blick.

»Wohnen die drei auch hier in der Anlage?«

»Frau Oberle, die Köchin, und Shankara ja, das Zimmermädchen nein.«

»Zurück zu ihrer Yogaschule in Österreich und Deutschland. Wie teilen Sie und Ihr Bruder sich die Kurse auf?«, fragt Eleni weiter.

Der Yogi lässt sich Zeit mit der Antwort. »Ich lebe in Graz und Wien und halte in beiden Städten regelmäßig zwischen Oktober und Mai meine Kurse ab«, antwortet er schließlich. »Die Sommermonate verbringe ich durchgehend hier. Aaron kommt nur im August und September dazu. Von Mai bis etwa Mitte Juli pflegt er sich in Sri Lanka aufzuhalten.«

»Zwecks Weiterbildung oder was?« Die Ironie in der Stimme der Kommissarin ist nicht zu überhören.

Walter Stein lässt sich nicht provozieren, sondern berichtet ruhig weiter: »Die übrige Zeit des Jahres gibt Aaron Kurse in München, Regensburg, Nürnberg und Würzburg. Renate Lindenfeld ist – war – also eine seiner Schülerinnen.« Er sitzt absolut regungslos da, während er spricht.

»Sie kannten die Tote demnach kaum und ihr Bruder, der mir weit mehr über sie erzählen könnte, tourt zurzeit durch die Welt, wenn ich Sie richtig verstanden habe. Na, fabelhaft!«

Die beherrschte Art des Yogatrainers macht Eleni zusehends kribbeliger, was diesem nicht verborgen bleibt.

»Sie sollten auch etwas für Ihre innere Ruhe tun«, rät er ihr.

»Mein Job ist nun mal kein ruhiger.« Eleni funkelt den Mann aus ihren dunklen Augen an und wischt sich mit einer heftigen Handbewegung eine Locke aus der Stirn. »Also: Wie gut kannten Sie Renate Lindenfeld?«

»Sie war zum dritten Mal hier«, antwortet Stein gelassen. »Voriges und vorvoriges Jahr hat sie ebenfalls an der ersten Entspannungsfreizeit im Mai teilgenommen.«

»Das ist keine Antwort auf meine Frage«, entgegnet Eleni und wirft dann ein: »Wie lange gibt es dieses Camp hier eigentlich schon?«

Walter Stein gibt bereitwillig weiter Auskunft. »Mein Bruder und ich haben dieses Grundstück hier in den frühen Neunzigern erworben. Im Jänner 2000 war Baubeginn und zwei Jahre darauf konnten wir die Entspannungsstätte eröffnen. Die Ferienkurse sind seither gut besucht, obwohl wir im letzten Jahr einen kleinen Einbruch erlitten haben und auch für dieses Jahr noch Plätze frei sind.«

»Ich nehme an, die Teilnehmer rekrutieren sich ausschließlich aus Ihren Kursen in Deutschland und Österreich? Oder kann man auch als sozusagen Externer hier einchecken?«, will Eleni wissen.

»Die meisten Menschen, die hierher kommen, sind uns tatsächlich aus unseren Kursen bekannt. Aber auch Externe – wie Sie so schön sagen – sind jederzeit willkommen. Ich lade Sie hiermit herzlich zu einem Schnupperwochenende ein.« Der Blick, den Walter Stein der Kommissarin bei diesen Worten zuwirft, hat plötzlich etwas unverkennbar Verführerisches. »Einige der Frauen bringen auch Freunde mit nach Zakynthos. Manchmal sind es Leute, die ansonsten keinerlei Entspannungstechnik praktizieren. Die sind manchmal schwierig in die Übungsgruppen zu integrieren, obwohl das Hatha-Yoga, welches wir überwiegend praktizieren, durchaus für Anfänger geeignet ist. Aber in einigen Fällen sind die Bekannten unserer Kursteilnehmerinnen, die mit hierher kommen, durchaus erfahren in Yoga, Qigong und Ähnlichem.

Vereinzelt finden sich auch Menschen hier ein, die uns über das Internet gefunden haben.«

Eleni macht sich auf einem Zettel, den sie von einem auf dem Schreibtisch stehenden Papierwürfel abzupft, eine Notiz bezüglich der Website des *Haus Sonnengruß*.

»Zurück zu Renate Lindenfeld. Wie war sie? Hatte sie Probleme? Wurde sie angefeindet?«

Der Yogi, an dessen Körper immer noch nicht das kleinste Zucken zu beobachten ist, lächelt schmallippig. »Renate war eher unauffällig. Nicht sehr lebhaft. Sie kam jedes Mal allein und ich denke, ihr Hauptanliegen war es, zur Ruhe zu kommen. Vielleicht stand sie zu Hause in ihrem beruflichen oder privaten Alltag unter Stress. Doch falls das so war, so legte sie diesen hier vom ersten Augenblick an ab. Soweit ich weiß, verstand sie sich mit den anderen hier recht gut, ohne jedoch engere Kontakte zu knüpfen. In ihrer Freizeit zog sie sich meist zurück.«

»Gut, danke.« Die Kommissarin blättert kurz durch den Aktenordner und heftet den Anmeldebogen der Ermordeten sowie sieben weitere gleichartige Formulare aus. »Die aktuell anwesenden Teilnehmerinnen möchte ich mir noch in Ruhe anschauen«, kommentiert sie und reicht den Ordner an Walter Stein zurück. Dann erhebt sie sich und fordert ihn auf: »Morgen früh um zehn Uhr möchte ich alle, die hier arbeiten oder Urlaub machen, zu einer Befragung sehen. Bitte sorgen Sie dafür, dass dann alle hier sind und niemand außer Haus ist.« Sie wendet sich in Richtung Tür: »Wenn Sie mir nun bitte noch das Zimmer von Renate Lindenfeld zeigen würden.«

Nionio Spirakis knotet die Enden des polizeilichen Absperrbandes zusammen. »Das sollte reichen«, stellt er zufrieden fest. Gemeinsam mit seinem älteren Kollegen hat er das Areal um die Leiche herum in einem großen Viereck abgesteckt; Büsche und die Lehne einer Holzbank halten das rotweiße Plastikband in einer Höhe von etwa einem Meter.

»Ich gehe dann mal nach vorne und warte auf die Spurensicherung«, brummelt Inspektor Gamiras und wendet sich dem Gebäude zu.

Spirakis nähert sich der Gruppe der fünf Frauen und grüßt mit einem ungezwungenen »Hi!«. In seinem recht passablen Englisch, das er erst kürzlich in einer Fortbildungsmaßnahme noch verbessert hat, bittet er zunächst Sabine Procek, welche ihm als diejenige genannt wurde, die die Leiche gefunden hat, zur Seite. Er zieht ein loses, zusammengefaltetes DIN-A4-Blatt aus der hinteren Tasche seiner Jeans, um sich Notizen sowohl zu den einzelnen Befragten, als auch zu deren Aussagen zu machen.

»Wenn Sie mir bitte zunächst einige Angaben zu Ihrer Person machen könnten«, beginnt er und schreibt den komplizierten Namen auf. »Ist es so richtig?« Er hält ihr den Block vor die Nase und sie nickt.

»Was wollen Sie denn über mich wissen«, fragt Frau Procek und lächelt den Kriminalbeamten mit ihrem puppenartigen Schmollmund an. Eben noch geschockt von dem entsetzlichen Ereignis, scheint sie sich beim Anblick eines attraktiven jungen Mannes sogleich wieder zu fangen und spielt ihre weiblichen Reize voll aus.

»Na, wo Sie herkommen zum Beispiel, Ihr Alter, Ihr Verhältnis zu der Toten ...«

»Aber gern«, antwortet die Frau bereitwillig. »Ich komme aus Wien, bin achtunddreißig Jahre alt, unverheiratet, einsachtundsechzig groß, Körbchengröße C.« Sie schenkt Spirakis ein weiteres strahlendes Lächeln und blickt ihn aus großen blauen Kulleraugen treuherzig an.

Der Inspektor errötet leicht und stoppt sie: »So genau muss ich es auch nicht wissen.«

»Mein Gewicht hätte ich Ihnen auch gar nicht verraten«, kokettiert die Dame. Spirakis, der sich über die aufgekratzte Art der Befragten wundert, schiebt sogleich eine Frage hinterher: »Wie spät war es, als Sie die Leiche gefunden haben? Haben Sie sie angefasst?«

Sabine Procek legt den Kopf ein wenig schief und spielt mit dem Ende ihres blonden Haarzopfes. »Angefasst? Huch! Nein, natürlich nicht! Und es wird wohl so ungefähr halb acht gewesen sein. Um diese Zeit gehe ich nämlich morgens immer joggen.«

»Und wo joggen Sie üblicherweise?«

»Wollen Sie mich demnächst begleiten?«, fragt sie mit einem Augenaufschlag zurück. »Ich laufe hier über die Wiese, dann hinten durch das kleine Tor zum Strand und dort etwa zwei Kilometer oder a bisserl mehr.« Beim Sprechen hat sie in Richtung Meer ans Ende der Parkanlage gedeutet, wo Spirakis nun ein niedriges, hölzernes Törchen ausmacht.

»Von dort gelangt man direkt zum Strand?«, erkundigt er sich.

»Ja, über einen schmalen Pfad, der auf beiden Seiten von ziemlich stacheligem Gestrüpp gesäumt ist, und dann ist man auch schon da.«

»Nun zu der Toten: Wie gut kannten Sie sie?«

»Eigentlich gar nicht. Wir sind ja noch nicht einmal eine Woche hier und zuvor habe ich Renate nie gesehen.« Sie zupft ein imaginäres Stäubchen in Brusthöhe von ihrem engen Shirt. »Ich glaube aber, sie war nicht zum ersten Mal hier. Sie kannte sich schon recht gut aus.«

»Und Sie? Sie besuchen das *Haus Sonnengruß* erstmalig?«

»Ja, meine Freundin Susanne« – sie weist mit dem Ende ihres Zopfes auf die übrigen Frauen – »hat mich hergeschleppt.«

»Susanne, wie?«, erkundigt sich Nionio.

»Susanne Mohr, die ganz Dünne da, mit den kurzen, hellen Haaren.«

Der Inspektor kritzelt den vollständigen Namen und die Relation zu Sabine Procek auf das Blatt Papier, bevor er fortfährt: »Wie war Renate als Mensch?«

Die Wienerin muss eine Weile überlegen, bevor sie antwortet: »Schwer zu sagen. Eigentlich war sie gar nicht. Ich meine, sie war weder witzig, noch nörglerisch, weder unterhaltsam, noch zickig. Sie war schlicht und nichtssagend, ist in der Gruppe völlig untergegangen. Aber dass sie nun tot ist, kann ich dennoch kaum glauben. Das macht mich ganz fertig!« Sie setzt ihre traurigste Miene auf. »Ein gutes Stück Sachertorte würde mir jetzt helfen«, fügt sie, jetzt wieder mit einem kleinen Lächeln, hinzu.

Spirakis schaut sie verständnislos an, bedankt sich dann höflich für die Informationen und geht die wenigen Schritte zu den anderen Frauen zurück. Neben Frau Proceks Freundin Susanne Mohr, die dreiundvierzig Jahre alt ist, handelt es sich um eine weitere Österreicherin sowie zwei deutsche Frauen: Roswitha Kaltenegger aus Wien, mit sechsundfünfzig Jahren die älteste momentane Teilnehmerin, hat stoppelkurze, graue Haare und stellt sich als Quasselstrippe mit extrem hoher, nerviger Stimme heraus. Viviane Westhoff ist mit einundfünfzig Jahren kaum jünger, aber ein völlig anderer Typ. Sie stammt aus Regensburg, trägt eine hellbraun gefärbte Dauerwelle, ist insgesamt sehr gepflegt, dabei jedoch eher mundfaul und wirkt selbstsicher, aber wenig intelligent. Die Letzte heißt Gabi Hemmerle und ist aus München angereist. Sie ist diejenige, die sich die ganze Zeit über die Augen auswischen muss und damit auch die Einzige, die echte Erschütterung zeigt. Frau Hemmerle gibt ihr Alter mit vierzig an, hat aber eine durchtrainierte, straffe Figur wie eine Zwanzigjährige und lange rote Haare.

Nionio hält alle Personenangaben mit einer stichwortartigen Beschreibung der Frauen schriftlich fest. Die Informationen, die er zu der Ermordeten sammeln kann, sind mehr als spärlich und decken sich weitestgehend mit dem, was schon Sabine Procek ausgesagt hat. Nur Frau Westhoff kann hinzufügen, dass Renate Lindenfeld Frühaufsteherin war und jeden Morgen im Park noch vor dem Frühstück eine Weile Sport trieb.

Der Inspektor verstaut gerade den vollgekritzelten Zettel, als sein Kollege mit Tassoula und zwei grau gekleideten Herren, die einen Sarg aus Hartplastik zwischen sich tragen, auftaucht.

»Das hat aber lange gedauert«, empfängt er die Mitarbeiterin von der Spurensicherung.

»Ich musste verschiedene Sachen erst suchen, weil Mathew sie immer irgendwohin kramt, wo nur er sie wiederfindet«, verteidigt sich Tassoula und legt ihren Koffer im Gras ab. Sie öffnet ihn und zieht als erstes eine Kamera sowie verschiedene Objektive daraus hervor. Die vier Männer warten, bis die Kriminaltechnikerin genügend Aufnahmen von der Leiche und der unmittelbaren Umgebung ihrer Auffindung gemacht hat.

Während Tassoula sich gleich darauf die Einmalhandschuhe überstreift, bewegen sich die beiden Grauen schon auf die Leiche zu, doch Nionio Gamiras macht ihnen ein Zeichen, sich noch einen Augenblick zu gedulden, weil Tassoula den toten Körper noch einer kurzen Inspektion unterziehen muss. Nach wenigen Minuten ist sie auch damit fertig und gestattet den Abtransport der sterblichen Überreste von Renate Lindenfeld. Der Leichnam wird nun umgehend zur Obduktion in die Pathologie nach Patras überführt.

Während der ältere Inspektor sich auf einen Rundgang über das weitläufige Gelände begibt, schlägt Spirakis seiner jungen Kollegin mit dem straff nach hinten gekämmten Pferdeschwanz vor: »Ich kann dir ein bisschen zur Hand gehen, weil du doch heute allein bist.«

Tassoula murmelt »Mmh« und zieht wortlos ein weiteres Paar Wegwerfhandschuhe aus der Tasche ihres Kittels, die sie ihm reicht.

Kommissarin Mylona tritt durch die Tür, welche Walter Stein ihr – erstaunlicherweise ohne Einsatz eines Schlüssels – geöffnet hat.

»Bei uns gibt es keine verschlossenen Türen«, hatte er ihr erklärt und sich dann mit dem Yogagruß »Om Shanti« zurückgezogen.

Der Raum ist sparsam, aber hell und freundlich ausgestattet. Alle Möbel sind aus Naturholz, dessen Oberfläche nur mit einer farblosen Lasur behandelt ist. Eleni sieht sich ohne etwas zu berühren um: ein Kleiderschrank, ein Tisch, ein Stuhl und ein niedriges

Futonbett mit zerwühlten Laken und Kissen. Bescheidenheit ist eine Zier, denkt sie und lässt ihre Blicke weiterschweifen. Ein paar Sportklamotten hängen über der Stuhllehne. Auf dem Tisch liegen eine Schreibmappe, ein Füller, ein Buch mit dem Titel ›In der Ruhe liegt die Kraft‹ sowie ein Handy mit zugehörigem Ladegerät.

Die Kommissarin zieht eine Plastiktüte aus der Tasche ihrer Jeans und befördert das Handy mit einem geschickten Griff in diese hinein. Dann wendet sie sich dem kleinen, weißgekachelten Bad zu. Auf einem Hocker liegen zwei zusammengelegte Handtücher und ein Kulturbeutel. Auf der Ablage über dem Waschbecken stehen ein Zahnputzbecher nebst Zahnbürste und Zahnpasta sowie ein kleines Kosmetiktäschchen, aus welchem die spärlichen Make-up-Utensilien der Verstorbenen hervorquellen: Puder, Pinsel, Wimperntusche und Lippenstift in zwei unterschiedlichen Farbtönen.

Langsam geht sie zurück ins Zimmer der Toten, zückt ihr Mobiltelefon und wählt Gamiras an. Sie lässt sich kurz berichten, wie weit die Tatortuntersuchung gediehen ist und ordnet an: »Geben Sie bitte Nionio und Tassoula Bescheid, sie mögen, wenn sie fertig sind, hierher kommen, um das Zimmer des Opfers unter die Lupe zu nehmen.« Es folgt eine Beschreibung der Lage des Raums. »Und Sie suchen bitte den Leiter dieser Institution nochmals auf«, fährt Eleni fort. »Ich habe vorhin vergessen ihn zu fragen, ob sein Notebook wieder aufgetaucht ist. Dann treffen wir uns im Foyer.«

Während sie auf die Spurensicherung wartet, drückt Eleni durch die Plastiktüte hindurch verschiedene Tasten auf dem Handy der toten Renate Lindenfeld. Sie muss dringend eine Telefonnummer des Ehemannes finden, nachdem sie diesen zu Hause nicht angetroffen hat. Die meisten Leute speichern die für sie wichtigsten Menschen als Kurzwahl-Option ab, überlegt sie. So liegen beispielsweise auf ihrem eigenen Diensthandy ihre beiden Inspektoren auf den Tasten 01 und 02. Frau Lindenfelds Kurzwahlspeicher jedoch ist leer. Verdutzt sucht Eleni weiter und öffnet das Adressbuch. Sofort erkennt sie das System, welches die Verstorbene nutzte, um wichtige Personen leicht erreichen zu können. Als ersten Eintrag findet sie eine *Aasandra*. Beste Freundin, Tochter, Schwester? – fragt sie sich und betrachtet die nächsten Einträge: *Alfred* und *Alfredbüro* lauten sie. Das könnten die gesuchten Nummern des Gatten sein. Eleni schaltet das Gerät aus. Bevor sie den noch unwissenden Witwer anruft, möchte sie sich vergewissern, dass es sich um die richtige Person handelt.

Als sie auf den Flur hinaustritt, kommen ihr gerade Nionio und Tassoula, schwer beladen mit der Ausrüstung der Kriminaltechnik, entgegen.

»Inspektor Gamiras hat mir schon gesagt, dass du Tassoula bei der Sicherung der Spuren hilfst«, empfängt sie ihren engsten Mitarbeiter. »Das ist ganz in Ordnung. Hier ist das Zimmer der Toten«, weist sie die beiden ein und fügt hinzu: »Ich habe nur ein Handy vom Tisch entfernt, ansonsten aber nichts angefasst.«

»Vorbildlich«, lobt Tassoula.

Die beiden jungen Leute legen ihr Gepäck auf der Türschwelle ab.

»Ich fahre mit Gamiras zurück in die Stadt und versuche, den Ehemann der Ermordeten zu erreichen. Du kannst ja mit Tassoula zurückfahren, wenn ihr so weit seid.«

»No problem«, meint Nionio und tauscht die Objektive der Kamera aus.

Die Kommissarin entfernt sich, dreht sich aber noch einmal um: »Das Zimmer bitte nachher versiegeln«, ruft sie den beiden zu.

»Wir sind doch keine Anfänger«, murmelt Tassoula.

Nionio nickt und gibt grinsend zurück: »In keinerlei Hinsicht, oder?«

»Wie meinst du das denn?«, fragt die junge Frau, versteht die Andeutung aber im selben Augenblick, macht eine wegwerfende Handbewegung und entgegnet heftig: »Ich wünschte, ich wäre noch mal Anfänger!« Sie wischt sich mit dem Armrücken über das Gesicht und schnaubt: »An die Arbeit, los!«

Nionio zieht verwundert ob der seltsamen Reaktion eine Augenbraue hoch, kratzt sich seinen Dreitagebart und beginnt das

Zimmer aus allen Winkeln zu fotografieren. Nach einer Weile beginnt er eine unverfängliche Plauderei. Er erzählt, dass er vor zwei Wochen ein Appartement ganz in der Nähe des *Haus Sonnengruß* bezogen hat. Schon seit einigen Jahren hält er es gerne so, dass er die Wintermonate bei seiner Mutter in der Stadtwohnung verbringt, im Sommer jedoch lieber dahin zieht, wo man zu jeder Tages- und Nachtzeit attraktive Touristinnen antreffen kann. Gegen Ende der letzten Saison hatte er ein Verhältnis mit einer Tschechin, welches dank Internet- und Telefonkontakt sogar noch fast bis ans Jahresende gehalten hatte, was für seine Verhältnisse einen ungewöhnlich langen Beziehungszeitraum darstellt.

»Für ein ›Bäumchen-wechsel-dich‹, wie du es bist«, bemerkt Tassoula zu Nionios Ausführungen, während sie die Fingerabdrücke am Tisch sicherstellt, »mag dieses Zigeunerleben ja perfekt sein. Für mich wäre das nichts.«

»Was brauchst du denn?«

»Na, ein bisschen Sicherheit. Eine Beziehung soll einem doch Halt geben im Leben. Aber irgendwie scheint es das heutzutage gar nicht mehr zu geben.« Gereizt zieht sie einen Klebestreifen von der Tischplatte und appliziert sogleich den nächsten.

An ihren schmalen Händen sieht Nionio einen Ring mit einem kleinen, funkelnden Stein. Er weiß, dass seine Kollegin, die vor gut zwei Jahren aus Patras zu ihnen gestoßen ist, die Insel wegen ihres Verlobten, eines auf Zakynthos ansässigen Rechtsanwalts, als Dienstort gewählt hat. Doch nun scheint irgendetwas bei dem Paar nicht in Ordnung zu sein, stellt der gutaussehende junge Inspektor fest und widmet sich wieder dem fotografischen Einfangen seiner Umgebung.

Auf der Rückfahrt erfährt Eleni von Gamiras, dass sich in Sachen Notebook noch nichts getan hat. Ob es wohl einen Zusammenhang zwischen dem Diebstahl und dem Mord gibt? – erwägt sie im Stillen.

Im Büro angekommen gibt die Kommissarin ihrem Inspektor die Anweisung, die Person des Walter Stein zu überprüfen. Sie selbst zückt das Anmeldeformular der Getöteten, das sie aus dem Ordner des Yogi mitgenommen hat, und wählt das Einwohnermeldeamt der Stadt Würzburg an. Als sich ein Anrufbeantworter einschaltet, blickt sie irritiert auf die Wanduhr. Donnerstagvormittag, Viertel vor zwölf, da sollte man doch bei einer deutschen Behörde jemanden erreichen oder zumindest in einer Warteschleife landen, wundert sie sich. Doch dann fällt es ihr wieder ein: In Deutschland ist heute Feiertag, Christi Himmelfahrt. Schade, denn über die Meldebehörde hätte sie nicht nur erfahren können, ob Alfred, wie vermutet, der Gatte der Ermordeten ist, sondern auch gleich sein Alter und vor allem Informationen zu allen weiteren Personen, die unter Renate Lindenfelds Adresse gemeldet sind. Vielleicht lässt die Ermordete ja auch Kinder zurück, überlegt die Kommissarin, wobei ihr Blick auf das gerahmte Foto ihres Sohnes fällt. Die Aufnahme ist nach einem Konzert im vergangenen Jahr entstanden und zeigt ihn in einem schwarzen Anzug, ein Anblick, an den Eleni sich immer noch nicht ganz gewöhnt hat. Alekos lächelt bescheiden, aber seine dunklen Augen strahlen.

In Ermangelung der erhofften Informationen vom Einwohnermeldeamt muss Eleni nun doch damit Vorlieb nehmen, den entsprechenden Handy-Eintrag auf gut Glück anzuwählen. Beim ersten und zweiten Versuch hört sie ein Freizeichen, doch keiner geht ans Telefon. Die Kommissarin probiert es unter *Alfredbüro*. Vielleicht ist der Mann ja selbständig und sitzt auch an einem Feiertag an seinem Schreibtisch. Doch es ertönt nur eine Mailbox. Endlich, bei der dritten Anwahl der Mobilfunknummer, meldet sich eine leise Männerstimme mit einem »Ja?«.

Mit wenigen knappen Sätzen vergewissert sich Eleni, dass sie Renate Lindenfelds Ehemann am Apparat hat. Doch beim Übermitteln der Todesnachricht hat sie – obwohl sie das Deutsche wie eine zweite Muttersprache beherrscht – wieder einmal das Gefühl, dass ihr die passenden Worte fehlen. Wahrscheinlich kann man in keiner Sprache der Welt die richtigen Worte für eine solche Hiobsbotschaft finden.

Am anderen Ende der Leitung bleibt es still.

»Herr Lindenfeld? Sind Sie noch da?«, fragt die Kommissarin behutsam.

»Ja.« Es folgt eine weitere lange Pause. Auf einmal schlägt der Mann unvermittelt vor: »Soll ich nach Griechenland kommen?«

»Das wäre wohl das Beste«, stimmt Eleni zu, die an zwei Dinge denkt: daran, dass der Ehemann am ehesten etwas über seine verstorbene Frau weiß, das ihr bei den Ermittlungen helfen kann, und an die praktische Tatsache, dass die persönlichen Dinge von Renate Lindenfeld irgendwie in die Hände der Angehörigen gelangen müssen.

»Noch eine Frage, Herr Lindenfeld«, setzt Kommissarin Mylona erneut vorsichtig an. »Gibt es sonst noch jemanden, der vom Tode ihrer Frau in Kenntnis gesetzt werden sollte? Eltern oder enge Freunde etwa? Ich kann das gerne übernehmen.«

Sie wartet, doch als nicht sofort eine Antwort kommt, traut sie sich hinzuzufügen: »Haben Sie eigentlich Kinder?«

»Mein Gott, Sandra!«, entfährt es dem Mann am anderen Ende der Leitung. Es klingt, als habe er sich eben erst daran erinnert, dass er Vater ist.

»Ihre Tochter?«, hakt Eleni nach, um sicherzugehen.

»Ja. Sie ist über das lange Wochenende mit ihrer Pfadfindergruppe unterwegs. Ist gestern Nachmittag aufgebrochen.«

»Wie alt ist Sandra denn? Wollen Sie sie mitbringen?«

»Mitbringen? Wie denn?« Eleni hört ein schweres Schlucken. »Ich kann sie bis Sonntag gar nicht erreichen. Handys sind bei den Pfadfindern nicht zugelassen. Oh Gott, oh Gott, oh Gott! Sie muss es doch aber erfahren, oder?« Pure Hilflosigkeit ist aus seiner Stimme herauszuhören.

Eleni denkt kurz nach und versucht, sich die Situation vorzustellen, dass man ihrem Sohn eine solche Nachricht übermitteln müsste. Dann rät sie dem verzweifelten Vater: »Vielleicht ist es sogar besser, wenn ihre Tochter nicht unmittelbar vom Tod ihrer Mutter erfährt. Kommen Sie erst einmal allein her. Ach ja, und lassen Sie mich bitte wissen, wann Sie landen, dann werden Sie von uns am Flughafen abgeholt.«

»In Ordnung«, stimmt Alfred Lindenfeld mit matter Stimme zu.

Am Abend sitzt Kommissarin Mylona am PC in ihrem Appartement. Sie hat zunächst kurz mit ihrem Sohn Alekos gechattet, der in Köln an der Musikhochschule studiert, sich aktuell aber bei einem Workshop in den USA aufhält, und hat nun die Website der Yogaschule von Walter Stein aufgerufen, die mit *Entspannung und Vitalität* betitelt ist. In der Auflistung des Kursangebotes findet Eleni die Angaben des Yogi bestätigt. Er und sein Bruder Aaron Stein unterrichten traditionelles Hatha-Yoga, außerdem das chinesische Schattenboxen Tai-Chi, Qigong sowie Meditation und Atemtechnik. Ganz unten auf der Site stößt Eleni auf den Link *Yoga in Griechenland.* Als sie ihn anklickt, erscheint ein aus der Luft aufgenommenes Bild des *Haus Sonnengruß*, welches die Nähe der Anlage zum Meer malerisch vor Augen führt. Neben dem Programm, welches die Brüder auch in Österreich und Deutschland anbieten, sind hier noch Kurse in progressiver Muskelentspannung und Kräuterkunde mit Exkursionen in die Natur angeführt. Beides findet unter Anleitung der Mitarbeiterin statt, die Herr Stein Eleni genannt hat und die mit bürgerlichem Namen Gudrun Meier heißt. Auf der Website tritt sie natürlich nur als Shankara auf. Neugierig geworden, recherchiert die Kommissarin dieses seltsame Pseudonym in Wikipedia: *Shankara, Adi Shankara, genannt Shankaracharya (* um 788 in Kalady in Kerala; † um 820) ist ein religiöser Lehrer und Philosoph des Hinduismus*, liest sie und wundert sich über die Geschlechtsumwandlung, welche diese Figur im Falle von Gudrun Meier durchgemacht hat ... *gründete vier Klöster in Indien* ... überfliegt sie den Wikipediatext weiter ... *führte viele Streitgespräche mit Buddhisten* ...

Eleni wird aus ihrer Recherche gerissen, als ihr Handy mit einem Summton eine angekommene Nachricht meldet. »Ankunft morgen, 14.30 Uhr, aus Nürnberg. A.L.«, entziffert sie die SMS von Alfred Lindenfeld und speichert sie in ihrem Kalender für den nächsten Tag ab.

Dann wendet sie sich wieder dem PC zu, auf dem geometrische Figuren sich umeinander bewegen, zusammenfalten und verschwinden, um gleich darauf wieder aufzutauchen und den Tanz von Neuem zu beginnen. Eleni geht auf die Website der zakynthischen Yogastätte zurück und wählt den Link *Lehrkräfte*. Es erscheinen drei Fotos, Brustbilder von weiß gekleideten Personen mit jeweils einer Kurzvita daneben.

Walter Stein blickt ernst in die Kamera. Sein ausdruckstarker Mund unter der langen, geraden Nase wirkt wie modelliert. Aus seinem Lebenslauf erfährt sie, dass er als junger Mann sechs Jahre lang in Indien und Sri Lanka gelebt hat. Wahrscheinlich als Aussteiger dorthin gelangt, überlegt Eleni, eine Zeitlang in einer Hippiekolonie untergeschlupft, um dann den tieferen Sinn des Lebens in den asiatischen Entspannungstechniken zu finden, geläutert in die Heimat zurückzukehren und jetzt mit seiner Weisheit viel Geld zu verdienen.

Das zweite Foto zeigt Aaron Stein. Er muss der jüngere der beiden Brüder sein und verkörpert einen gänzlich anderen Typ. Auf dem Bild lächelt er mit geschlossenen Lippen, die von Humor zeugen. Eine ungebändigte Strähne seines dichten, mittelbraunen Haares fällt ihm in die Stirn. Das helle, klare Blau der Augen ist das Einzige, das in diesem Gesicht auf eine Verwandtschaft mit Walter Stein schließen lässt. Doch Aarons Augen liegen unter schräggestellten Brauen und rahmen eine knubbelige Nase. Seiner Kurzbiographie entnimmt Eleni, dass er ursprünglich als Englisch- und Sportlehrer an einem Wiener Gymnasium tätig war. Auch seine jährlichen Aufenthalte im Fernen Osten, die Walter Stein im Gespräch erwähnt hat, sind auf der Website angeführt.

Das letzte Bild zeigt das auf den ersten Eindruck wenig interessante Konterfei einer Frau um die Dreißig. Sie hat sehr helle Haut und kurzes, schwarzes Haar. Ihre Miene wirkt angespannt und passt so wenig zu dem charismatischen Namen Shankara wie die Kuh aufs Eis. Vielleicht ist die Spezialistin für Kräuter und Entspannung aber auch einfach nicht fotogen.

Eleni klickt zurück auf die Startseite und nimmt noch zwei organisatorische Details des *Haus Sonnengruß* zur Kenntnis: *Maximale Teilnehmerzahl: 10* steht dort sowie *Unterbringung in Einzel- oder Doppelzimmern*. Ein kurzer Blick in die rechte untere Ecke des Bildschirms verrät Eleni, dass es bereits nach Mitternacht ist. Sie fährt den PC herunter und beschließt, ins Bett zu gehen, wo sie wie üblich noch eine Weile lesen möchte.

FREITAG, 14. MAI

Auf dem Weg zum *Haus Sonnengruß*, wo die Kommissarin und ihre beiden Inspektoren alle momentanen Bewohner nochmals oder erstmalig gründlich befragen wollen, kommt es zu einer Verzögerung. In Argassi, einem der Zentren des britischen Pauschaltourismus, ist die Durchfahrtsstraße von Krankenwagen, Feuerwehr und herumlungernden Schaulustigen komplett blockiert. Ein Kollege, der mit einem Streifenwagen vor Ort ist, klärt sie auf: »Ziemlich übler Unfall. Zwei Engländer sind von einem Wassertransporter erfasst worden«, erläutert er knapp und blickt über die Schulter, um die Neugierigen im Auge zu behalten. »Sollte aber nicht mehr allzu lange dauern. Hey! No, no!«, schreit er plötzlich und rennt auf eine junge Frau in Shorts und Bikini-Oberteil zu, die sich mit ihrer Kamera ganz dicht an das Unfallgeschehen herangepirscht hat.

Während Nionio Spirakis, der am Steuer sitzt, sich eine Zigarette anzündet, resümiert Inspektor Gamiras halblaut von der Rückbank aus: »Immer die Briten! Schauen beim Überqueren der Straße jedes Mal zuerst in die falsche Richtung.« Kommissarin Mylona zuckt resigniert mit den Schultern. Diese typische Unfallursache ist ihr inzwischen hinlänglich bekannt.

Nach einer Weile brausen zwei Krankenwagen in Richtung Stadt und etwa zehn Minuten später setzt sich der morgendliche Verkehr langsam wieder in Bewegung. Mit einer guten halben Stunde Verspätung treffen die Beamten im *Haus Sonnengruß* ein.

Den sonst so entspannten Leiter der Yogaschule hat die Warterei sichtbar nervös gemacht. Mit federnden Schritten tigert er zwischen den versammelten Gästen und Angestellten hin und her.

»Entschuldigen Sie unsere Verspätung«, sagt die Kommissarin, bevor er sich darüber beschweren kann, und hört, wie Gamiras hinter ihr murmelt: »Wir kriegen schließlich auch keine Zulage mehr für pünktliches Erscheinen zum Dienst.« Eleni lässt die Bemerkung unkommentiert. Im persönlich erfahrenen Vergleich zwischen beruflicher Tätigkeit im öffentlichen Dienst in Griechenland und in Deutschland hat sie sich schon des Öfteren gewundert, welch reichhaltiges Angebot an Zulagen die griechische Regierung ihren Beamten bot.

Rasch verschafft sie sich einen Überblick über die Gruppe und teilt die Befragungen auf: »Gamiras, Sie übernehmen bitte das Zimmermädchen und die Köchin ...«

»Sprechen die beiden denn griechisch?«, wendet der Inspektor ein.

»Die Köchin wohl kaum«, fällt es Eleni auf und wieder einmal ärgert sie sich über den Mangel an Fremdsprachenkenntnissen ihres älteren Mitarbeiters, der gerade einmal ein paar Brocken Englisch beherrscht. »Also gut, dann reden Sie nur mit dem Zimmermädchen. Das sollte flott gehen. Danach fertigen Sie bitte eine Skizze vom Haus an. Ich möchte genau wissen, wessen Zimmer wo liegt, wo gegessen und wo entspannt wird. Nionio«, wendet sie sich dem jüngeren der Inspektoren zu, »du unterhältst dich mit den beiden Lehrern und ich spreche mit den Urlauberinnen und der Köchin.«

Kommissarin Mylona begibt sich mit den insgesamt acht Frauen in den Übungsraum, wo sich alle auf den kreisförmig angeordneten Yogamatten niederlassen.

»Vielleicht könnten Sie mit mir anfangen«, meldet sich eine rundliche Mittvierzigerin, die schon durch ihre Kleidung aus der sonst outfitmäßig sehr homogenen Gruppe heraussticht. Sie trägt ein geblümtes, ärmelloses Kittelkleid, welches sie nötigt, auf den Knien zu hocken, während die übrigen Frauen in ihren lockeren Sportklamotten automatisch im Yogasitz Platz genommen haben.

Eleni wendet sich der Frau zu: »Sie sind die Köchin, nehme ich an?«

»Ganz richtig«, antwortet sie mit breitem österreichischem Akzent. »Und ich muss gleich zurück in meine Küche, um die Salate für das Mittagsbuffet zu richten.«

Eleni hat die Liste mit den Namen und Personenbeschreibungen, die Spirakis ihr am Vortag noch getippt hat, auf ihren Schoß gelegt.

»Sie heißen?«

»Oberle, Theres Oberle«, gibt die Mollige Auskunft. Die Kommissarin notiert den Namen und fragt weiter: »Woher kommen Sie, bitte? Sind Sie schon früher als Köchin hier gewesen? Wie sind Sie an den Job gekommen?«

»Ich wohne doch beim Herrn Stein in Graz«, teilt Frau Oberle zu Elenis Erstaunen mit, denn davon hat der Yogi am Tag zuvor nichts gesagt. »Ich bin seit vielen Jahren seine Haushälterin und komme natürlich im Sommer mit hierher«, ergänzt die Österreicherin.

»Sehr praktisch«, befindet Eleni.

»Was soll ich auch von Mai bis Oktober in Graz, wenn der Herr gar nicht da ist«, fährt Frau Oberle fort. »So habe ich wenigstens das ganze Jahr über eine Beschäftigung.«

»Aber wirklich gern kommen Sie nicht mit nach Zakynthos?«, hakt Eleni, die leichten Unmut über diese Lösung herausgehört zu haben meint, nach.

»Ach Gott, es ist immer so furchtbar heiß hier«, jammert die Frau und unterstreicht die für Mai wenig zutreffende Bemerkung, indem sie sich den Schweiß von der Stirn wischt. »Und man versteht ja auch nichts, wenn man einkaufen geht«, mäkelt sie weiter. »Zum Glück kennt man mich mittlerweile in den Läden, die ich aufsuche und weiß, dass ich Wert auf ganz frische Ware lege. Die Paradeiser, also die Tomaten, sind hier wirklich viel schmackhafter als bei uns in Österreich.« Frau Oberle scheint ihren Job sehr ernst zu nehmen. Über ihren Arbeitgeber äußert sie sich eher verhalten: Er sei ihr gegenüber immer fair und zahle ein anständiges Gehalt, erzählt sie, und sein Privatleben ginge sie ja schließlich nichts an. Die Kommissarin kann die Köchin nicht dazu bringen, diese Andeutung zu konkretisieren und kann auch keine weiteren nützlichen Auskünfte aus ihr herausholen. Die Tote hat Frau Oberle kaum wahrgenommen. Sie sei wohl eine ganz Stille gewesen, meint sie, jedenfalls keine von denen, die in die Küche geschlichen kommen, um sich eine Zwischenmahlzeit zu organisieren.

»Danke für Ihre Bereitschaft«, schließt Eleni die erste Befragung ab. »Sie dürfen dann gehen.«

Die Frau erhebt sich schwerfällig, streicht ihren Rock glatt und verlässt grußlos den Raum.

Anhand der Kurzbeschreibungen kann die Kommissarin den Großteil der anderen Frauen spontan den jeweiligen Namen zuordnen. Dennoch bittet sie darum, dass jede sich zunächst kurz unter Angabe der Heimatstadt, freundschaftlicher Beziehungen untereinander und der Häufigkeit ihrer Aufenthalte im *Haus Sonnengruß* vorstellt. Sie blickt auffordernd rechts neben sich, wo Roswitha Kaltenegger aus Wien Platz genommen hat. Diese legt mit ihrer unangenehm hohen Stimme sofort los, gibt ihr Alter mit sechsundfünfzig an und erklärt, dass sie zu Beginn des Urlaubs außer Walter Stein niemanden kannte, obwohl sie schon seit 2005 regelmäßig nach Zakynthos käme, allerdings zu ganz unterschiedlichen Terminen.

Die Nächste in der Runde ist diejenige, die am Vortag die Leiche ihrer Yogakollegin gefunden hat. Sabine Procek trägt ihre langen, blonden Haare heute in zwei geflochtenen Zöpfen, die über ihre Schultern bis fast auf Höhe des Bauchnabels fallen, den sie freizügig zur Schau stellt, denn ihr Oberkörper ist nur mit einer Art Sportbustier bekleidet. Sie ist nur mit Susanne Mohr bekannt, die in Wien denselben Yogakurs wie sie besucht. »Immer freitags, von 20.00 bis 22.00 Uhr«, erwähnt sie noch.

Die genannte Kursbekanntschaft sitzt neben ihr. Eleni hat sie aufgrund von Spirakis' Beschreibung sofort erkannt, denn sie ist so dünn, dass ihre Knochen spitz unter der Sportbekleidung hervorstechen. Vielleicht ist sie sogar magersüchtig, denkt die Kommissarin.

In der Runde folgen nun zwei seit der Schulzeit miteinander befreundete Frauen aus Graz. »Melanie Adelrich, 48 Jahre«, stellt sich die erste, eine etwas kräftiger gebaute Dame mit einer braunen Pagenkopffrisur, vor und spricht dann gleich für ihre gleichaltrige Freundin, Gabriele Theobald, mit: »Wir kommen jedes Jahr, seit es das Haus gibt, also seit 2002.« Bei Letzterer handelt es sich um eine zierliche Blondine, deren künstliche Bräune dafür spricht, dass sie mindestens einem Sonnenstudio in Graz zu einem guten Geschäft verhilft.

»Viviane Westhoff aus Regensburg in Deutschland«, fährt die neben Frau Theobald Sitzende mit der Präsentation fort. Sie ist die Einzige, die selbst im Yoga-Urlaub nicht auf ihr Tages-Make-up verzichtet.

Die Letzte führt sich als Gabi Hemmerle aus München ein. Dunkle Schatten unter ihren Augen verraten, dass ihr die Geschehnisse vom Vortag auch in der Nacht keine Ruhe gelassen haben. Zu ihrem Verhältnis zum Mordopfer befragt, kommen nur wenig ergiebige Informationen aus der Runde.

»Sie war eher still«, meint Melanie Adelrich.

»Ja, ich glaube, sie war gern für sich«, bestätigt ihre Freundin Gabriele Theobald.

»Recht hübsch war sie«, steuert Frau Kaltenegger bei, was aber von Sabine Procek sogleich dementiert wird:

»Na eher durchschnittlich hübsch, würde ich sagen. Gute Figur, aber ansonsten vom Äußeren her so unscheinbar wie vom Wesen.« Ihr Schmollmund formt ein lautloses O, als fiele ihr erst jetzt auf, dass man über Tote nicht schlecht spricht.

Nach etwa einer Stunde beendet Kommissarin Mylona das Gespräch mit den Urlauberinnen. Keine von ihnen hat Renate Lindenfeld am Morgen ihres Todes gesehen und keine kann sich auch nur im Geringsten vorstellen, warum die stille Frau ein so grausames Ende finden musste.

Während Kommissarin Mylona und Inspektor Spirakis den Eingangsbereich der Yogastätte nach der Zuteilung der Befragungen verlassen hatten, ist Nionio Gamiras mit dem blutjung scheinenden Zimmermädchen im Foyer geblieben. Um von vorneherein für klare Verhältnisse zu sorgen, richtet er sich nun zu seiner vollen Größe auf, wodurch sich sein stattlicher Bauch noch kräftiger vorwölbt. Mit einer großspurigen Handbewegung fährt er sich durch sein schütteres, dunkles Haar, das die ersten grauen Strähnen aufweist, und zückt dann einen silbernen Kugelschreiber sowie einen Notizblock aus der Tasche seines Oberhemdes.

»Name?«, fragt er in strengem Ton, ohne die verschüchterte junge Frau anzuschauen.

»Luda Avala«, kommt es fast lautlos zurück.

»Etwas lauter, wenn ich bitten darf!«

Die Frau wiederholt ihren Namen und blickt den Polizeibeamten aus angstvoll geweiteten, dunklen Augen an. Ihr Haar ist unter einem grünen Baumwolltuch verborgen. Im Nacken lugt ein dicker, schwarzer Zopf hervor, der ihr bis auf den Rücken reicht. Sie hat hohe Wangenknochen, einen leicht gebräunten, sommersprossigen Teint, schön geformte Lippen und ein kleines Grübchen am Kinn.

»Herkunft?«, fragt Gamiras in dem ihm eigenen abgehackten Stil weiter.

»Ich verstehe nicht.«

»Wo kommen Sie her? Welches Land? Russland?«, bohrt der Inspektor nach.

»Nein, nix Russland. Ich aus Albanien, Tirana«, gibt die junge Frau an. Sie ist mittelgroß, wirkt sehr zierlich, hat aber kräftige Arme und stämmige Beine.

Gamiras schnaubt verächtlich. Für seinen Geschmack gibt es entschieden zu viele Albaner in Griechenland und jeder einzelne oder alle zusammen bereiten ihm, der Polizei, nichts als Ärger.

»Alter?«, fordert er die nächste Auskunft.

»Zwei-zwanzig«, antwortet Luda und hält zur Verdeutlichung zweimal alle zehn und dann nochmals zwei Finger hoch.

»Zweiundzwanzig, hm ...« Gamiras notiert die Angabe, wobei ihm auffällt, dass die Frau genauso alt ist wie sein Sohn Petros. Dieser absolviert derzeit das letzte Jahr seiner Ausbildung zum Polizisten. Eine schmale Sorgenfalte bildet sich auf der Stirn des Inspektors. Es ist nicht nur die Tatsache, dass es verdammt hart ist, in diesen Zeiten der allgemeinen Verteuerung und drastischen Lohnkürzungen zwei Kinder gleichzeitig in der Ausbildung zu haben, die ihm Kummer bereitet. Vielmehr denkt er mit Unbehagen daran, dass Petros momentan in Athen seinen Mann stehen muss und was man von dort hört, kann einem Angst und Schrecken einjagen. Die krisengeschüttelte Hauptstadt erbebt Tag für Tag unter neuen Unruhen und die extrem gewaltbereiten Demonstranten liefern sich eine Straßenschlacht nach der anderen mit der Ordnungsmacht.

Wenn nur meinem Jungen nichts passiert, denkt Gamiras, bevor er fortfährt: »Wie lange sind Sie schon in Griechenland?«

Luda Avala hebt einen Finger: »Ein Jahr.«

»Kannten Sie die Ermordete?«

Der fragende Blick, der erneut die mangelnden Griechischkenntnisse der Albanerin zeigt, veranlasst ihn zu einer deutlicheren Formulierung:

»Die Tote!«

»Tote Frau, ja, habe gehört. Schlimm!«

»Und? Kannten Sie sie?«

»Ich nix kennen tote Frau. Nur machen Zimmer sauber.«

Wie sich herausstellt, kann Luda jedoch auch zu dem Raum, den die Verstorbene bewohnt hat, nichts Ungewöhnliches berichten. Offensichtlich kann sie die einzelnen anwesenden Frauen generell nicht irgendwelchen bestimmten Zimmern zuweisen. Inspektor Gamiras hat die Albanerin bereits entlassen, als ihm noch etwas einfällt.

»Halt!«

Die junge Frau zuckt zusammen, dreht sich aber brav noch einmal um.

»Der Laptop! Haben Sie den Laptop genommen?«

Abermals reicht das Vokabular der Frau nicht aus. Gamiras formt mit beiden Händen ein Viereck in der Luft und präzisiert: »Das Notebook! Der Computer! Haben Sie den gestohlen?«

Luda läuft dunkelrot an, wehrt aber sogleich vehement ab: »Ich nix stohlen!« Dabei kreuzt sie beide Hände mehrmals in schneller Folge vor der Brust.

»Gut«, nickt der Inspektor, schaut aber ziemlich skeptisch. Mit einem Handzeichen schickt er die Albanerin endgültig fort und macht sich an die von seiner Vorgesetzten gewünschte Beschreibung der Immobilie. Zunächst würde er alle Räume und ihre Lage skizzieren, im Anschluss würde er mit dieser Zeichnung die Anwesenden bitten, die jeweilige Position ihres Zimmers anzugeben.

Nionio Spirakis ist Walter Stein und Gudrun Meier in das Büro der Yogaschule gefolgt, welches die Kommissarin schon am Vortag kennen gelernt hat. Der Leiter der Institution ist wieder ganz in weiß gekleidet und scheint seine innere Ausgeglichenheit wiedergefunden zu haben. Seine Augen sind mit ruhig abwägendem Blick auf den Polizeibeamten gerichtet.

Dieser wendet sich jedoch zunächst an die Frau, die am vergangenen Tag gefehlt hat und kommt auch sofort auf den Punkt: »Wo waren Sie gestern, Frau Meier?«

Falls die abrupte Gesprächseröffnung sie irritiert, so lässt sich die Frau ihr Erstaunen darüber nicht anmerken. Sie lächelt dem Inspektor zu; es ist kein schönes Lächeln, denn ihre Zähne sind viel zu klein und weisen einen leicht gelblichen Farbton auf.

»Shankara«, fordert sie Spirakis auf. »Bitte nennen Sie mich doch Shankara.«

Die Frau ist hochgewachsen und schlank. Ihre Größe wird durch die Wahl ihrer Garderobe noch betont: Der helle Rock aus weich fließendem Baumwollstoff ist eng geschnitten und reicht ihr bis auf die Knöchel. Dazu trägt sie ein seidig schimmerndes, schwarzes T-Shirt. Ihre Sandalen mit den gekreuzten Riemchen lassen einen Blick auf sorgfältig gepflegte Füße mit rosa lackierten Nägeln zu.

»Also gut, Shankara. Wo waren Sie gestern Vormittag?«, hakt Nionio nach.

»Ich war von früh bis zum Nachmittag auf Kräuter-Orientierungs-suche. Erst bei meiner Rückkehr habe ich von dem grausigen Verbrechen erfahren.« Sie spricht langsam, wählt die Worte bedächtig und doch in einem Ton, als würde sie nur eine beiläufige Bemerkung über das Wetter machen. Dabei sieht sie den Beamten aus schräg stehenden grünen Katzenaugen an. »Ich kenne mich ziemlich gut mit Kräutern aus«, fährt sie unaufgefordert fort. »Besonders mit Heilkräutern, und davon wachsen hier in Griechenland jede Menge. Morgen soll meine erste Kräuterexkursion für die Urlauberinnen stattfinden. Fünf der Anwesenden haben sich dazu angemeldet. Unter anderem übrigens Renate Lindenfeld. Um die Teilnehmerinnen nicht unnötig durch die Natur zu scheuchen, habe ich mich gestern vorab umgesehen, wo was wächst, und die Wege ausgesucht, die ich morgen mit der Gruppe gehen möchte.«

Von einer Sachkundigen für Heilkräuter hatte Nionio bislang ein komplett anderes Bild: Er hätte dabei eher an ein steinaltes, verschrumpeltes und gebückt gehendes Kräuterweiblein gedacht, keinesfalls an so eine große, toughe Frau, wie Shankara sie verkörpert. Sie ist ganz und gar nicht als attraktiv zu bezeichnen mit ihrer unreinen Haut und der wenig femininen schwarzgefärbten Kurzhaarfrisur, dennoch hat sie eine Ausstrahlung, die den Blick auf sie fesselt.

»Was können Sie mir über Renate Lindenfeld erzählen?«, möchte Inspektor Spirakis nun wissen.

Shankara muss nicht lange überlegen. »Sie war sympathisch. Schlicht und unaufdringlich, aber sehr freundlich, wenn man mit ihr ins Gespräch kam. Sie liebte es, wie ich, sich in der Natur aufzuhalten. Mehrmals am Tag, auf jeden Fall aber immer frühmorgens, ging sie nach draußen in den Garten, um dort ein paar gymnastische Übungen zu machen. Gestern übrigens auch.«

Nionio zieht überrascht die Augenbrauen hoch. »Sie haben Frau Lindenfeld gestern Morgen gesehen? Da sind Sie bisher die Einzige und somit wohl die Letzte, die sie lebend gesehen hat.«

»Das war doch wohl eher der Mörder, oder?«, gibt sie bestimmt zurück. »Ich habe Renate auch nur von Weitem gesehen, als ich aufgebrochen bin. Da war sie draußen am Seil springen. Sie war wirklich gut im Training. Topfit! Hatte ja auch einen tollen Körper.«

Aus dem Augenwinkel meint Nionio ein leichtes Aufblitzen im Blick Walter Steins wahrzunehmen, der ansonsten wie aus Stein gemeißelt auf seinem Stuhl sitzt und sich bisher noch nicht an der Unterhaltung beteiligt hat.

»Ja, sie war sehr beweglich«, stimmt der Yogi nun zu.

Inspektor Spirakis erkundigt sich noch nach Querelen unter den momentan anwesenden Urlauberinnen, aber keinem der beiden ist auch nur die geringste Unstimmigkeit innerhalb der Gruppe aufgefallen.

»Selbstverständlich sind manche der Frauen enger miteinander befreundet als andere«, führt Herr Stein aus. »Aber wenn sie konkret Renate Lindenfeld meinen, die war meines Wissens nach mit niemandem näher bekannt, lag aber auch sicherlich mit keiner der anderen Frauen im Clinch.«

»Ich glaube, mit der konnte man sich gar nicht streiten«, bestätigt Shankara.

Als die Tür aufgeht, heften sich drei Augenpaare auf die Eintretende. Kommissarin Mylona nickt ihrem Untergebenen kurz zu: »Bist du hier soweit? Wir müssen zum Flughafen, um Alfred Lindenfeld in Empfang zu nehmen.«

»Ja, gleich.« Rasch notiert Nionio sich der Vollständigkeit halber noch die Mobilfunknummer und die Münchner Heimatadresse der Kräuterexpertin und folgt der Kommissarin dann in Richtung Ausgang.

»Om Shanti«, erklingt es zweifach hinter ihm.

Nach kurzem Handykontakt zu Inspektor Gamiras, der meint, wohl noch mindestens eine Stunde für die Skizze der Yogastätte zu benötigen, brechen Eleni und Nionio auf.

Am Flughafen der Insel, der in den frühen Neunzigern komplett renoviert worden ist, herrscht nur mäßiger Betrieb. In der Ankunftshalle warten einige Touristenführer mit Schildern, welche die Namen der verschiedensten Reiseveranstalter nennen. Ihre Aufgabe ist es, die ankommenden Gäste auf die bereitstehenden Busse, die jeweils mehrere in derselben Richtung liegende Hotels ansteuern, zu verteilen.

Als die beiden Polizeibeamten den Ankunftsbereich betreten, wird soeben die pünktliche Ankunft des Fluges aus Nürnberg mitgeteilt. Etwa eine Viertelstunde später strömen die ersten Urlauber mit meist hochbeladenen Gepäckwagen durch die Absperrung. Eleni und Nionio konzentrieren sich auf einzeln reisende Männer im fraglichen Alter. Doch nach und nach ebbt der Strom der blassen Neuankömmlinge ab. Kein einziger Fluggast ist allein herausgekommen, nur Familien, Kleingruppen und Pärchen.

Eleni kontrolliert verwirrt die Nachricht, die sie am Vorabend von Alfred Lindenfeld erhalten hat. *Ankunft morgen, 14.30 Uhr, aus Nürnberg.* Sie hat sich nicht getäuscht. Natürlich nicht! Hat er den Flug vielleicht verpasst? Wurde er vom Flughafenzoll aufgehalten? Hastig wählt sie seine Handynummer, die sie sich vorsichtshalber in ihrem Diensttelefon abgespeichert hat.

»Ja?«, ertönt die dünne Stimme des Angewählten.

»Herr Lindenfeld, hier spricht Kommissarin Mylona von der Polizei in Zakynthos. Wir stehen am Flughafen und wollten Sie abholen, können Sie aber nirgendwo sehen.«

»Oh, das tut mir leid«, entschuldigt sich Alfred Lindenfeld. »Ich habe ganz vergessen, Ihnen Bescheid zu geben, dass ich mich für einen anderen Flug entschieden habe. Ich bin schon heute in der Früh mit einer Maschine aus Frankfurt gelandet.«

»Sie sind bereits auf Zakynthos? Und wo, wenn ich fragen darf. Wir können Sie egal wo abholen.«

»Ich bin mit einem Taxi in die Stadt gefahren und laufe einfach nur herum.« Der Mann wirkt sichtlich verstört.

»In Ordnung. Passen Sie auf. Versuchen Sie bitte, die Hafenpromenade zu finden. Orientieren Sie sich einfach am Gefälle: Bergab geht es immer zum Meer«, erläutert die Kommissarin.

»Da war ich schon. Das finde ich wieder.«

»Umso besser. Dann laufen Sie am Wasser entlang auf die einzige große Kirche an der Promenade zu. Das ist die Hauptpfarrkirche der Insel, Agios Dionysios. Den hohen, freistehenden Glockenturm können Sie schon von Weitem sehen. Schräg gegenüber führt eine lange, breite Mole zu den Fähren. Direkt am Anfang dieser Mole gibt es eine kleine Fischtaverne. Ich bin in zehn Minuten dort. Schaffen Sie das?«

»Ja«, hört Eleni noch, dann hat Herr Lindenfeld aufgelegt.

Die Kommissarin lässt sich von ihrem Mitarbeiter zu dem beschriebenen Lokal fahren, das von Jannis, einem guten Freund von ihr, betrieben wird. Spirakis schickt sie zurück nach Vassiliko, um Inspektor Gamiras einzusammeln.

»Eleni, meine Liebe«, wird sie gleich beim Eintreten von dem Gastwirt begrüßt. Mit tänzelnden Schritten eilt er auf sie zu und drückt ihr auf jede Wange ein kleines Küsschen. Jannis ist einer dieser Menschen, die ständig in Bewegung zu sein scheinen. Sein schmaler Körper steckt in Jeans, einem T-Shirt und einer langen, blitzsauberen Schürze.

»Hallo Jannis!«, grüßt Eleni zurück. »Ich brauche ein ruhiges Plätzchen, wo ich mich mit einem wichtigen Zeugen, den ich hierher bestellt habe, unterhalten kann.«

»Dann komm.« Er begleitet sie durch die mit Fischernetzen, wunderschönen, riesigen Muscheln und sonstigem maritimes Flair vermittelnden Schnickschnack dekorierte Gaststube zu einem Ecktisch mit Blick auf die Eingangstür und dahinter auf den Hafen. »Setz dich am besten hierher.« Jannis streicht sich eine lange, schwarze Strähne seines glatten Haares aus der Stirn. »Ein wichtiger Zeuge, eh? Hat bestimmt was mit eurem neuen Mordfall zu tun, oder?«

»Woher weißt du, dass wir wieder einen Mordfall haben? Ist doch erst gestern passiert und ich habe die Medien bisher bewusst herausgehalten.«

»Ah!« Jannis tut geheimnisvoll und verdreht seine Augen. »Du weißt doch: Mir bleibt nichts verborgen, was auf unserer schönen Insel geschieht. Also, sag schon!«

»Wir wurden gestern zu einer toten Touristin in Vassiliko gerufen. Sie nahm an einer Art Yogafreizeit zur Entspannung teil. Es war eindeutig Mord. Aber ich weiß noch rein gar nichts. Wir stehen ganz am Anfang unserer Ermittlungen. Der Zeuge, der gleich kommt, ist der Mann der Ermordeten.«

Aufs Stichwort taucht ein Mann in der Tür auf, dem Eleni spontan einige Jahre mehr gibt als sich selbst. Er ist mittelgroß, wirkt aber kleiner, da recht stämmig, und das müde, sorgenvolle Gesicht lässt die Gesamterscheinung noch älter aussehen. Er schaut sich suchend um. Sein Blick unter dem schütteren, vollständig ergrauten und penibel aus der Stirn gekämmten Haar wandert unstet durch den Raum.

Eleni lässt die Erscheinung des Alfred Lindenfeld noch einen winzigen Moment auf sich einwirken, bevor sie sich erhebt und auf ihn zugeht.

»Eleni Mylona«, stellt sie sich vor.

»Lindenfeld«, erwidert der Mann und folgt der Kommissarin an den Tisch. Er stellt seine Reisetasche aus dunkelbraunem Leder auf einen Stuhl und lässt sich selbst schwer auf einen anderen fallen. Sein heller Sommeranzug ist frisch gebügelt, aber schlecht geschnitten. Die stark wattierten Schultern verleihen der schmächtigen Figur etwas von der Schlaksigkeit eines Halbwüchsigen. Unter dem Sakko trägt er kein Hemd, sondern ein hellblaues Poloshirt.

Jannis, der sich beim Eintreten von Herrn Lindenfeld diskret hinter seinen Tresen zurückgezogen hat, taucht nun mit Gläsern sowie je einer Karaffe Wein und Wasser auf. Er macht mit einer Hand die typische Essgeste und wirft Eleni einen fragenden Blick zu.

Diese fragt den Deutschen: »Möchten Sie etwas essen?«

»Essen?« Die Frage scheint den Mann mit etwas völlig Exotischem zu konfrontieren.

»Vielleicht Fisch?«, fährt Eleni unbeirrt fort.

»Ist heute Freitag?«, fragt Alfred Lindenfeld zurück.

Die Kommissarin kann ihre Sorge um den Geisteszustand des frisch gebackenen Witwers kaum noch verbergen. »Ja, heute ist Freitag. Aber was hat das mit dem Essen zu tun?«

»Dann ist es gut. Freitags kocht Renate immer Fisch«, antwortet der Mann nun mit erstaunlich klarer Stimme.

Eleni bestellt auf Griechisch die gewünschte Mahlzeit, die konkrete Auswahl überlässt sie dabei dem Gastwirt.

»Freitags gibt es also immer Fisch bei Ihnen«, eröffnet sie dann unverfänglich das Gespräch.

»Natürlich, wir sind eine gut katholische Familie.« Auf einmal scheint ihm der Grund seines Aufenthaltes an diesem fremden Ort, an den er – er weiß gar nicht mehr wie – so plötzlich gelangt ist, wieder in den Sinn zu kommen. »Familie?! Wir sind gar keine Familie mehr, nicht wahr? Meine Frau ist doch tot, oder?«

»Ja, Herr Lindenfeld, ihre Frau ist leider tot«, bestätigt Eleni behutsam und fügt beschwichtigend hinzu: »Aber eine Familie sind Sie und Ihre Tochter dennoch weiterhin. Haben Sie ihre Tochter übrigens erreichen können?«

»Nein, sie ist doch mit den Pfadfindern unterwegs. Ich habe Ihnen doch gestern schon gesagt, dass man sie dort nicht anrufen kann.« In seinem Tonfall halten sich Trauer und Verärgerung die Waage.

»Warum haben Sie sich eigentlich spontan für einen anderen Flug entschieden?«, lenkt die Kommissarin das Gespräch in andere Bahnen.

»Ich, eh«, stammelt er leicht unbeholfen, »ich wollte nicht in der ärgsten Mittagshitze hier landen.«

Was für eine Mittagshitze? – denkt Eleni – der sollte mal im August herkommen. Doch sie lässt die Antwort auf sich beruhen. Aus ihren Jahren in Deutschland weiß sie, dass manch ein Europäer mit Griechenland automatisch die Vorstellung von brüllender Hitze verbindet, egal welche Jahreszeit gerade ist.

Ein Anruf auf Elenis Handy unterbricht die beiden. Nionio Spirakis ist am Apparat. Die Kommissarin lauscht kurz, berichtet, dass Herr Lindenfeld eingetroffen ist und bittet darum, dass die beiden Inspektoren noch bei der Spurensicherung vorbeifahren, bevor sie ins Kommissariat zurückkehren. »Wir sehen uns dort«, schließt sie.

Kaum hat sie die Aus-Taste betätigt, als das Telefon erneut klingelt.

»Mylona«, meldet sie sich unwirsch, ändert aber sofort den Ton, als sie merkt, wer am anderen Ende der Leitung spricht. »Ich hätte Sie im Laufe des Nachmittags auch angerufen, Herr Präfekt.«

»... und ausgerechnet eine Touristin«, hört sie den Polizeipräfekten sagen. »Was sollen die in Europa denn von uns denken?«

Immer, wenn ein Grieche von Europa spricht, schließt er Griechenland automatisch aus, während kein Europäer auf die Idee käme, den Mittelmeerstaat, der als Wiege der europäischen Kultur gilt, in Gedanken an Europa nicht mit einzubeziehen.

»Wir stehen mit unseren immensen Finanzproblemen gerade schlecht genug da«, teilt er Eleni seine mehr allgemeinen Sorgen mit. »Erst kürzlich hat Ihre Kanzlerin Merkel damit gedroht, Sanktionen bei Verstößen gegen die Euro-Stabilitätsregeln zu verhängen. Da dürfte Griechenland als erstes mit gemeint sein.«

Das *Ihre* vor der Nennung der deutschen Bundeskanzlerin stört Eleni massiv, aber sie verkneift sich eine Reaktion. Jeder weiß um ihre Zerrissenheit zwischen den beiden Ländern, und nur allzu oft wird sie ziemlich willkürlich mal in die griechische, mal in die deutsche Schublade gesteckt.

»Das Ministerium bittet um äußerste Diskretion«, drängt die Stimme aus Patras, »auch gegenüber den Medien. Die Vorbuchungen für die Saison liegen weit unter den Besucherzahlen, die wir vor der Krise hatten. Da können wir nicht noch mehr gebrauchen, das uns die Touristen verschreckt.«

»Das ist mir völlig klar«, versucht Eleni ihren aufgebrachten Vorgesetzten in Patras zu beruhigen.

Doch dieser redet einfach weiter: »... ein Höchstmaß an Fingerspitzengefühl, wenn ich bitten darf. Und natürlich rasche Ergebnisse.« Klack und schon ist der Anrufer aus der Leitung verschwunden.

Alfred Lindenfeld hat während der telefonischen Ablenkung gedankenverloren eine Papierserviette in winzige Schnipsel zerlegt. Nun wird er sich dessen gewahr und fegt diese eilig zusammen, um sie dann leicht verlegen in seiner Hosentasche zu verstauen.

»Sie sind also heute Morgen hier angekommen?«, nimmt Eleni den Faden wieder auf. »Wann genau?«

»So etwa um 10.00 Uhr. Dann bin ich ziellos durch die Stadt gestreift. Kann ich meine Frau sehen?«

»Das wird leider im Moment nicht möglich sein. Hier auf Zakynthos gibt es keine Rechtsmedizin. Der Leichnam Ihrer Frau wurde zur Obduktion nach Patras überführt.«

»Obduktion?«, kreischt der Mann aufgebracht. »Heißt das, man wird Renate aufschneiden und jeden Zentimeter ihres Körpers unter die Lupe nehmen?«

»Das muss leider sein. Jeder unnatürliche Tod zieht eine solche Untersuchung nach sich. In ein bis zwei Tagen wird die Leiche Ihrer Frau wieder freigegeben und dann können Sie bestimmen, auf welchem Weg Sie sie nach Hause bringen lassen möchten. Sie soll doch sicherlich in der Heimat beigesetzt werden, oder?«

»Selbstverständlich! Ich habe schon vor Jahren eine Grabstätte angekauft. Und auch alles andere haben meine Frau und ich testamentarisch geregelt. Man weiß ja nie, was passiert.«

Die Eheleute Lindenfeld scheinen ein gut organisiertes, um nicht zu sagen spießiges Leben geführt zu haben: Vorsorge für alle Eventualitäten, freitags Fisch, wahrscheinlich sonntags regelmäßig gemeinsamer Kirchgang, die Tochter bei den Pfadfindern, die Ehefrau einmal pro Woche zum Yoga, er vielleicht zu einer Skatrunde. Wie passt der gewaltsame Exitus von Renate Lindenfeld in dieses Bild einer gutbürgerlichen deutschen Kleinfamilie?

»Sie haben mir gestern gar nicht gesagt, wie alt Ihre Tochter ist. Sandra heißt sie, nicht wahr?«

»Ja, sie ist im April sechzehn geworden. Es ist das erste Mal für sie, dass sie Führerin einer Gruppe von Wölflingen ist.«

»Was sind denn Wölflinge? Waren Sie selbst auch bei den Pfadfindern?«, erkundigt sich Eleni, der aufgefallen ist, das Herr Lindenfeld das Vokabular der Pfadfinder ganz selbstverständlich einsetzt.

»Wölflinge sind die Acht- bis Zwölfjährigen. Man muss selbst mindestens sechzehn sein, um eine solche Gruppe zu leiten. Ja, ich war auch mal Pfadfinder, St. Georg, genau wie Sandra. Wie soll sie nur ohne ihre Mutter zurechtkommen?«

»Am Anfang wird es sicherlich sehr schwer. Für Sie beide. Aber nun sollten wir zunächst einmal denjenigen finden, der Ihrer Frau das angetan hat. Sie wollen doch bestimmt auch, dass wir den Mörder so schnell wie möglich fassen?«

»Was?« Alfred Lindenfeld ist wohl mit seinen Gedanken bei seiner Tochter hängen geblieben. »Ja, ja natürlich.«

»Sie werden sehen, wie viel Erleichterung es verschafft, den Schuldigen seiner gerechten Strafe zuzuführen. Aber um ihn zu finden, benötigen wir Ihre Hilfe. Sie müssen uns alles über Ihre Frau erzählen. Auch Details, die Ihnen vielleicht unwichtig erscheinen mögen. Irgendwo in Ihrem gemeinsamen Leben oder auch nur im Leben Ihrer Frau muss das Motiv für diesen Mord liegen. Die Tat sieht nicht danach aus, als ob Ihre Frau ein Zufallsopfer gewesen ist.«

Jannis kommt auf leisen Sohlen an den Tisch und stellt verschiedene duftende Platten vor den beiden ab. Darauf angerichtet sind eine große gegrillte Meeräsche, die es nur um diese Jahreszeit gibt, Tintenfischringe sowie verschiedene Beilagen. Eine Weile widmen sich die Kommissarin und der Witwer ihrer Mahlzeit.

Danach lässt Eleni den Mann einfach reden. Er erzählt ihr, dass Renate seine große, nein, sogar die einzige Liebe seines Lebens war. Sie haben sich in Würzburg kennen gelernt, obwohl sie ursprünglich aus Schweinfurt stammt. 1992 haben die beiden geheiratet; 1994 wurde Tochter Sandra geboren. Bis dahin hatte seine Frau als Verwaltungskraft bei den Stadtwerken gearbeitet. Mit der Geburt des Kindes hat sie ihre Arbeit aufgegeben und sich nur noch diesem und dem Haushalt gewidmet. Alfred Lindenfeld selbst ist ebenfalls bei der Stadt Würzburg angestellt; als Bildungsbeauftragter ist er in einer höheren Beamtenposition und dadurch gut in der Lage, die Familie allein zu ernähren. Durch die gesicherten Verhältnisse ist das Leben der Lindenfelds immer in geordneten Bahnen verlaufen. Einmal im Jahr fuhr die Familie gemeinsam an die Nordsee in Urlaub. Vor sieben Jahren habe Renate das Yoga für sich entdeckt und sei seither jeden Dienstagabend in eine solche

Gruppe gegangen. Als sie ihn vor zwei Jahren erstmalig darum gebeten habe, nach Griechenland fahren zu dürfen, um ihre Yogapraxis zu intensivieren, habe er sich gleich gedacht, dass das zu nichts Gutem führen könne.

Eleni stutzt bei der Formulierung, dass Renate ihren Mann um Erlaubnis zu einer Reise gebeten hat. Die Verstorbene scheint in ihrer Ehe nicht gerade emanzipiert gewesen zu sein.

»Wieso hatten Sie ein schlechtes Gefühl bei den Reiseplänen Ihrer Frau?«, will Eleni wissen.

»Überlegen Sie doch mal! Das war 2008! Da hat Griechenland nicht gerade positive Schlagzeilen in der Welt geschrieben. Und jetzt ist es wohl noch schlimmer geworden.«

»Ich halte es für äußerst unwahrscheinlich, dass der Tod Ihrer Frau etwas mit der griechischen Wirtschaftslage zu tun hat«, wirft die Kommissarin ein.

»Das habe ich doch nicht gemeint. Aber überhaupt: Griechenland!«, schnaubt er. »So weit weg. Und dann noch auf eine nur halbzivilisierte, dreckige Insel, wo man noch nicht einmal die Tafeln am Flughafen lesen kann und sich wahrscheinlich im Handumdrehen alle möglichen Krankheiten einfängt. Ich war jedenfalls zunächst dagegen.« Er schiebt sich noch ein Stück Brot in den Mund und kaut darauf herum. Schließlich habe er jedoch nachgegeben und sie sei für eine Woche hierher gefahren. Im vergangenen Jahr waren es dann schon zwei Wochen und dieses Jahr wieder. Er selbst habe keine aushäusigen Hobbys, erzählt Alfred Lindenfeld weiter. Er verbringe seine Freizeit überwiegend im Keller, wo er sich mit seiner Modelleisenbahn beschäftige. Er habe im Laufe der Jahre nicht nur Dutzende von Bahnmodellen selbst zusammengebaut, sondern auch Landschaften, Bahnhöfe und ganze Städte. Alles aus Bausätzen, die er sich über das Internet aus aller Welt kommen ließe. Ein hundertprozentiger Spießer also, denkt sich Eleni, sagt aber nichts, sondern lässt ihn weiterreden. Viel kommt nicht mehr bei der Unterhaltung heraus. Der Witwer meint nur noch, er habe eingesehen, dass seine Frau dieses ganze

»Yogading« brauche, wahrscheinlich weil Sandra nicht mehr so klein ist, dass sie die Mutter rund um die Uhr benötigt. Aber – und darauf beharrt er – er habe kein gutes Gefühl dabei gehabt, wenn Renate nach Zakynthos gereist ist.

Von Jannis' Fischtaverne bis zum Kommissariat waren es nur knapp zehn Minuten Fußweg. Eleni Mylona hat den Deutschen mitgenommen, nachdem dieser sich vehement dagegen gewehrt hatte, mit einem Taxi zu der Yogastätte in Vassiliko zu fahren, wo Walter Stein ihm ein kostenloses Zimmer für die Dauer seines Aufenthaltes zur Verfügung gestellt hätte. Nun liegt es an ihr, den Mann anderweitig unterzubringen. Nach kurzem Überlegen entscheidet sie sich für das Hotel *Strada Marina*, das an der Hafenpromenade der Stadt und somit ganz nah am Kommissariat liegt. Die Übernachtungskosten würden selbstverständlich auf Staatskosten gehen. Kaum hat sie den Reservierungsanruf getätigt, als die beiden Inspektoren im Büro erscheinen. Eleni macht die drei Männer miteinander bekannt und betraut dann Spirakis mit der Aufgabe, den Witwer zum *Strada Marina* zu begleiten und dort einzuquartieren.

Anschließend lässt sie sich von Gamiras die Skizze zeigen, die dieser von *Haus Sonnengruß* angefertigt hat. Vom Eingangsbereich aus, in dem der Inspektor auch das Mobiliar und den Springbrunnen eingetragen hat, gehen zwei Türen ab.

»Diese hier führt in die Küche«, erläutert Gamiras. »Dahinter hat die Köchin ihr eigenes kleines Reich: einen Wohn- und Schlafraum und ein Badezimmer.« Er deutet auf zwei Vierecke hinter der Küche. »Und das ist die Tür, durch die wir gestern Morgen durch einen langen Flur in den Garten gelangt sind.« Sein Finger fährt die Linie des Flurs nach. »Die grünen Türen führen zu den einzelnen Gästezimmern. Es gibt zwei Doppelzimmer und sechs Einzelzimmer. Alle sind mit einem eigenen Bad ausgestattet.« Wenn Nionio Gamiras sich ausnahmsweise einmal, so wie jetzt, wohl in seiner Haut fühlt, kann er auch in ordentlichen Sätzen sprechen. »Auf der linken Seite des Flurs wohnen zurzeit der Reihe nach: Melanie Adelrich und Gabriele Theobald in einem der Doppelzimmer, daneben Viviane Westhoff, dann Sabine Procek und das letzte Zimmer ist das der Toten.« Mit der Aussprache der deutschen Namen tut Gamiras sich schwer, doch er hat sie in sauberen Großbuchstaben in die entsprechenden Kästchen gemalt. »Rechts ist das Doppelzimmer im Moment unbelegt, dann folgen die Quartiere von Gabi Hemmerle, von Roswitha Kaltenegger und von Susanne Mohr.«

»Sehr schön«, lobt Eleni ihren Mitarbeiter. »Wo sind die Lehrkräfte untergebracht?«

Gamiras' Finger rutscht über das Blatt zu einem anderen Trakt des Gebäudes, in welchem auch der Yogapraxisraum und das Büro von Walter Stein liegen. »Hier gibt es noch drei Zimmer, alle zum Garten hin gelegen und wesentlich größer als die der Gästeunterbringung. Dieses«, er deutet auf das ganz rechts eingezeichnete Quadrat, »ist das Zimmer von Walter Stein. Dort wohnt sein Bruder, wenn er kommt, und das letzte wird von dieser Shankara bewohnt.«

Gamiras hat sich mit der Skizze enorme Mühe gegeben. Auch die Grünanlage rund um das Haus hat er nicht vergessen. In diese integriert findet Eleni den exakt gekennzeichneten Fundort der Leiche, jede einzelne Parkbank sowie eine zeichnerisch hervorgehobene runde Fläche auf der Seite des Gebäudes, die sie selbst noch nicht gesehen hat.

»Was ist das Runde hier?«, erkundigt sie sich.

»Das ist der zweite Yogaplatz«, hat Gamiras erfahren. »Wenn alle drei Lehrer da sind, überschneiden sich einzelne Kurse schon mal und dann geht einer mit seiner Gruppe ins Freie.«

»Vielen Dank, Inspektor. Gute Arbeit!« Kommissarin Mylona ist sichtlich zufrieden. »Hat Tassoula schon irgendwelche Ergebnisse für uns?«

Sie werden unterbrochen, als der Beamte der Verkehrspolizei, der sie am Morgen an der Unfallstelle in Argassi informiert hat, seinen Kopf zur Tür hereinsteckt.

»Eines der beiden weiblichen Unfallopfer von heute früh ist verstorben; die andere kommt wohl durch«, teilt er emotionslos mit. »Ich dachte, Sie wollten das vielleicht wissen.«

»Ja, danke«, nickt Eleni. »Der erste Verkehrsunfall in diesem Jahr mit tödlichem Ausgang, oder?«

»Richtig«, bestätigt der Uniformierte. »Aber da kommen sicherlich noch einige nach.«

Zwei ausländische Touristinnen an zwei aufeinanderfolgenden Tagen, die nun nicht lebend in ihre Heimat zurückkehren würden. Der Polizeipräfekt hat ganz recht, denkt Eleni, wenn er um das Image unseres schönen Griechenlands bangt. Sie reibt sich kurz über ihre linke Schulter, die ihr nach einer in Deutschland erlittenen Schussverletzung immer noch Schmerzen bereitet, und wendet sich dann wieder ihrem Kollegen zu: »Also, was gibt es von der Spurensicherung?«, fragt sie erneut.

»Tassoula hat uns die Tatortfotos mitgegeben«, er zeigt auf ein dickes Couvert, das er auf dem Tisch abgelegt hat. »Mit den persönlichen Dingen der Frau, die sie alle eingepackt hat und mit der Auswertung der Fingerabdrücke aus dem Zimmer der Ermordeten war sie noch nicht ganz durch, meinte aber zu Letzteren schon sagen zu können, dass es nicht allzu viele verschiedene sind.«

»Was ist mit der Tatwaffe?«

»Ach ja, das Seil! Nichts! Auf so einem eng gedrehten Hanfseil gibt es leider keine Spuren.«

»Legen Sie uns dann bitte die Schautafel an«, delegiert Eleni die nächste Aufgabe. Erst kürzlich konnte sie eine große weiße Tafel, auf die man sowohl mit dicken Filzern schreiben, als auch mittels Magneten Bilder und Sonstiges heften konnte, für das Büro, das sie sich mit ihren Inspektoren teilt, anschaffen. Über ein Jahr hat sie um diese Tafel – in ihrer Zeit im deutschen Polizeidienst ein unabdingbares Hilfsmittel – kämpfen müssen.

»Ja, gerne«, stimmt Gamiras erfreut zu, da er derartige Aufträge dem Sichten von Akten oder dem Herumtelefonieren entschieden vorzieht.

Eleni selbst tätigt noch einen Anruf in die Rechtsmedizin in Patras, wird aber, was den Obduktionsbericht anbelangt, auf den nächsten Tag vertröstet.

Auf dem Heimweg wundert sich die Kommissarin über die Ruhe auf den Straßen der Stadt. Wo es an einem Freitagabend im Mai früher extrem zeitraubend war, sich durch den dichten Verkehr zu schlängeln, kommt sie heute ohne jede Verzögerung voran. Spritztouren, nur so zum Vergnügen, macht keiner mehr, denkt sie sich. Wer kann sich das bei den Benzinpreisen schon noch leisten? Wer kann sich überhaupt noch etwas leisten?

SAMSTAG, 15. MAI

Es gibt Phasen der Ruhe bei der Polizeiarbeit auf der Insel Zakynthos – Wochen, manchmal Monate, in denen für die Kriminalbeamten nichts als Routine ansteht – und es gibt aufregende, arbeitsreiche Zeiten. Wie jetzt, wenn das Dreierteam einen Mordfall aufzuklären hat. Da kann man keine Rücksicht auf anderweitige Wochenendpläne nehmen, findet Eleni, und so hat sie ihre beiden Inspektoren auch am Samstag ins Büro bestellt.

Auf dem Weg dorthin macht sie Station am Hotel *Strada Marina*, wo sie Alfred Lindenfeld beim Frühstück antrifft. Er hat eine unruhige Nacht hinter sich, die man ihm sofort ansieht. Tiefe Schatten liegen unter seinen Augen und lassen diese noch kleiner erscheinen, als sie von Natur aus sind. Er trägt dieselbe Anzughose wie am Vortag, hat aber das Sakko weggelassen und das hellblaue gegen ein weißes Poloshirt getauscht, welches nicht sonderlich zu seiner sehr blassen Haut passt. Das Haar ist zwar ordentlich zurückgekämmt, aber für eine Rasur hat seine Disziplin an diesem Morgen offenbar nicht ausgereicht.

»Wie geht es Ihnen heute?« Kommissarin Mylona nimmt ihm gegenüber Platz.

»Wie soll es mir schon gehen?« Lustlos schiebt er eine Gabel Rührei in den Mund. »Haben Sie den Mörder?«, zischt er ungeduldig.

»So schnell geht das nicht«, verteidigt sich Eleni.

»Wenigstens eine brauchbare Spur?«

»Sie müssen sich schon ein bisschen gedulden. Rom ist auch nicht an einem Tag erbaut worden.« Sie beobachtet das Erstaunen in Alfred Lindenfelds Blick, als sie diese deutsche Redensart verwendet.

»Sie beherrschen unsere Sprache wirklich ausgezeichnet«, sagt er dann auch.

»Ich habe viele Jahre in Deutschland verbracht«, erklärt Eleni knapp und fragt dann sogleich, um zu verhindern, dass Herr Lindenfeld in eine ablenkende und unnütze Plauderei über ihre Vergangenheit abdriftet: »Ist Ihnen noch etwas eingefallen, das wir wissen sollten? Etwas, das uns weiterhelfen kann? Irgendetwas zum Beispiel, das Ihnen an Ihrer Frau in letzter Zeit seltsam vorkam? Oder Kontakte zu anderen Menschen, die ihre Frau pflegte und die uns eventuell auf die richtige Spur führen können?«

»Renate hatte nicht viele ›Kontakte‹, wie Sie es nennen. Sie ging nur einmal die Woche zu ihrem Yogakurs und am Wochenende besuchte sie meist ihre Mutter in Schweinfurt. Manchmal sind wir auch alle zusammen dorthin gefahren oder sie nahm nur Sandra mit, aber in den letzten Jahren fuhr sie fast immer allein. Oder – aber das nicht so häufig – sie fuhr zu ihrer Schwester nach Bamberg.«

»Freunde oder Freundinnen hatte sie keine?«, erkundigt sich die Kommissarin verblüfft.

»Doch schon. Aber ich glaube nicht, dass sie wirklich wichtig für sie waren. Es gibt eine Freundin aus der Schulzeit, die sie ab und zu in Schweinfurt auf einen Kaffee traf und in Würzburg ging sie ganz sporadisch mit einer ehemaligen Arbeitskollegin aus.«

»Können Sie mir die Namen der beiden Damen nennen?«

»Die Namen? Warum denn das, um Himmels Willen? Was sollen denn Renates deutsche Freundinnen mit ihrem Tod hier auf dieser gottverdammten Insel zu tun haben?«

Eleni bleibt ganz ruhig. »Die Namen, bitte.«

»Petra Neustädter heißt ihre Schulfreundin und die Arbeitskollegin ist eine Andrea. Den Nachnamen weiß ich nicht.«

Die Kommissarin schaltet rasch, erinnert sich an die ehemalige Beschäftigung der Ermordeten und fragt: »Arbeitet diese Andrea noch bei den Stadtwerken in Würzburg?«

»Ich glaube schon.« Alfred Lindenfeld schiebt den noch halbgefüllten Teller von sich und wischt sich mit einer Serviette über den Mund.

»Danke.« Eleni notiert sich die Namen und steht auf.

»Wo gehen Sie hin?«, fragt der Mann verunsichert.

»Arbeiten«, erklärt die Kommissarin schlicht.

»Am Samstag? Und was wird aus mir?«, fragt Herr Lindenfeld und seine Stimme verrät leichte Panik.

»Wenn Sie möchten, kann ich später mit Ihnen nach Vassiliko fahren und Ihnen zeigen, wo ihre Frau Ihre Yogaferien verbracht hat. Aber nun muss ich ins Büro, meine Kollegen warten. Wir wollen doch alle so schnell wie möglich Ergebnisse.«

Sie macht ein paar Schritte in Richtung Ausgang, dreht sich aber noch einmal um: »Vielleicht möchten Sie sich unser Museum anschauen? Es beherbergt eine der wichtigsten Sammlungen orthodoxer Kirchenkunst in ganz Griechenland. Das bringt Sie auf andere Gedanken.«

Sie beschreibt ihm die Lage des Byzantinischen Museums am nur wenige Schritte vom Hotel entfernten Solomos-Platz und bricht eilig auf.

Eleni Mylona wird von ihren beiden Mitarbeitern bereits erwartet. Auch die Rechtsmedizin in Patras ist nicht faul gewesen und hat wie versprochen den Obduktionsbericht per Fax an das zakynthische Kommissariat übermittelt.

Eleni greift nach dem dünnen Papierstapel und nimmt auf ihrem Bürostuhl Platz. »Habt ihr schon drübergeschaut oder soll ich laut lesen?«, fragt sie und wedelt mit den Blättern.

Beide Inspektoren schütteln den Kopf.

»Ist gerade erst reingekommen«, sagt Spirakis.

»Gut. Dann hört zu: *Untersucht wurde der Körper einer Person weiblichen Geschlechts, mittleren Alters, europäischer Herkunft. Größe 1,69 Meter, Gewicht 57 Kilogramm. Bis zum Eintreffen des Corpus in der amtlichen Pathologie hatte sich die Leichenstarre in allen Schichten gelöst. Unter Berücksichtigung dessen sowie der unterschiedlichen Temperaturen, denen der Corpus ausgesetzt war, kann der Todeszeitpunkt auf die frühen Morgenstunden des 13. Mai festgelegt werden.*«

Spirakis hat seiner Chefin wortlos eine Tasse dampfenden Kaffee hingestellt und sie nickt ihm dankend zu. Sie nimmt einen vorsichtigen Schluck und fährt dann fort: »*Das Haar der Frau war kurz geschnitten, von dichtem Wuchs und dunkelbrauner Farbe. Augenfarbe mittelbraun; Einblutungen in der Bindehaut, die auf Sauerstoffentzug hindeuten. Status der Zähne normal, minimaler Überbiss, zwei Kronen, acht Amalgamfüllungen. Die Fingernägel waren kurz gehalten, teilweise abgebrochen; unter ihnen fanden sich Reste eines Hanfseils.*«

»Keine Fremd-DNA?«, fragt Spirakis enttäuscht.

»Wohl nicht«, antwortet Eleni. »War aber auch nicht zu erwarten. Überleg doch mal: Wenn dir jemand ein Seil um den Hals legt – wahrscheinlich von hinten – dann versuchst du doch instinktiv zu verhindern, dass sich dieses zusammenzieht. An den Angreifer hinter dir kommst du gar nicht ran. Es sei denn, du hast Kugelgelenke in den Schultern. Weiter im Text: *Ansonsten fanden sich keine Abwehrverletzungen. Corpus athletisch mit gut trainierter Muskulatur. Keine frischen Wunden. Eine Narbe am Unterbauch von einem Kaiserschnitt. Einige kleine Muttermale an den Extremitäten, dem Rücken und dem Bauch sowie ein größeres, sichelförmiges auf dem Gluteus, rechts.*«

»Was war gleich Gluteus?«, unterbricht Nionio.

»Das Gesäß, der Popo«, erklärt Eleni ungeduldig.

»Ok, ok. Habe ich schon mal gehört, aber wohl wieder vergessen.«

»*Ansonsten keine weiteren besonderen körperlichen Merkmale. Es lagen keine Erkrankungen der inneren Organe vor. Am Hals deutliche Spuren einer Strangulation mit kräftigem Blutandrang, die todesursächlich war. Tod trat durch akuten Sauerstoffmangel ein.* Soweit der Bericht«, schließt die Kommissarin und legt das Fax zur Seite.

»Kommt bei dieser Todesart eigentlich auch eine Frau als Täter in Frage oder braucht man richtig Kraft, um jemanden mit einem Seil zu erwürgen?«, möchte Spirakis wissen.

»Das schafft auf jeden Fall auch eine Frau«, informiert Eleni. »Das Opfer ist sofort wehrlos und dann muss der Täter oder eben die Täterin nur noch fest genug zuziehen.«

Anschließend berichtet sie ihren Kollegen kurz von ihrem Treffen mit Alfred Lindenfeld und entscheidet sich dann: »Ich werde mal rasch die zwei Namen, die er mir genannt hat, recherchieren. Vielleicht finde ich sogar Telefonnummern dazu.«

Als erstes gibt sie den Namen und den Wohnort der Schulfreundin von Renate Lindenfeld in die Suchmaschine ein. »Petra Neustädter, aha«, murmelt sie vor sich hin und notiert sogleich die gefundene Anschrift und Telefonnummer. Die zweite Bekannte der Toten ist nicht so schnell auszumachen. Doch sie sucht sich schon mal die Nummer der Würzburger Stadtwerke heraus, um diese am Montag anzurufen und nach einer Mitarbeiterin namens Andrea zu fragen, die bereits seit geraumer Zeit dort angestellt ist. Der Versuch, die erste Freundin telefonisch zu erreichen, scheitert an einer Bandansage, welche die Familie Neustädter als *momentan alle ausgeflogen* bezeichnet.

»Lasst mal eure bisherigen Überlegungen zu dem Fall hören«, fordert Eleni die beiden Männer im Raum auf.

Gamiras als der Ältere beginnt: »Tod durch Strangulation – hm – wenn nicht Selbstmord – dann meist geplant. Eher keine Affekttat.«

»Aber das Seil war gerade zur Hand«, gibt die Kommissarin zu bedenken. »Totschlag kommt also sehr wohl in Frage. Hätte jemand den Mord an Renate Lindenfeld systematisch geplant, so hätte er wahrscheinlich eine andere Waffe dabei gehabt.«

»Das stimmt wohl«, gibt Gamiras zu. »Ortskenntnis muss der Täter aber gehabt haben. Er wusste, wo und wann er die Frau allein antrifft.«

»Auch das nicht unbedingt«, wehrt Eleni abermals ab. »Es kann sich durchaus um eine Zufallsbegegnung mit bösem Ende gehandelt haben. Mit völlig unklarem Motiv. Wir wissen einfach noch zu wenig. Was ist mit dem Notebook-Diebstahl? Haltet ihr irgendeine Verbindung zu dem Mord für möglich?«

Wieder antwortet Gamiras als erster: »Die Albanerin, die ich befragt habe, streitet ab, was damit zu tun zu haben. Aber müssen wir das glauben? Die klauen doch alle wie die Raben.«

»Vorsicht mit vorschnellen Urteilen, Herr Gamiras«, tadelt die Kommissarin. »Bloß weil eine Reihe von Handtaschendiebstählen, geknackten Autos und Einbrüchen in Ferienquartiere auf deren Konto gehen, dürfen wir nicht jeden mit Herkunft aus Albanien wie einen Straftäter behandeln.« Sie lässt sich die Reaktion des Zimmermädchens beschreiben, die dieses zeigte, als der Beamte sie mit dem Verdacht konfrontierte, und schüttelt dann skeptisch den Kopf. »Lassen wir das zunächst einmal beiseite. Sonst noch etwas Auffälliges? Nionio?«, wendet sie sich fragend an den jüngeren Inspektor.

»Well, mir kommt dieser Guru komisch vor. So abgeklärt, wie er wirken möchte, so unwahrscheinlich erscheint es mir, dass er das auch ist. Er sieht ziemlich gut aus für sein Alter und haust da so ganz allein in einem Hühnerstall. Not bad«, schließt er von sich auf ihn.

»Du spielst darauf an, dass er mit einer der Urlauberinnen was laufen hat?«

»Don't know, aber diese Procek oder wie sie heißt, die Blonde, die die Leiche gefunden hat, tritt ganz schön kokett auf. Flirtet mit allem, was Hosen hat und nicht bei drei auf den Bäumen ist.«

»Dich hat sie wohl auch nicht verschont?«, schmunzelt Eleni.

Spirakis verdreht die Augen. »Ich meine ja nur: Vielleicht hat der Oberyogi was mit der. Oder mit mehreren. Oder mit allen. Vielleicht ist diese ganze Yogakiste so eine Art verdeckte Sexspielwiese.«

»Pah«, macht Gamiras und rümpft die Nase.

»Pfui, was hast du für eine schmutzige Phantasie!« Eleni tut entsetzt, muss aber dabei grinsen. Dann wird sie wieder ernst. »Vielleicht liegst du gar nicht so falsch. Auf jeden Fall hast du Recht, wenn du sagst, dass die Situation da draußen in dem Yogacamp seltsam ist. Die Konstellation eines attraktiven Mannes und jeder Menge entspannter Frauen bietet zweifellos Raum für alle möglichen Vorstellungen. Und somit auch für etwaige Motive, wie beispielsweise Eifersucht, verschmähte Liebe oder Ähnliches. Wir sollten den Teilnehmerinnen diesbezüglich noch einmal auf den Zahn fühlen. Ich fahre später nach Vassiliko und übernehme das.«

Sie nimmt einen großen Schluck von ihrem inzwischen abgekühlten Kaffee und beginnt damit, ein wenig Ordnung in die Papiere auf ihrem Schreibtisch zu bringen.

Doch schon nach kurzer Zeit merkt die Kommissarin, dass ihre Konzentration zu wünschen übrig lässt. Sie gibt ihren Mitarbeitern für den Rest des Wochenendes frei und macht sich selbst auf den Weg zum Museum, um den Witwer dort abzuholen.

Mit großen Schritten überquert sie den sonnenbeschienenen Platz, auf dem zwei Skulpturen sofort ins Auge springen: Zur Mole hin gelegen eine bronzene Freiheitsstatue zur Erinnerung an die staatliche Unabhängigkeit vom Osmanischen Reich, die Griechenland im Jahre 1830 errang, sowie unmittelbar vor dem Museum ein überdimensionales Marmorstandbild auf einem hohen Sockel, welches den auf Zakynthos geborenen Dichter der griechischen Nationalhymne, Dionysios Solomos, darstellt.

Rasch erklimmt Eleni die Stufen zum Museum. Das Vorzeigen ihres Dienstausweises erspart ihr den Eintritt von drei Euro. Sie sieht sich kurz in der Eingangshalle um, in der es einige großformatige Ansichten der Insel aus früheren Jahrhunderten zu bewundern gibt.

Die Decken hier im Erdgeschoss sind hoch und es ist angenehm kühl. Die Kommissarin betritt den ersten Saal, der voller byzantinischer Sakralkunst ist. Mit einem Seitenblick nimmt sie eine Darstellung der Jungfrau Maria wahr, die das Jesuskind stillt. Erstaunt stellt sie fest, dass der Künstler sich nicht gescheut hat, die Gottesmutter mit entblößter Brust zu zeigen. Von Alfred Lindenfeld ist weit und breit nichts zu sehen.

Im nächsten Saal sind in loser Ordnung Architekturbruchstücke aufgestellt. Das Spektrum reicht von Grabstelen aus hellenistischer Zeit bis zu Fragmenten aus der Spätantike und dem Mittelalter. Flechtbänder gehören zu den bevorzugten Ornamenten. Sie erinnern die Kommissarin an das Seil, das jemand Renate Lindenfeld um den Hals gelegt und so fest zugezogen hat, dass ihr die Luft wegblieb.

Im Laufschritt nimmt Eleni die Treppen zur oberen Etage. Außer einem älteren Ehepaar hat sie bislang noch keine Besucher angetroffen. Sie geht an einer Reihe riesiger Wandgemälde mit ausschließlich biblischen Themen vorbei. Alfred Lindenfeld ist nirgendwo zu sehen. Auch in den folgenden beiden Räumen, in denen Heiligenbilder präsentiert werden, kann sie den Mann nicht ausmachen. Ihre Blicke streifen Darstellungen von allgemein bekannten Schutzpatronen wie dem Heiligen Georg als Drachentöter oder Johannes dem Täufer mit seinem abgeschlagenen Haupt in einer Schale zu seinen Füßen, daneben aber auch Portraits von Heiligen der Ostkirche, wie dem Heiligen Onuphrios, dem Heiligen Spiridon oder dem Heiligen Eleutheros.

Eleni hastet weiter durch die weitläufigen Fluchten des Museums, durchquert einen Saal voller düsterer Gemälde und Grabsteine, dann einen weiteren mit Bildern von Engeln und findet sich plötzlich an der Treppe wieder. Offensichtlich hat sie den Rundgang beendet. Keine Spur von Herrn Lindenfeld!

Immer zwei Stufen auf einmal nehmend, gelangt sie wieder ins Erdgeschoss und verlässt das Museum.

Draußen benötigen ihre Augen einen Moment, um sich wieder an das grelle Sonnenlicht zu gewöhnen. Sie zückt ihr Handy, wählt die Nummer des Deutschen und erfährt, dass er in einem Lokal am Solomos-Platz – also nur wenige Schritte von ihr entfernt – sitzt.

Sie erspäht ihn im Schatten der Arkaden, vor sich eine ganze Batterie leerer Cognacgläser. Eleni atmet tief durch und geht auf ihn zu. Offenbar hat der arme Kerl eine Sauforgie dem Museumsbesuch vorgezogen. Beim Näherkommen erkennt sie, dass er auch geweint haben muss: Seine Augen sind gerötet und sein Haar ist zerrauft. Eleni versteht nur zu gut, dass der Mann seinen Kummer ertränken musste. Da wird von jetzt auf gleich sein ganzes Leben auf den Kopf gestellt: Seine Frau wird brutal von seiner Seite gerissen und er selbst findet sich in eine Welt katapultiert, die ihm völlig fremd sein muss. Erstaunlicherweise macht er keinen sehr betrunkenen Eindruck. Die Kommissarin bestellt Kaffee und Wasser für sie beide und nach einer halben Stunde ist er wieder so klar, dass er zustimmt, mit ihr zu dem Yogacamp zu fahren.

Es herrscht viel Betrieb auf der einzigen Straße, welche die Landzunge Vassiliko durchzieht. Samstag und angenehme Temperaturen, die zu einem ersten Bad im Meer einladen, haben viele Einheimische dazu bewogen, eine der herrlichen Buchten in diesem Teil der Insel aufzusuchen. Solch ein kleines Vergnügen am Wochenende kann sich augenscheinlich doch noch manch einer leisten. Langsam schlängelt sich Elenis roter Golf durch den Verkehr. Der Mann auf dem Beifahrersitz schweigt beharrlich. Er hat sich eine Sonnenbrille mit sehr dunklen Gläsern zugelegt, die seine Augen vollständig verbergen. In den Haarnadelkurven, die sich um den Berg Skopos winden, bricht die Kommissarin das Schweigen.

»Die Erhebung hier rechts«, erklärt sie in bester Fremdenführermanier, »ist der Skopos. Er ist knapp fünfhundert Meter hoch und hat eine markante kegelförmige Gestalt.«

Herr Lindenfeld dreht seinen Kopf nur minimal in die genannte Richtung. Sein Bedarf an den Sehenswürdigkeiten der Insel ist für diesen Tag vollends gedeckt.

Doch Eleni, die ihren Fahrgast keinesfalls seinen trüben Gedanken überlassen möchte, fährt unbeirrt fort: »Auf dem Gipfel befindet sich ein halbverfallenes, der Jungfrau Maria geweihtes Kloster aus dem 15. Jahrhundert. Ich habe im Winter mal eine Wanderung dort hinauf gemacht und war ziemlich beeindruckt. Man hat einen umwerfenden Panoramablick und auch die Kirche ist wirklich sehenswert.«

»Mir reicht es für heute«, schneidet er ihr schroff das Wort ab. »Von orthodoxen Kirchen und Klöstern habe ich durch den Museumsbesuch die Nase gestrichen voll.«

»Gut«, lenkt Eleni ein und behält die weitere Beschreibung des Klosters mit seinem kreuzförmigen Grundriss und den zahlreichen Fresken ebenso für sich wie die Information, dass es über den Resten eines antiken Artemistempels errichtet wurde.

An jedem Feldweg, der zu einer der Badebuchten von Vassiliko abzweigt, wird die Straße vor ihnen leerer. Besonders viele biegen zum Porto Zoro ab, einem Strand, der sowohl feinen Sand, als auch einen besonderen optischen Reiz durch einige riesige, im Wasser liegende Felsen bietet. Natürlich gibt es auch eine Taverne und eine Bar, die für das leibliche Wohl sorgen, worauf die Insulaner bei einem Wochenendausflug in heimischen Gefilden größten Wert legen.

Der Golf hat den schmalen Weg zum *Haus Sonnengruß* erreicht und steuert direkt auf die Yogaanlage zu. Eleni kann keinerlei Regung, steigendes Interesse oder auch nur Neugier an Herrn Lindenfeld beobachten. Beim Aussteigen blickt er weiterhin dumpf vor sich hin.

»Für Yogabegeisterte – und das war Ihre Frau ja wohl – ist das hier ein recht attraktives Angebot«, versucht Eleni ihn aus der Reserve zu locken.

Erst bei diesen Worten scheint dem Mann der Anlass der Fahrt mit der Kommissarin bewusst zu werden. Er zuckt zusammen und stammelt: »Hier hat Renate ihre Yogaferien verbracht?«

»Ja«, bestätigt Eleni. »Es ist eine wirklich schöne Anlage mit einem reichhaltigen Programm, hübschen Zimmern und diesem weitläufigen Park.« Sie deutet mit einer ausholenden Geste um sich. »Wollen wir hineingehen? Oder möchten Sie zuerst sehen, wo man ihre Frau gefunden hat?«, fragt sie vorsichtig.

Alfred Lindenfeld stößt einen tiefen Seufzer aus und nickt dann, ergeben wie ein Lamm, das zur Schlachtbank geführt wird.

Die Kommissarin führt den Witwer außen um das Gebäude herum. Als sie die Glastür zum Übungsraum passieren, sehen sie Walter Stein und alle sieben Frauen im sogenannten Yoga-Mudra-Sitz entspannen: die Beine überkreuzt, die Hände hinter dem Rücken verschränkt, die Stirn auf den Boden gelegt.

Etwa fünfzig Meter weiter bleibt Eleni stehen, und um ein Haar wäre Herr Lindenfeld in sie hineingelaufen. Er hat nicht auf seine direkte Umgebung geachtet, sondern den Blick auf das so nah gelegene Meer gewandt.

»Entschuldigung«, nuschelt er instinktiv.

»Hier«, bedeutet die Kommissarin ihm und weist auf die Stelle, wo der Körper von Renate Lindenfeld im Gras gelegen hat. Außer dem Absperrband gibt es keine Spuren mehr von dem Verbrechen. Das Gras hat sich wieder erhoben und bewegt sich leise im Wind, als handele es sich um den friedlichsten Ort der Welt.

Der Witwer schluckt schwer.

»Wollen Sie vielleicht einen Augenblick alleine sein?«, erkundigt sich Eleni rücksichtsvoll.

»Ja«, kommt es fast tonlos zurück. »Ja, bitte.«

Die Kommissarin lenkt ihre Schritte auf das Gebäude zu. Sie überlegt gerade noch, wie sie die Yogarunde am besten auflösen soll, ohne sich den Ärger aller Teilnehmer zuzuziehen und damit die Möglichkeit auf ergiebige Gespräche zu verbauen, als sich die Tür zum Übungsraum öffnet. In der folgenden Stunde nimmt sie sich jede der Urlauberinnen noch einmal einzeln vor und ist am Ende sehr zufrieden mit den neu gewonnenen Erkenntnissen.

Beschwingt geht sie in den Garten zurück, wo die gebeugte Gestalt Alfred Lindenfelds ihr gleich wieder einen Dämpfer verpasst. Der Witwer verzichtet auf einen Rundgang durch die Yogastätte und möchte auch niemanden der Anwesenden kennen lernen. Er will nur noch zurück in sein Hotel. Eleni zeigt Verständnis und marschiert voran in Richtung Auto.

»Was haben Sie denn da gemacht?«, fragt sie ihn, als sie beim Anlegen ihres Gurtes eine blutige Schramme entdeckt, die sich von seinem Handrücken bis über den halben Unterarm zieht.

»Da?« Verwirrt lenkt er seinen Blick auf die Stelle. »Ach, nichts. Ich habe die Rosen in dem Garten aus der Nähe betrachtet. Dabei muss ich mich wohl an einem Dorn geritzt haben.«

»Kennen Sie sich mit Rosen aus?« Die Kommissarin versucht, ein Gespräch in Gang zu bringen, um den Witwer nicht abermals in schwarze Gedanken versinken zu sehen.

»Nur ein wenig«, antwortet er einsilbig. »Wir haben keinen Garten.« Mehr hat er zu dem Thema nicht zu sagen.

Gleich darauf zieht der Mann sich wieder in sein Schneckenhaus zurück und spricht bis zum Hotel kein einziges Wort mehr. Ein wenig bereut Eleni seine Anwesenheit, die ihr die Möglichkeit nimmt, sich mit den übrigen Inselbewohnern an einem schönen Strand in die kühlen Fluten zu stürzen. Eine ordentliche Strecke schwimmen wäre jetzt genau das Richtige und ihre Badesachen hat sie seit einigen Tagen wieder im Auto deponiert, wo sie den Sommer über immer griffbereit liegen. Sie beschließt, das Bad auf dem kurzen Stück zwischen der Hauptstadt und ihrer Wohnung nachzuholen. Sandstrände gibt es dort zwar nicht, aber doch einige Stellen, an denen man gut ins Wasser hinein-, und auch wieder hinauskommt.

Nach einem erfrischenden Bad im Meer, welches Eleni sich nicht zuletzt zum Training ihrer zerschossenen Schulter so oft wie möglich gönnt, betritt sie aufgekratzt den Hof zu Vassilis' Anwesen. Der alte Schreiner sitzt im Schatten vor seiner Werkstatt – Herakles zu seinen Füßen – und betrachtet die kleinen, weißen Wölkchen, die am Himmel treiben.

»Du hast gute Laune, meine Liebe«, begrüßt er Eleni. »Konntest du den Mordfall schon lösen?«

»Das nicht, aber ich habe heute ein paar Dinge herausbekommen, die ein völlig neues Licht auf die Sache werfen.«

Vassilis hat sich erhoben und gemeinsam steigen sie die Außentreppe zum ersten Stockwerk hoch, in dem der Vermieter wohnt. In der Küche nehmen sie wie gewohnt Platz, der Alte füllt die Weingläser und Eleni berichtet ihm von Walter Stein und seinem Harem.

»Anders kann man es wohl kaum nennen«, schließt Eleni mit Empörung in der Stimme.

In den am Nachmittag geführten Einzelgesprächen mit den Frauen aus Deutschland und Österreich hat sie herausgefunden, dass der smarte Yogi mit mindestens dreien der momentan Anwesenden eine Affäre hat. Die blonde Sabine Procek hat sich geradezu damit gebrüstet, mit ihrem Trainer ins Bett zu gehen, Gabi Hemmerle hat erst eine Weile herumgedruckst, dann aber ebenfalls zugegeben, einige Male mit Walter Stein geschlafen zu haben und Viviane Westhoff empfand es völlig normal, dass der Leiter der Yogaschule die Gelegenheiten nahm, wie sie kamen. »Ich gehe, seit ich das erste Mal hier war, mit ihm in die Kiste und dann alle Jahre wieder«, meinte sie unbekümmert. »Dass ich nicht die Einzige bin, ist doch wohl sonnenklar.« Dazu befragt, ob eventuell auch Renate

Lindenfeld zu den Gespielinnen des potenten Hausherrn gehört hat, konnte keine der Frauen Eleni Auskunft geben.

»Ein waschechter Casanova also«, zieht Vassilis das Fazit aus Elenis Bericht.

»Kann man so sagen«, stimmt sie zu. »Nur dass es heutzutage glücklicherweise Verhütungsmittel gibt und er wohl nicht wie Casanova anno dazumal eine Unzahl von Kindern in die Welt setzt.«

»Da war Casanova nicht der Erste«, sagt der alte Schreiner und freut sich, die neugierig geweiteten Augen Elenis zur Kenntnis nehmend, an dem sofort erwachenden Interesse seiner Mieterin.

»Der Göttervater Zeus war schließlich auch nicht der Schlechteste im Zeugen von Nachkommenschaft. Obwohl mit Hera verheiratet, die ihm den Kriegsgott Ares, den Gott des Feuers Hephaistos, Hebe, die Göttin der Jugendblüte und Eileithyia, die Göttin der Geburt gebar, hat er noch unzählige weitere Kinder mit anderen Frauen gezeugt.«

»Stimmt«, fällt es Eleni ein. »Und meistens hat er sich ihnen in verwandelter Gestalt genähert, wenn ich mich nicht irre.«

»Ganz richtig: der Leda als Schwan, der Europa als zahmer, weißer Stier, der Danae in Form eines goldenen Regens, der Antiope in der Gestalt eines Satyrs und der Alkmene in der ihres eigenen Gatten Amphitryon.«

»Respekt«, staunt Eleni. »Das war mal wieder eine perfekte Zusammenfassung. Und aus allen Begegnungen gingen Kinder hervor?«

Vassilis nimmt erst genüsslich einen Schluck Wein, bevor er antwortet. »Natürlich. Mit Leda zeugte Zeus die schöne Helena, mit Europa den Minos und seine Brüder, mit Danae den Perseus, mit Antiope Amphion und Zetes und mit Alkmene den Helden Herakles.«

Der graue, zottige Hund, der neben ihnen liegt, hebt bei der Erwähnung seines Namens kurz seinen runden Kopf und sieht sein Herrchen erwartungsfroh an. »Nein, mein Freund, du bist dieses

Mal nicht gemeint.« Vassilis streicht dem Tier über den Rücken und dieses legt den Kopf beruhigt wieder ab.

»Die Nachkommenschaft des Göttervaters ist aber noch viel, viel größer«, fährt der alte Mann fort. »Kennst du weitere Kinder des Zeus?«

Die Kommissarin muss nur ganz kurz nachdenken. »Klar, er hat doch noch einige andere Götter gezeugt. Hermes zum Beispiel und Dionysos.« Sie legt ihre Stirn in Falten. »Und das Geschwisterpaar Apollon und Artemis.«

»Ausgezeichnet«, lobt Vassilis. »Den Weingott Dionysos hat er mit Semele gezeugt und den vielseitigen Gott Hermes mit der Nymphe Maia. Die Mutter der Zwillinge Apollon und Artemis war die Titanentochter Leto. Unter den Göttern vergessen hast du Aphrodite, die bei Homer eine Tochter des Zeus und der Dione ist, bei Hesiod ist sie aus Meeresschaum entstanden.«

»Puh«, stöhnt Eleni und versucht die Masse der Namen und verwandtschaftlichen Verquickungen in ihrem Kopf zu sortieren. »Ich frage mich immer wieder, wo du das alles speicherst.«

»Mein Gedächtnis funktioniert noch ganz gut«, schmunzelt Vassilis. »Ich kann die Reihe der Zeus-Nachkommen sogar noch um einige ergänzen.«

»Lass hören!«

»Mit Themis, der Göttin der Gerechtigkeit, bildet Zeus das Elternpaar der Horen, der Jahreszeitengöttinnen, sowie der Moiren, der Schicksalsgottheiten. Mit Mnemosyne zeugte er die Musen und mit Eurynome die anmutigen Chariten.«

»Mir fällt gerade auch noch eine Geliebte des Zeus ein«, unterbricht Eleni aufgeregt. »Io! Wurde die nicht in eine Kuh verwandelt?«

»Ganz richtig, und zwar, um sie der Rache der eifersüchtigen Hera zu entziehen.«

»Vor oder nach dem intimen Beisammensein mit Zeus?«, witzelt Eleni.

»Jetzt wirst du albern, meine Liebe. Zeus ist doch kein Sodomist!«

»War nur ein Scherz«, beschwichtigt sie und beide müssen herzlich lachen.

SONNTAG, 16. MAI

Ein Teil des Sonntagvormittags ist bei Eleni seit eh und je für ihre in Köln lebende ältere Schwester Zoi reserviert. In den mehr als fünfzehn Jahren, in denen sie selbst in der Domstadt am Rhein gelebt hat, haben sich die beiden fast jeden Sonntag zum Brunch getroffen, ausgenommen die Wochenenden, an denen Eleni Bereitschaft hatte. Seit sie nach Zakynthos umgezogen ist, haben die Schwestern es sich zum Ritual gemacht, immer sonntags ausgiebig miteinander zu telefonieren. Als an diesem strahlenden Maimorgen das Telefon klingelt, muss die Kommissarin also nicht lange überlegen, wer da wohl anruft.

»Hallo Zoi«, begrüßt sie die Verwandte in der Ferne erfreut und legt gleich damit los, ihr die neuesten Ereignisse aus ihrem zakynthischen Berufsalltag zu erzählen. Auch dieser Rhythmus hat sich schon lange eingespielt: Zunächst berichtet Eleni aus Griechenland, danach Zoi aus Köln und von den Kindern.

»Was machen Deine Mädchen«, erkundigt sich die Jüngere, als sie mit ihrem Rapport fertig ist und wechselt automatisch vom Griechischen ins Deutsche.

Zois Zwillingstöchter haben vor fünf Jahren Abitur gemacht und befinden sich noch im Studium. Die eine hat nach einem Fehlstart in Jura die Kunstgeschichte als ihr Fach entdeckt, während die andere mit ihrem Medizinstudium in die Fußstapfen des Vaters tritt.

»Katarina ist total im Stress. Nächsten Monat hat sie ihre Abschlussprüfungen, bevor die Assistenzzeit beginnt. Sie hat sich inzwischen gegen das Krankenhaus ihres Vaters entschieden, dem es ein Leichtes gewesen wäre, sie hier unterzubringen.«

»Wie schade für Dich«, tröstet Eleni. »Du hattest Dich doch schon darauf gefreut, sie wieder bei Dir zu haben.«

»Erwachsene Kinder kann und soll man nicht halten. Jedenfalls will sie in Münster bleiben und kann dort als Assistenzärztin in der Dermatologie der Uniklinik anfangen.«

Eleni hört durch die Sprechmuschel, wie ihre Schwester einen Schluck Kaffee nimmt.

»Ich glaube, da spielt auch noch ein Mann eine Rolle ...«

»Wirklich? Wie spannend! Katarina, die Fleißige, die Ernste, hat sich verliebt?«, platzt Eleni heraus.

»Viel hat sie nicht erzählt. Du kennst sie ja. Aber sie macht schon recht häufig Andeutungen in Richtung eines Kommilitonen namens Henri.«

»Und wenn Katarina solche Andeutungen macht, ist es im Zweifel richtig ernst. Meinst du das?«

»Hm. Wahrscheinlich. Wir müssen uns wohl gedulden, bis sie uns den Knaben mal vorstellt.«

Elenis Blick schweift zu einer Korktafel, auf die sie ohne erkennbare Ordnung Fotos gepinnt hat, und bleibt an einem Bild hängen, welches die Zwillinge in einem Frankreich-Urlaub vor einigen Jahren zeigt.

»Und Sophia? Wie geht es unserer Künstlerin?«

»Nicht Künstlerin, Kunstgeschichtlerin«, korrigiert Zoi. »Sie ist momentan auch kaum ansprechbar. Sie hat mit ihrer Bachelorarbeit angefangen und muss in zwei Monaten abgeben.«

»Wow, das ging aber schnell bei ihr. Nur drei Jahre!«

»Immerhin hat sie vorher ein Jahr mit dem falschen Studium vertrödelt und ein weiteres in Paris abgehangen. Aber ja, jetzt scheint sie sehr motiviert und hat die Regelstudienzeit problemlos eingehalten, obwohl sie, wie ich sie kenne, dem studentischen Nachtleben in Heidelberg kräftig zugesprochen hat.«

»Und was für Pläne hat sie danach?«, fragt Eleni interessiert und betrachtet erneut das Foto der eineiigen Zwillinge. So sehr sich die beiden äußerlich gleichen, so wenig Ähnlichkeit besteht in ihren Charakteren. Katarina war schon immer still und verschlossen, Sophia stets offen und lebenslustig.

»Sie wird wohl noch einen Master draufsetzen, falls die Abschlussnote beim Bachelor reicht, meinte sie. Und was hörst du von deinem Alekos? Er fehlt mir auch, weißt du!«

Elenis Sohn, der knapp zwei Jahre jünger ist als Zois Zwillinge, hat Köln als Studienort gewählt. Von klein auf hatte es ihn ans Klavier gezogen und nun ist er an der Musikhochschule eingeschrieben. Für Elenis Schwester ist es eine Freude, dass wenigstens eines der Kinder, die sie hat heranwachsen sehen, in ihrer Nähe geblieben ist. Sie ist ein extrem mütterlicher Typ, was nicht zuletzt daran liegt, dass sie nie berufstätig war, sondern sich ihr Leben lang voll und ganz auf ihre Rolle als Hausfrau und Mutter konzentriert hat. Doch Alekos' Ausbildung bringt es mit sich, dass er nur einen Teil des Jahres in Köln verbringt, in der restlichen Zeit reist er durch die Weltgeschichte, besucht Meisterkurse und Workshops und gibt inzwischen selbst immer mehr Konzerte an den verschiedensten Orten.

»Wir haben diese Woche zweimal miteinander gesprochen«, erzählt Eleni. »Alekos ist begeistert von New York! Lernt unheimlich viele interessante Leute kennen, hat er erzählt, und der Workshop scheint ihn gut voranzubringen. Tja, meine Liebe, aus Kindern werden Leute! Da können wir nur am Rande stehen und zusehen.«

Zoi seufzt vernehmlich in den Hörer. Doch dann fasst sie sich wieder und wechselt das Thema. »Ich war doch am Freitag mit Joachim in Morsbach, im Bergischen Land. Er hatte dort eine Fachtagung. Und da ich viel Zeit hatte, bin ich so herumgeschlendert. Und weißt du, was ich entdeckt habe?« Sie legt eine Kunstpause ein. »Du wirst es nicht glauben!« Sie erhöht die Spannung noch weiter. »In der Kirche von Morsbach, St. Gertrud, wird in einer Seitenkapelle eine Ikone aus Zakynthos gezeigt.«

»Wie bitte? Eine zakynthische Ikone in einem Dorf im Bergischen? Wie soll die denn da hingekommen sein? Ist es sicher, dass sie von hier stammt?« Eleni, sonst kunstgeschichtlich nicht allzu ambitioniert, ist auf einmal Feuer und Flamme.

»Langsam, Schwesterherz. Ich erzähle es dir ja. Einen Teil habe ich von der Beschriftungstafel in der Kirche abgeschrieben, einen Teil hat Sophia dann noch recherchiert. Also, es handelt sich um eine Madonnendarstellung als Braut mit Schleier und Brautkrone. Muss wohl sehr selten sein, dieser Typus. Alles in Gold. Und darauf gibt es eine Inschrift *ISKO PIOTISA*. Man hat wohl lange herumgerätselt, was das bedeutet und ist schließlich dahinter gekommen, dass es eine Marienikone aus dem Kloster vom Berg Skopos auf Zakynthos sein muss.«

»Da bin ich im Winter mal gewesen und erst gestern habe ich jemandem davon erzählt«, unterbricht Eleni ganz aufgeregt. »Das Kloster war tatsächlich der Jungfrau Maria geweiht und die heißt dann im Griechischen natürlich *Skopiotissa*. Wie auch sonst?«

»Sag ich doch! Weiter habe ich erfahren, dass sie aus dem 13. Jahrhundert stammt und wahrscheinlich in venezianischer Zeit über Italien nach Deutschland gelangt ist. Ein Pfarrer mit Namen Karl Strack hat sie 1933 in einem Kölner Antiquariat entdeckt und nach Morsbach gebracht. Toll, was?«

»Ja, das ist wirklich eine spannende Geschichte. Langsam verstehe ich auch Sophias Begeisterung für die Kunstgeschichte. Die besteht wohl doch nicht nur aus dem Angucken und Beschreiben von Bildern.«

»Nein, die Geschichte der Kunstgegenstände ist manchmal viel spannender als die Exponate selbst. Das hat Sophia mir schon ein paar Mal dargelegt. Das Thema ihrer Bachelorarbeit geht auch in diese Richtung. Irgendetwas mit Kunstraub zur Zeit des Zweiten Weltkriegs.«

»Werden die beiden im Sommer denn mit herkommen können?«, möchte Eleni noch wissen.

»Ja, ich denke schon. Im August sind alle Prüfungen vorbei und Katarinas Assistenzzeit fängt erst im Oktober an. Es sieht also so aus, als kämen wir en famille. Alekos wird doch auch da sein?«

»Hat er zumindest vor. Dieser Workshop in New York geht bis Mitte Juli. Ach, ich freue mich auf euch alle. Das Haus, das ihr im vorigen Jahr gemietet habt, ist, wie besprochen, schon wieder klargemacht. Küsschen!«

»Küsschen! Und viel Glück bei deinem Fall!«, wünscht Zoi. »Hoffentlich hast du ihn bis zu deinem Geburtstag gelöst, damit du auch zum Feiern kommst. Ein Päckchen ist übrigens unterwegs.«

»Da bin ich aber gespannt. Ciao!«

Gegen Mittag fährt Kommissarin Mylona in die Stadt, um Alfred Lindenfeld wie verabredet zum Flughafen zu bringen. Er hat die ungemein schwere Aufgabe vor sich, seiner Tochter, die ebenfalls am Abend aus ihrem Pfadfinderlager heimkehrt, die Nachricht vom Tod ihrer Mutter zu überbringen. Herr Lindenfeld hat für diesen Tag keinen Direktflug bekommen, sondern muss über Athen nach Deutschland zurückkehren. Die Aufregung über diese komplizierte Reiseroute überdeckt noch seine Angst vor der Begegnung mit Sandra.

»Und wenn ich meinen Anschlussflug nicht finde?«, fragt er aufgelöst.

»Der neue Flughafen in Athen ist sehr übersichtlich«, beruhigt Eleni den reiseunerfahrenen Mann. »Alle Beschriftungen sind in griechischen und in lateinischen Buchstaben gehalten. Notfalls können Sie sich durchfragen. Jeder vom Flughafenpersonal spricht zumindest Englisch.«

Sie wartet, während er seine Reisetasche auf das Gepäckband legt und sein Ticket hervorkramt.

»Wenn ich den Flug in Athen verpasse, ist Sandra vor mir zu Hause und wird sich fragen, wo ich bin«, meldet er weitere Zweifel an.

»Sie haben mehr als eine Stunde Übergang. Das klappt auf jeden Fall. Die Reise ist nicht der schwierigste Teil Ihres heutigen Tages. Schaffen Sie das Gespräch mit Ihrer Tochter wirklich allein?«, hakt sie besorgt nach. »Ich biete Ihnen gerne nochmals an, die psychologische Opfer- und Angehörigenbetreuung der Würzburger Polizei zu kontaktieren. Ich bin sicher, die haben sehr fähige Leute.«

»Ich brauche keinen Psychofritzen, um mit meiner Tochter zu reden. Die kennen Sandra doch gar nicht und Renate haben sie auch nicht gekannt.«

Der Aufruf für den Flug nach Athen macht dem Gespräch ein Ende. Alfred Lindenfeld setzt sich Richtung Gate in Bewegung.

»Sie halten mich doch auf dem Laufenden?«

»Selbstverständlich, ich werde Sie regelmäßig anrufen. Erst einmal gute Reise und bleiben Sie ganz ruhig.«

Zum Abschied reichen sie sich die Hand, dann verschwindet die füllige Gestalt des Witwers in dem schmalen Gang.

Die noch herrlich warme Nachmittagssonne dieses Sonntags nutzt Eleni für einen ausgiebigen Schwimmbesuch in der nahe ihrer Wohnung gelegenen Bucht von Tsilivi. Danach kümmert sie sich um ihren Haushalt, der unter der Woche wieder einmal liegen geblieben ist. Sie hat sich Musik aufgelegt – eine CD mit den Cellokonzerten von Dvořák und Schumann – schafft es aber dennoch nicht, ihren Kopf von dem Mordfall, den es zu lösen gilt, frei zu bekommen. Die Tatsache, dass es im *Haus Sonnengruß* nicht so platonisch-esoterisch zugeht, wie es auf den ersten Blick den Anschein hat, bildet die Basis für eine Reihe neuer Motive. Eifersucht etwa, ein geradezu klassisches Motiv, wobei in diesem Fall nur an eskalierte Eifersüchteleien unter den Yogafrauen zu denken ist, nicht an einen ausgerasteten Partner, da diese nicht vor Ort sind. War der Punkt verheiratet oder nicht bei den bisherigen Befragungen der Urlauberinnen eigentlich zur Sprache gekommen? Das müsste sie gleich morgen in den Protokollen nachsehen. Aber auch die Vorstellung, eine von Walter Stein abgewiesene Person könne aus Neid und gekränkter Eitelkeit eine Konkurrentin aus dem Weg geräumt haben, ist nicht von der Hand zu weisen. Dazu muss jedoch erst einmal klargestellt werden, ob Renate Lindenfeld überhaupt zum Kreis der Geliebten des Yogi gehört hat.

Eleni kramt ihr Diensthandy hervor, in dem sie die Telefonnummer von Renates Freundin in Deutschland festgehalten hat. Beim dritten Klingelton hebt jemand ab. Eine Männerstimme meldet sich mit »Neustädter.«

»Kommissarin Mylona von der Polizei in Zakynthos, Griechenland. Gut, dass ich Sie erreiche.«

»Wir waren über das lange Wochenende verreist. Sind eben erst heimgekommen. Polizei, sagten Sie? Wie kann ich Ihnen helfen?« Die Verwunderung am anderen Ende der Leitung ist quasi mit Händen greifbar.

»Ich würde gern mit Frau Petra Neustädter sprechen. Ihre Gattin?«

»Ja.« Er wendet sich von der Sprechmuschel ab, doch die Kommissarin hört, wie er laut nach seiner Frau ruft, die wenige Augenblick darauf das Gespräch übernimmt.

»Hier Petra Neustädter. Griechische Polizei? Was kann ich für die griechische Polizei tun?«

»Es geht um ihre Freundin, Renate Lindenfeld«, setzt Eleni an und schildert der Frau möglichst knapp und ohne Ausschmückungen, was ihrer alten Schulfreundin zugestoßen ist und was sie über die lockere Lebensführung des Leiters der Yogastätte erfahren hat. »Sie kennen Renate wahrscheinlich besser als jeder andere und hatten regelmäßig Kontakt zu ihr. Sicherlich hat Sie Ihnen ausgiebig von ihren Griechenlandreisen erzählt. Hat Sie dabei jemals etwas von einem Verhältnis zu Walter Stein angedeutet? Oder anders: Ist es für Sie, als vertraute Freundin, vorstellbar, dass Renate Lindenfeld eine solche Liaison eingegangen ist, dass sie also ihren Ehemann betrogen hat?«

Frau Neustädter scheint die Tragweite ihrer Antwort gleich zu begreifen, denn sie zögert lange, bevor sie erwidert: »Konkret erzählt hat Renate nichts dergleichen. Aber diese Reisen – sie ist jetzt das dritte Jahr in Folge dorthin gefahren – scheinen ihr mehr als nur Entspannung durch Yoga gegeben zu haben. Ich erinnere mich, dass sie mir voriges Jahr nach ihrer Rückkehr wie ein neuer Mensch vorkam. Total verändert.«

»Verändert, inwiefern?«, hakt Eleni nach.

»Gelöster, lockerer, und ich meine nicht nur die Muskulatur. Sie ist, seit ich sie kenne, eher ein stiller, manchmal fast melancholischer Mensch gewesen, aber letztes Jahr nach dieser Zakynthosreise war sie irgendwie heiterer und machte auf mich auch einen selbstbewussteren Eindruck als üblich.«

Eleni, zufrieden mit der Antwort von Frau Neustädter, die in die erhoffte Richtung zu weisen scheint, sagt: »Das kann man durchaus so interpretieren, dass ein Mann dahintersteckt. Was meinen Sie?«

»Da stimme ich Ihnen zu. Ich habe Renate auch direkt darauf angesprochen, aber sie hat sich nicht festnageln lassen. Hat, wie gesagt, nur ein paar Andeutungen gemacht. Ich könnte sie jedenfalls sehr gut verstehen, wenn es so wäre.« Auf einmal wird der Frau klar, dass sie nicht bloß so über eine Freundin plaudert, sondern dass diese tot ist. Sie schluchzt laut auf, entschuldigt sich und Eleni bekommt mit, wie sie sich vernehmlich die Nase schnäuzt.

»Geht es wieder?«, fragt die Kommissarin nach einer Weile und führt ihre Gesprächspartnerin zu dem zuletzt Gesagten zurück: »Sie könnten was gut verstehen?«

»Na, wenn Renate auch mal einen anderen Mann gebraucht hätte. Ihr Alfred ist ein ziemlicher Langweiler. Spießig ohne Ende und nicht der leiseste Hauch von Unternehmungslust. Hockt immerfort nur in seinem Bastelkeller!« Sie greift erneut zum Taschentuch, fährt aber sogleich fort: »Als Renate das erste Mal von diesen Yogakursen in Griechenland erzählte, habe ich ihr dringend zugeraten, daran teilzunehmen. Das Leben bietet mehr als Würzburg,

Alfred, Sandra und einmal jährlich die Nordsee, habe ich zu ihr gesagt.«

»Fand sie das auch?«

Petra Neustädter denkt kurz nach. »Ich denke, sie war etliche Jahre zufrieden mit ihrem idyllischen Kleinfamiliendasein. Aber irgendwann habe ich gespürt, dass sie immer unzufriedener wurde. Ja, ich denke, sie wusste auch, dass es noch mehr geben muss und sie wollte dieses Mehr kennen lernen.«

»Vielen Dank, Frau Neustädter, sie haben mir sehr geholfen«, beendet Eleni das Telefonat mit Frau Lindenfelds bester Freundin. »Und: Auch Ihnen mein herzliches Beileid.«

»Alfred und Sandra?«, erkundigt sich die Frau noch. »Wissen sie es schon?«

»Herr Lindenfeld war zwei Tage hier und befindet sich gerade jetzt auf dem Rückflug nach Deutschland, wo er das schreckliche Ereignis seiner Tochter beibringen muss.«

»O Gott, o Gott, o Gott«, vernimmt Eleni noch, bevor ein Klicken ihr zeigt, dass Frau Neustädter aufgelegt hat.

MONTAG, 17. MAI

Das Büro ist verwaist, als Kommissarin Mylona eintritt. Ein Blick auf die Uhr lässt sie leicht verdutzt dreinschauen. Eigentlich müssten beide Inspektoren bereits hier sein.

»Hi, guten Morgen«, ertönt Spirakis' Stimme von hinten. »Sorry, ich bin ein bisschen spät dran.« Er grinst über beide Ohren, was ihm einen umwerfenden Charme verleiht. Sein schlanker, athletischer Körper steckt in engen Jeans mit einem breiten Ledergürtel und einem cremefarbenen T-Shirt, die Füße in den unvermeidlichen Westernstiefeln.

»Du hattest offenbar ein schönes Wochenende«, kommentiert Eleni den schwungvollen Auftritt des jungen Mannes.

»Well, kann nicht klagen. Was steht an?«

»Krieg bitte erst einmal heraus, wo Gamiras steckt«, bittet die Kommissarin, während sie sich an ihren Schreibtisch setzt und die Telefonnummer der Würzburger Stadtwerke heraussucht. Die Unterhaltung mit der einen Freundin der Ermordeten lässt auf die Informationen, welche die zweite ihr eventuell bieten kann, hoffen. Eilig gibt sie die Nummer ein, landet aber zunächst natürlich in einer Warteschleife, die Mozarts *Kleine Nachtmusik* dudelt. Es dauert geschlagene drei Minuten, bis man ihren Anruf entgegennimmt.

»Kommissarin Mylona, aus Zakynthos, Griechenland«, stellt sie sich vor. »Ich bin im Rahmen polizeilicher Ermittlungen auf der Suche nach einer Mitarbeiterin von Ihnen. Leider ist mir nur der Vorname bekannt. Aber vielleicht können Sie mir trotzdem weiterhelfen. Die Frau hat den Rufnamen Andrea und muss meines Wissens nach seit mindestens« – sie rechnet anhand von Sandras Alter rasch aus, wann Renate Lindenfeld aufgehört hat zu arbeiten – »siebzehn oder achtzehn Jahren bei Ihnen angestellt sein.«

»Einen Augenblick bitte. Ich verbinde Sie mit unserem Personalbüro.«

Zwei weitere Minuten Mozart und ein kurzes Gespräch später hat Eleni den vollen Namen der Würzburger Freundin in Erfahrung gebracht. Leider kann man sie nicht direkt zu ihr durchstellen, da sie zurzeit Urlaub hat. Sie lässt sich die private Telefonnummer von Andrea Bauer geben und probiert es dort.

»Andrea Bauer ist zurzeit nicht erreichbar«, ertönt die Mailbox. »Bitte hinterlassen sie eine Nachricht oder versuchen sie es später noch einmal.« Die Kommissarin tut, wie ihr geheißen, und bittet um dringenden Rückruf.

»Mit der einen Freundin von Renate Lindenfeld habe ich gestern gesprochen«, berichtet sie ihrem Mitarbeiter. »War sehr aufschlussreich. Die andere scheint auf Reisen zu sein. Was ist mit Gamiras?«

»Well, der ist zu einem Feuer, wie ich herausbekommen habe. Irgendwo an der Ausfahrtstraße Richtung Gaitani brennt ein Fahrzeugschuppen lichterloh. Der Diensthabende unten an der Pforte meinte, es sei ein klarer Fall von Brandstiftung und hat Gamiras gebeten, mal vorbeizuschauen.«

»Konnte das denn kein anderer übernehmen? Wir haben einen Mordfall mit absoluter Priorität«, ärgert sich Eleni über den Ausfall ihres Kollegen, nicht zuletzt, weil sie nun alle neuen Informationen, die sie am Wochenende zusammengetragen hat, zweimal würde zusammenfassen müssen. Zunächst tut sie dies für den anwesenden ihrer beiden Inspektoren, der als Kommentar zu Walter Steins laxem Lebensstil leise durch die Zähne pfeift. Dann beschließt Eleni: »Ich denke, wir sollten als erstes noch mal zu Tassoula fahren. Vielleicht hat sie ja am Wochenende auch ein paar Stunden in die Arbeit investiert und kann uns schon etwas über die Auswertung der Tatortspuren mitteilen.«

Sie sind schon in der Tür, als das Telefon auf Elenis Schreibtisch läutet. Mit einem Sprung hechtet sie zurück und greift in Erwartung des Rückrufs von Andrea Bauer nach dem Hörer. Doch der Anruf kommt nicht aus Deutschland, sondern von der Insel, genauer aus dem *Haus Sonnengruß* in Vassiliko.

»Was? Was sagen Sie da?« Elenis Stimme überschlägt sich fast. »Ich komme sofort.«

»What happens?«, will Nionio wissen.

»Shankara ist verschwunden. Seit Samstagmittag, als sie mit ein paar der Urlauberinnen von der Kräuterexkursion zurückkam, hat niemand sie mehr gesehen.« Erregt knibbelt Eleni mit dem Zeigefinger an der Nagelhaut ihres Daumens, was bei ihr ein Zeichen von Nervosität und angestrengtem Nachdenken ist.

»Ok, du fährst, wie besprochen, zu Tassoula, und ich schaue bei den Yogis nach dem Rechten.«

»Soll ich nicht besser mitkommen?«

»Nein, es ist ja noch nichts passiert. Vielleicht gibt es eine ganz einfache Erklärung oder sie ist schon wieder aufgetaucht, bis ich dort bin.« Ihre Unruhe und die hastigen Bewegungen strafen ihre Worte Lügen. Irgendetwas tief in ihr drinnen sagt der erfahrenen Kriminalbeamtin, dass an der Sache etwas ganz und gar nicht stimmt.

Nionio Spirakis betritt den Flachbau der Kriminaltechnik, der im oberen Teil der Stadt, in der Nähe des Krankenhauses gelegen ist. »Hi«, grüßt er in den Raum hinein und sieht sich um. »Immer noch allein?«

»Hallo! Ja, Mathew hat noch bis Mittwoch frei.«

Sie verstaut einen apricotfarbenen Slip in einem Plastikbeutel, verschließt diesen und beschriftet ihn.

»Interessantes Material hast du da zur Untersuchung«, feixt Nionio, erntet jedoch nur einen bösen Blick von der jungen Kollegin.

»Da sind zweierlei DNA- Spuren drauf. Sollte euch doch wohl interessieren«, gibt sie sachlich bekannt. »Die eine gehört zu der Toten, die zweite habe ich auch ausgewertet, kann sie aber erst zuweisen, wenn ihr mir Vergleichsmaterial liefert.«

»Wow!«, staunt Spirakis. »Da warst du aber fleißig am Wochenende. Hattest du nichts Besseres zu tun bei dem schönen Wetter? Kein Badeausflug mit deinem Liebsten?«

»Es geht dich ja wohl überhaupt nichts an, was ich am Wochenende so mache«, faucht Tassoula gereizt zurück, was bei Nionio den in der vorigen Woche gewonnenen Eindruck, dass in der Beziehung der Kollegin nicht alles so läuft, wie es soll, noch verstärkt.

»Sorry, wollte dir nicht zu nahe treten. Aber wir freuen uns natürlich, wenn du Neuigkeiten für uns hast«, beeilt er sich zu sagen.

Die Kriminaltechnikerin tritt hinter dem riesigen Tisch, auf dessen Platte Dutzende von beschrifteten Plastikbeuteln, ein Waschbeutel samt dessen verstreutem Inhalt, einige Kleidungsstücke und sonstige Habseligkeiten von Renate Lindenfeld liegen, hervor.

»Ihre Klamotten«, beginnt Tassoula, »bestehen überwiegend aus Sportbekleidung. Keine edlen Teile, normale Abnutzung. Daneben enthält ihre Garderobe aber ein paar wirklich auffällige Stücke: teure Dessous mit Spitze und so. Die habe ich mir genauer angeschaut und bereits auf zwei der Slips fremde DNA gefunden.«

»Du bist ein Ass!«

»Und hier«, sie greift nach einem der Plastikbeutel, »schau mal!« Sie hält Nionio die Tüte direkt unter die Nase.

»Not bad«, kommentiert der Inspektor, als er eine schwarze Augenbinde als Inhalt des Beutels identifiziert und schlussfolgert: »Gehört wohl zu irgendwelchen Sexspielchen, die mit der Fremd-DNA zusammenpassen.«

Tassoula schmeißt die Tüte auf den Tisch zurück. »Kann sich auch um eine einfache Schlafbrille handeln«, meint sie. »Ansonsten: zwei Bücher, die üblichen Badezimmerutensilien und das Handy.« Sie geht ein paar Schritte durch den Raum zu einem anderen Tisch und nimmt ein Blatt Papier. »Das sind alle Nummern, die sie gespeichert hatte.«

»Was ist mit ein- oder ausgegangenen Messages?«

»Nichts! Keine einzige.«

Spirakis fragt: »Sonst noch was?«

»Die Fingerabdrücke auf den persönlichen Dingen der Toten stammen ausnahmslos von ihr selbst, im Zimmer habe ich noch Abdrücke von einer weiteren Person gefunden. Am Tatort keine brauchbaren Fußspuren. War bei dem Untergrund auch nicht zu erwarten.« Tassoula leiert ihre Ausführungen wie ein Roboter herunter. Anscheinend hat sie am Wochenende nicht nur einzelne Stunden, sondern mehr oder weniger durchgearbeitet.

»Das hast du alles schon gecheckt?«, wundert sich Nionio abermals und überlegt, dass Arbeit ja die beste Therapie bei Liebeskummer sein soll.

Der braune Pferdeschwanz der Kriminaltechnikerin wippt, als sie zu einer weiteren Ablage herumwirbelt. Ihr geöffneter weißer Kittel umflattert die zierliche Figur, die darunter steckt. »Das hier«, sie hält den Beutel mit der Mordwaffe hoch, »ist übrigens ein österreichisches Fabrikat.«

»Wie hast du das denn herausbekommen?«

»Die Zusammensetzung der Fasern unterscheidet sich je nach Produktionsstätte minimal.« Ein triumphierendes Lächeln umspielt ihren Mund.

Also sogar Nachtschichten, stellt Spirakis, den Arbeitseifer der Kollegin analysierend, fest. Durch diese Erkenntnis ermutigt, wagt er einen kleinen Vorstoß: »Wenn du mal drüber reden möchtest ...«

»Worüber reden?« Ihre großen, schwarzen Augen sprühen Funken.

»Ich meine ja nur. Wir könnten mal zusammen ausgehen und du erzählst mir einfach, was dich bedrückt.«

»Mich bedrückt überhaupt nichts. Wie kommst du darauf, dass es so sein könnte?«

Verlegen betrachtet er die Spitze seiner Stiefel. »Ich dachte bloß, weil du doch offenbar das ganze Wochenende durchgeackert hast, anstatt deine Freizeit mit deinem Verlobten zu genießen.«

»Pah«, macht Tassoula wegwerfend. »Der musste auch arbeiten, deshalb hatte ich so viel Zeit.« Sie tritt ungeduldig von einem Fuß auf den anderen. »Was ist noch? Das war's! Mehr habe ich nicht für euch.« Sie dreht sich weg. »Und tschüss!«

Eleni Mylona wird bereits erwartet. Walter Stein ist wie immer die Ruhe selbst, doch eine kleine steile Falte zeichnet sich auf seiner Stirn ab, als er die Kommissarin willkommen heißt.

»Seit wann haben Sie Shankara nicht mehr gesehen?«, muss Eleni als erstes wissen.

»Ich selbst habe am Freitagabend zuletzt mit ihr gesprochen«, gibt der Yogi bereitwillig Auskunft. »Aber vier der Frauen waren am Samstagvormittag mit ihr unterwegs. Gegen Mittag war die Kräuterwanderung zu Ende. Danach hat niemand Shankara mehr zu Gesicht bekommen.«

»Das ist fast achtundvierzig Stunden her!«, ereifert sich Kommissarin Mylona. »Warum haben Sie uns nicht eher informiert?«

»Shankara ist eine erwachsene, selbständige Frau«, gibt Herr Stein besonnen zurück. »Sie hat schließlich keine Anwesenheitspflicht hier, außer zu ihren Terminen. Vor zwei Stunden hätte sie *Progressive Muskelentspannung nach Jacobson* vermitteln sollen, ist aber nicht zu ihrem Kurs erschienen.«

»Und das passt bei aller Selbständigkeit nicht zu ihr?«

»Absolut nicht! Shankara ist sehr zuverlässig.« Walter Stein deutet auf die Sitzgruppe im Foyer und Eleni folgt ihm dorthin.

Als sie auf den weichen Polstern Platz genommen haben, bohrt die Kommissarin weiter: »Es ist also in den Jahren ihrer Mitarbeit hier noch nie vorgekommen, dass sie ihre Kursteilnehmerinnen versetzt hat?«

»Nein, meines Wissens nach nicht ein einziges Mal. Ich schätze Pünktlichkeit und Zuverlässigkeit bei meinen Mitarbeitern ebenso wie bei meinen Schülerinnen. Ordnung ist die Basis der Ruhe. Ohne Ordnung versinkt alles im Chaos.«

Nach philosophischen Sprüchen steht Eleni nicht gerade der Sinn. »Wo könnte sie sein? Irgendeine Idee?«, fragt sie einen Ton lauter.

Der Yogameister hält ihrem strengen Blick stand. »Hier haben wir natürlich alles abgesucht, bevor wir sie benachrichtigt haben. Sie ist definitiv nicht auf dem Grundstück. Ich habe mir erlaubt, auch in ihrem Zimmer nachzuschauen – nur für den Fall, dass sie gestürzt oder sonst wie ernsthaft erkrankt ist – aber dort ist sie ebenfalls nicht. Ihr Bett sah im Übrigen unberührt aus.«

»Hat Shankara Freunde hier auf der Insel, von denen Sie wissen, bei denen sie übernachtet haben und immer noch sein könnte?«

»Das entzieht sich meiner Kenntnis. Ich kontrolliere doch meine Kollegen nicht in ihrer Freizeit.«

»Ich frage ja auch nur, ob sie Ihnen mal von Freunden erzählt hat.« Die Anspannung lässt Elenis Zeigefinger kratzend über den Daumen fahren.

»Das Einzige, was ich Ihnen dazu mitteilen kann, ist, dass Shankara ihre freie Zeit oft außer Haus verbracht hat. Ob sie dann allerdings Kräuter sucht, sich am Strand aalt, auf Shopping- oder Sightseeing-Tour geht oder Freunde besucht, das weiß ich nicht.«

»Die Tatsache, dass ihre Mitarbeiterin seit Samstagmittag an keiner Mahlzeit hier im Haus mehr teilgenommen hat, hat Sie demnach nicht weiter beunruhigt?«

»So ist es.« Mit einer hypnotisch langsamen Geste streicht der Yogi sich durch seine wallende graue Mähne. »Erst ihr Unterrichtsversäumnis heute Morgen hat mich verwirrt.«

Die selbstgefällige Handbewegung des Mannes hat bei Eleni ein leichtes Ekelgefühl hervorgerufen. Seit sie um das überaktive Liebesleben des Walter Stein weiß, ist dieser bei ihr in einer völlig anderen Schublade gelandet. Männer, die sich der Körper von Frauen bedienen, wie es ihnen gerade in den Kram passt, ohne jede Rücksicht auf deren Emotionen, waren ihr schon immer ein Gräuel. Am liebsten wäre sie dem Kerl an die Gurgel gegangen oder würde ihn zumindest gern mal kräftig durchschütteln. Um nicht vollends die Beherrschung zu verlieren, schießt sie eine indiskrete Frage wie einen Pfeil ab: »Unterhalten Sie zu Shankara ebenfalls eine sexuelle Beziehung?«

Der große Meister verzieht seinen Mund zu einem schmallippigen Lächeln. »Sex ist die natürlichste Sache der Welt«, antwortet er schlicht.

»So, ist er das?« Eleni kann ihre Wut kaum bändigen. »Sie legen ihre Yogaschülerinnen hier eine nach der anderen flach und behaupten, dass sei die natürlichste Sache der Welt? Sind Sie noch nie auf die Idee gekommen, dass eine von ihnen das vielleicht anders sehen könnte? Dass eine sich ernsthaft in sie verliebt haben könnte und Sie mit Ihrer Einstellung zwangsläufig deren Gefühle mit Füßen treten oder sie, weil sie verheiratet sind, tiefen inneren Konflikten ausliefern?« Sie hat sich derart in Rage geredet, dass sie vergisst, ihre Frage zu wiederholen.

Das Lächeln im Antlitz des Yogi bleibt wie eine Maske stehen. »Sie sind ja ein richtiger Moralapostel. So hätte ich Sie gar nicht eingeschätzt.« Seine Haltung im Yogasitz scheint es ganz natürlich mit sich zu bringen, dass seine Hände auf seinem Geschlecht ruhen. »Die Frauen sind alle erwachsen. Ich bin für keine von ihnen oder für ihr Handeln verantwortlich. Aber glauben Sie mir, leere Versprechungen habe ich einer Frau noch nie gemacht. Das habe ich nicht nötig.« Wieder diese Selbstherrlichkeit! »Wenn für eine der Frauen, die mir ab und zu ein paar Stunden körperlichen Wohlbehagens schenken, Probleme daraus resultieren, so können Sie das wohl kaum auf mein Verhalten schieben.«

Eleni schüttelt angewidert den Kopf. Wie hatte dieser Mann ihr auf den ersten Eindruck nur sympathisch sein können? Um aktuell nicht noch tiefer in diesen Sumpf, mit dem sie sich noch ausgiebig würde beschäftigen müssen, hineingezogen zu werden, führt sie das Gespräch auf die vermisste Shankara zurück: »Sie haben also keinerlei Anhaltspunkte für mich, wo wir nach ihrer Kräuterexpertin suchen könnten?«

Walter Stein verneint durch ein ruhiges Kopfschütteln.

»Gut, dann kümmern wir uns darum.« Die Kommissarin hievt sich aus dem weichen Sitz hoch. »Sie geben uns bitte umgehend Bescheid, falls Shankara wieder auftauchen sollte.«

Der Yogi nickt wiederum, verneigt sich kurz mit auf der Brust gefalteten Händen und huscht dann auf leisen Sohlen und »Om Shanti« murmelnd davon.

Zurück in ihrem Büro tätigt Kommissarin Mylona zunächst einen Anruf im örtlichen Krankenhaus, um auszuschließen, dass Frau Gudrun Meier in einen Unfall verwickelt war und dort eingeliefert wurde. Negativ. Diese Möglichkeit mit nur einem einzigen Telefonat zu streichen, kommt ihr irgendwie unzulänglich vor. In Köln hatte man in ähnlichen Situationen mindestens ein bis zwei Stunden Arbeit, um alle in Frage kommenden Kliniken und Notaufnahmen durchzutelefonieren. Doch hier auf Zakynthos gibt es keine andere medizinische Betreuung, wo Unfallopfer hingebracht werden könnten.

Den nächsten Schritt delegiert Eleni an Spirakis: Die Gesuchte muss offiziell zur polizeiinternen Fahndung ausgeschrieben werden. Das bedeutet, jeder einzelne Polizist der Insel erhält eine Personenbeschreibung und ist verpflichtet, sowohl in den Zeiten seiner Dienstausübung als auch in seiner Freizeit die Augen offenzuhalten. Ein Foto von Gudrun Meier hat der junge Inspektor schnell von der Website des *Haus Sonnengruß* heruntergeladen. Die Kommissarin fügt noch eine Beschreibung der Kleidung, in der die Vermisste zuletzt gesehen wurde – so wie sie diese von den Kräuterausflüglerinnen in Erfahrung gebracht hat – hinzu. Für eine sogenannte Öffentlichkeitsfahndung mit Handzetteln, die überall auf der Insel verteilt würden, war es noch zu früh. Dieser Aufwand wird üblicherweise erst betrieben, wenn eine Person auch nach mehreren Tagen noch nicht wieder aufgetaucht ist.

Am vielversprechendsten ist meist die Handy-Ortung, die Eleni ebenfalls sofort in die Wege leitet. Vorrausetzung für eine erfolgreiche Lokalisierung des Mobiltelefons der vermissten Person ist natürlich, dass diese es nicht ausgeschaltet hat. Die Kommissarin bittet den darauf spezialisierten Techniker zu sich, der sich sogleich ans Werk macht. Es dauert nur wenige Minuten bis das Ergebnis vorliegt: abermals negativ! Shankaras Handy ist nicht aktiviert!

Nionio, der darauf wartet, dass seine Chefin ihm Einzelheiten über Shankaras Verschwinden berichtet, schickt derweil per Mail die Personenbeschreibung an den gesamten Polizeiverteiler von Zakynthos. Dann fragt er ungeduldig: »Und? Was ist passiert? Ist die Yogaqueen auch einem Verbrechen zum Opfer gefallen?«

»Mensch, Nionio«, herrscht Eleni ihren jüngeren Mitarbeiter an. »Du klingst ja geradezu sensationslüstern. Im Moment wissen wir noch rein gar nichts. Nur, dass sie das ganze Wochenende über von niemandem gesehen wurde – was laut Steins Auskunft nicht weiter ungewöhnlich ist – und dass sie heute Morgen nicht zu dem

Kurs erschienen ist, den sie hätte geben sollen.« Unschlüssig geht sie im Raum auf und ab. »Es ist noch zu früh, um mit vollem Aufgebot auszurücken und jeden Stein im weiteren Umfeld des Yogacamps umzudrehen.«

Mehr unbewusst stellt sie schließlich das Radio an:

Nach den 5,5 Milliarden Euro aus dem Internationalen Währungsfonds, erhält Griechenland in den kommenden Tagen weitere 14,5 Milliarden als erste Tranche der EU-Hilfe. Die Stimme des Nachrichtensprechers klingt fast gelangweilt. *Die nächsten tickenden Zeitbomben heißen Italien, Spanien, Portugal und Irland. Welcher EU-Mitgliedstaat wird der nächste sein, der im Eiltempo auf den Staatsbankrott zusteuert?*

Die beiden Ermittler schauen sich schulterzuckend an und Eleni möchte das Radio eben wieder ausstellen, als sie den Ton stattdessen lauter dreht.

Aus der Lokalredaktion., vernehmen die Lauschenden. *Wie wir aus zuverlässiger Quelle erfahren haben, hat es auf unserer schönen, sonnigen Insel einen dramatischen Mordfall gegeben. Eine Touristin wurde in Vassiliko erwürgt aufgefunden. Die näheren Umstände dieses Verbrechens sind derzeit noch nicht bekannt, aber wir halten sie natürlich auf dem Laufenden. Zum Wetter ...*

»Verdammte Kacke«, flucht Eleni, vor Wut schäumend. »Wer war das? Wer hat die Nachricht an ERZ weitergegeben?« Mit einer vehementen Geste bringt sie die Stimme im Radio zum Schweigen.

Der seit Mitte der 80er Jahre existierende lokale Radiosender der Insel, *Eleftheri Radiofonia Zakynthou*, versorgt die Einheimischen mit Nachrichten aus aller Welt, den Geschehnissen vor Ort und einem bunt gemischten Musikprogramm. Er bietet aber auch stundenweise Informationen in englischer, deutscher und italienischer Sprache, um Zuhörerschaft unter den Urlaubern anzulocken.

»Fuck«, kommentiert auch Nionio. »Keine Ahnung. Ich war es jedenfalls nicht.«

»Dich habe ich wohl kaum im Verdacht. Aber irgendjemand aus dem engsten Kreis hat sich nicht an die Nachrichtensperre gehalten.«

»Und wahrscheinlich ein hübsches, fettes Geldbriefchen dafür kassiert«, führt Spirakis den Gedanken aus.

Eleni fährt sich durch ihre dunklen, halblangen Locken. »Hältst du es für möglich, dass Gamiras ...?«

Nionio zieht die Augenbrauen hoch und hebt zugleich beide Arme, die Handflächen in Elenis Richtung weisend.

»Wo steckt er überhaupt schon wieder? Immer noch bei diesem Brand?«

»Wahrscheinlich. Hat sich jedenfalls noch nicht hier blicken lassen.«

Das Schrillen des Telefons lässt die Kommissarin Böses ahnen. Sie lauscht, wobei sie den Hörer ein gutes Stück vom Körper weghält. Die donnernde Stimme des Präfekten ist auch so noch gut vernehmlich. Natürlich hat man ihm den Bericht des zakynthischen Radiosenders umgehend zugetragen und sein Ärger steht dem Elenis in nichts nach. »Ich werde herausbekommen, wer das war und entsprechende Maßnahmen ergreifen«, verspricht die Kommissarin in möglichst beherrschtem Ton.

»Diskret, hatte ich gesagt«, wettert ihr Vorgesetzter in Patras. »Ermitteln Sie diskret!«

Eleni weiß, dass sie nichts zu ihrer Verteidigung vorbringen kann. Laut sagt sie in den Hörer: »Ja, natürlich«, während sie leise vor sich hin nuschelt: »Mord ist nicht diskret!«

Nionio hat sich auf eine Zigarettenlänge vor die Tür begeben, so dass Eleni ihrer Rage freien Lauf lassen kann. Wütend knallt sie verschiedene Akten von einer Seite ihres Schreibtischs auf die andere, öffnet die Tür des Unterschranks, nur um sie mit einem möglichst heftigen Geräusch wieder zu schließen, steht auf und stapft so laut mit den Füßen auf, dass die unter ihr sitzenden Beamten ein Erdbeben befürchten müssen, setzt sich schließlich wieder hin, lehnt sich weit in ihrem Stuhl zurück und atmet ein paar Mal kräftig durch.

Es ist inzwischen Mittagszeit und die Kommissarin beschließt, dass eine kleine Pause nur gut tun könne. Sie schnappt sich ihre Umhängetasche aus weichem, knautschigem Leder und sammelt Nionio unten vor dem Polizeigebäude ein. »Wir gehen was essen, komm!«

In Jannis Fischtaverne sind nur wenige Tische belegt. Auf dem kurzen Fußweg dorthin hat Eleni ihren Kollegen gebeten, per Handy kurz nachzuhören, wann mit Inspektor Gamiras zu rechnen sei und erfährt, dass die Brandstiftung ihn wohl noch den ganzen Tag beschäftigen werde.

Jannis eilt den beiden Beamten voraus zu einem abgelegenen Tisch, die Schöße seiner langen Schürze flattern hinter ihm her. Nachdem er rasch für Getränke gesorgt und eine Bestellung seiner Wahl in die Küche durchgegeben hat, zieht er einen Stuhl unter dem Tisch hervor und setzt sich neben Spirakis, Eleni gegenüber.

»Erst eine tote Ausländerin und jetzt auch noch eine verschwundene«, stöhnt er, als wäre er höchstpersönlich mit der Aufklärung betraut.

Elenis Augenbrauen schnellen in die Höhe. »Woher weißt du das denn schon wieder?«

»Ein Kollege von euch, einer von der Streife, war eben hier und hat mir das Foto der Frau gezeigt. Wollte wissen, ob ich sie gesehen habe.«

»So ist das mit der internen Fahndung eigentlich nicht gedacht.« Schon wieder muss die Kommissarin sich ärgern. »Die Beamten sollen vorläufig nur die Augen aufhalten und uns Bescheid geben, wenn sie die Frau irgendwo sichten.«

»Ja, aber ich sehe nun mal auch jede Menge Menschen Tag für Tag«, verteidigt sich Jannis. »Und vergiss nicht, dass ich hier den perfekten Überblick über alle habe, die die Insel mit der Fähre verlassen oder auf diesem Wege hier eintreffen.«

Die Taverne ihres Freundes liegt strategisch tatsächlich überaus günstig, denkt Eleni und lenkt ein: »Und hast du sie gesehen?«

»Nein, leider nicht. Aber ich passe schön weiter auf. Hat denn der eine Fall etwas mit dem anderen zu tun?«

»Jannis, du weißt doch, dass ich dir nichts aus laufenden Ermittlungen sagen darf.« Sie schiebt sich ein Stück trockenes Brot in den Mund und lässt ihn eine Weile schmoren. Bei Jannis laufen alle Informationen zusammen. Das war schon immer so. Eleni hat in der Vergangenheit durchaus schon das ein oder andere Mal selbst von dieser Tatsache profitiert. Sie ringt noch kurz mit sich, dann sagt sie: »Ja, weil beide Frauen aus der Yogastätte in Vassiliko waren und nein, weil wir noch gar nicht wissen, ob der zweiten Frau überhaupt etwas zugestoßen ist oder ob sie sich bloß privat irgendwo amüsiert.«

»Da ist was passiert. Und es hängt mit dem Mord zusammen«, behauptet Jannis im Brustton der Überzeugung. Er tippt sich auf die Nasenspitze: »Das sagt mir mein untrüglicher Instinkt.« Damit erhebt er sich, um die inzwischen angerichtete Mittagsmahlzeit zu holen. Durch den Lamellenvorhang, der den Gastraum von der Küche trennt, hören die beiden Kriminalbeamten, wie er mit dem Koch, der zugleich sein Lebensgefährte ist, schäkert.

Nach dem Essen, das sie überwiegend schweigend eingenommen haben, berichtet zunächst Nionio von den Ergebnissen aus der Spurensicherung.

»Gut. Wenn man die Infos, die Tassoula dir zu den Slips von Renate Lindenfeld gegeben hat, die Aussage von ihrer deutschen Freundin und das Lotterleben des Herrn Stein zusammen betrachtet, dann ergibt sich für mich eindeutig das Bild, dass die stille Frau Lindenfeld fremdgegangen ist.« Sie wischt sich mit einer Papierserviette einen Ölrest von den Lippen. »Und somit haben wir doch zumindest eine Reihe solider Ansatzpunkte, die ihren unnatürlichen Tod erklären können. Wir müssen – neben der Suche nach Shankara – nochmals mit den anderen drei Frauen reden, die ein sexuelles Verhältnis zu Walter Stein pflegen. Sprich: Das Motiv Eifersucht unter die Lupe nehmen.«

Sie nimmt einen Schluck von dem leichten Weißwein, den Jannis ihnen hingestellt hat.

»Außerdem sollten wir über die übrigen Frauen herausfinden, ob einer von ihnen vielleicht missfiel, dass der hochverehrte Guru so ein wildes Sexualleben praktiziert. Wer weiß, ob in diesem Fall nicht noch mehr Personen im *Haus Sonnengruß* in Gefahr sind.« Die Vorstellung einer Serienmörderin lässt die Kommissarin erschauern. »Und selbstverständlich dürfen wir bei Herrn Stein selbst nicht locker lassen. Ich bin mir sicher, dass er uns noch so einiges verschweigt.«

»An was denkst du dabei?«, erkundigt sich Nionio wissbegierig und nimmt einen tiefen Zug aus seiner Zigarette.

»Keine Ahnung. Aber er könnte beispielsweise noch weiter gegangen sein und seine Eskapaden gefilmt haben«, überlegt Eleni und knibbelt wieder an ihrem Daumen. »Eventuell hat er seine amourösen Abenteuer sogar ins Netz gestellt.«

»So etwas traust du ihm zu?«

»Man hat schon Pferde kotzen sehen und das direkt vor der Apotheke«, entgegnet Eleni lakonisch.

Spirakis kann sich ein Grinsen nicht verkneifen. »Du immer mit deinen Sprüchen! Aber mal im Ernst: Wenn wir etwas in dieser Art herausbekämen, dann wäre der Typ doch automatisch unter Verdacht, oder?«

»Ganz klar«, stimmt die Kommissarin zu. »Renate Lindenfeld könnte es herausbekommen und ihn unter Druck gesetzt oder sogar erpresst haben, so dass er sich gezwungen sah, sie loszuwerden.«

»Wow, das wäre ja ein Ding!« Nionio drückt seine Zigarette aus. »Und wie bekommen wir das raus?«

»Eigentlich nur durch eine gründliche Hausdurchsuchung, für die uns aber momentan noch jede Handhabe fehlt, zumal der Tatort ja im Freien liegt, oder indem wir jemanden zum Reden bringen, der Bescheid darüber weiß.«

Nach einem Nachmittag, an dem sich Kommissarin Mylona und ihr jüngerer Inspektor durch Berge von Akten gewühlt und bei jedem Klingeln des Telefons eiligst nach dem Hörer gegriffen haben, in der Hoffnung, die Suche nach Gudrun Meier abblasen zu können, legt Eleni die Marschroute für den folgenden Tag fest: »Wenn sich über Nacht nichts Neues ergibt, müssen wir morgen früh mit einem Dutzend Beamten und möglichst auch mit unserem Suchhund die gesamte Umgebung des *Haus Sonnengruß* durchkämmen. Wenn das auch nichts bringt, schreiben wir die Frau zur allgemeinen Fahndung aus.« Sie greift nach ihrer Tasche und wendet sich zum Gehen. »Aber auch wenn Shankara wieder da sein sollte«, ergänzt sie, »fahren wir morgen als erstes raus nach Vassiliko. Dann rede ich nochmals mit den Urlauberinnen und du schaust dich unauffällig um, ob irgendetwas im Gebäude auf unsere gewagte Theorie hindeutet. Komm sicherheitshalber eine Stunde früher, bitte. Wünsch dir einen schönen Abend.«

»Gleichfalls. See you«, verabschiedet sich Nionio.

DIENSTAG, 18. MAI

Eine Hundertschaft, wie sie in Deutschland zur Suche von dringlich vermissten Personen eingesetzt wird, steht auf der ionischen Insel nicht zur Verfügung. Aber ein Dutzend Streifenpolizisten hat Eleni rasch rekrutiert. Auch der einzige zum Suchhund ausgebildete Vierbeiner der zakynthischen Polizei, ein Schäferhund namens Mossos, ist mit von der Partie.

Vor Ort teilt Kommissarin Mylona die Männer und Frauen in vier Suchtrupps auf, die sie in die vier Himmelsrichtungen losschickt. Im ersten Schritt ist ein Radius von etwa drei Kilometern vorgesehen. Eleni hat eine detaillierte Geländekarte aus dem Revier mitgenommen und erläutert ihren Plan. Der Polizeihund wird dem Trupp zugeteilt, der in nördlicher Richtung in ziemlich unwegsamen Geländen nach Gudrun Meier suchen soll. Ein Blick auf das Schuhwerk der Beamten zeigt der Kommissarin, dass alle sich gut auf Macchia, Unterholz und dorniges Gestrüpp eingestellt haben. Spirakis stellt sie zur Koordination ab; er soll sich als Anlaufstelle für alle eingehenden Informationen und Hinweise im Park der Anlage aufhalten. Inspektor Gamiras glänzt wieder einmal durch Abwesenheit. Er hat sich am Morgen nur kurz telefonisch gemeldet und bekannt gegeben, dass er sich noch weiter um die Brandstiftungssache kümmern müsse, jedoch guter Hoffnung sei, den Täter im Laufe des Tages dingfest machen zu können.

Eleni selbst begibt sich ins Innere der Yogaanlage. Der Aufmarsch der Polizeikräfte hat die Entspannungssüchtigen aus einer Tai-Chi-Veranstal-tung herausgerissen. Keine der teilnehmenden Frauen konnte sich beim Anblick der Uniformierten mehr konzentrieren. Nun haben sie sich zum Teil auf ihre Zimmer zurückgezogen, zum Teil lungern sie im Foyer herum.

»Guten Morgen, die Damen«, wünscht Eleni und nimmt auf dem letzten freien Sitzpolster Platz.

Melanie Adelrich, ihre Freundin Gabriele Theobald und Sabine Procek richten ihre Augen auf die Eintreffende und grüßen zurück.

»Waren Sie drei am Samstag bei der Kräuterwanderung von Frau Meier, also Shankara, dabei?«, eröffnet die Kommissarin das Gespräch.

Die beiden Grazerinnen nicken, doch Frau Procek verneint: »Ich, Susanne und Viviane waren nicht mit draußen in der Natur.«

»Warum nicht, wenn ich fragen darf?«

»Ich konnte noch nie viel mit Kräutchen und Blümchen anfangen, Susanne ist wohl auf alles Mögliche, was blüht, allergisch und Viviane hatte – wie ich sie einschätze – wahrscheinlich Angst um ihre perfekte Maniküre.« Sie zupft ein langes, blondes Haar von ihrem hautengen, wieder sehr knapp bemessenen Shirt. »Susanne und ich waren vormittags oben im Ort und haben a bisserl geshoppt. Sonnencreme, ein paar Klamotten und so was«, berichtet sie weiter und spitzt ihr Schmollmündchen.

»Ist Ihnen an Shankara am Samstag irgendetwas ungewöhnlich vorgekommen?«, wendet sich Eleni an die beiden anderen Frauen. »War sie nervös? Oder besonders aufgekratzt, so als habe sie nach der Exkursion noch etwas Schönes vor? Hat sie vielleicht sogar erzählt, ob sie noch irgendwohin wollte?«

Die Freundinnen aus Graz tauschen einen langen, verwirrten Blick. »Nein, nichts in der Art«, antwortet Frau Adelrich schließlich. »Sie wirkte ganz normal. Sie hat uns diverse Hahnenfußgewächse gezeigt; davon gibt es Hunderte, müssen Sie wissen.«

»Ja«, bestätigt Frau Theobald. »Ein besonders interessantes darunter ist die Nigella, aus der man ein wohlriechendes ätherisches Öl gewinnen kann.«

»Außerdem haben wir Erdrauch gesammelt«, fährt die Frau mit dem Pagenkopf fort. »In getrocknetem Zustand kann man einen Teeaufguss daraus herstellen, der gut für Leber und Galle ist.«

»Und Wiesenschaumkraut haben wir gesammelt«, ergänzt die zierliche Blondine. »Der Wirkstoff dieser Pflanze ist ein ganz hervorragendes Schmerzmittel.«

»So genau wollte ich es gar nicht wissen«, unterbricht die Kommissarin. »Shankara hat also nicht erwähnt, was sie mit dem Rest des Wochenendes anzufangen gedachte?«

»Nein«, antworten beide zugleich.

»Danke«, sagt Eleni und bittet die Freundinnen aus Graz: »Ich würde mich gerne noch eine Weile mit Frau Procek unterhalten. Wären Sie so nett, uns allein zu lassen.«

Verwundert, aber ohne Verzögerung erheben sich die Frauen aus ihren weichen Sitzen und Frau Adelrich schlägt vor: »Lass uns draußen ein paar Mantras singen. Das beruhigt.« Ihre Freundin nickt, beide murmeln Eleni ein »Servus« zu und schon treten sie durch die Vordertür ins Freie.

»Frau Procek«, beginnt Eleni vorsichtig und versucht, möglichst entspannt zu wirken. »Sie haben mir doch neulich von ihrem intimen Verhältnis zu Herrn Stein erzählt. Ich muss Ihnen leider mitteilen, dass Sie da nicht die Einzige sind.«

»Was? Was soll das? Mit wem sollte er denn sonst schon was haben? Sind doch alles Kühe«, erregt sich die Blondine.

»Das scheint Herr Stein anders zu sehen. Es tut mir leid.« Die Kommissarin beobachtet ihr Gegenüber ganz genau, um festzustellen, ob die Empörung echt oder gespielt ist, und fügt dann hinzu: »Ich dachte, Sie wüssten das vielleicht.«

»Nein! Woher denn? Meinen Sie, Walter flüstert mir im Bett was über seine anderen Abenteuer zu?« Der Schmollmund verzieht sich zu einer hässlichen Grimasse.

Offensichtlich hat Frau Procek tatsächlich geglaubt, eine Sonderstellung im Bett des großen Yogi einzunehmen.

»Wie auch immer. Herr Stein selbst macht jedenfalls keinen Hehl aus seiner Vielzahl von Affären.«

»Gibt also auch noch damit an, wen er alles flachlegt, oder was?«, geifert die Procek.

»Das tut nichts zur Sache. Wo treffen Sie ihn denn üblicherweise zu Ihren Schäferstündchen?«

»Na, bei ihm. Unsere Zimmer bieten nicht gerade ein prickelndes Ambiente.«

Die Kommissarin ruft sich das Bild des Zimmers von Renate Lindenfeld in Erinnerung und stimmt der Frau innerlich zu. Dann arbeitet sie sich langsam weiter vor. »Ich möchte eigentlich auf etwas ganz anderes hinaus.« Eleni legt sich die richtigen Worte sorgfältig zurecht. »Wir haben bezüglich Walter Steins Liebesleben noch einen weiteren Verdacht.« Eleni wendet den Kopf in Richtung Garten, wo sie etwas gehört zu haben meint, lauscht kurz und fährt dann mit ruhiger Stimme fort: »Haben Sie in seinen Räumlichkeiten jemals eine Kamera wahrgenommen?«

»Eine Kamera? Hat das perverse Schwein uns etwa beim Sex gefilmt?« Auch dieses Mal scheint die Entrüstung der Wienerin nicht gemimt.

»Das wissen wir nicht. Ich sagte ja bereits, dass es sich nur um eine vage Vermutung handelt. Aber wir haben es immerhin mit einem Mord zu tun, dem Mord an einer Frau, die auch Sie kannten.« Sie versucht den Blickkontakt zu halten, doch Sabine Procek schlägt die Augen nieder.

»Wir müssen in alle Richtungen ermitteln, um ein Motiv zu finden. Verstehen Sie?« Eleni fängt einen kurzen Blick der Frau auf. »Das Motiv wird uns dann automatisch zum Täter führen. Sie wollen doch sicherlich auch, dass er gefasst und seiner gerechten Strafe zugeführt wird, oder?«

Die Blondine nickt ergeben.

»Und nun ist noch eine Person aus Ihrer Runde verschwunden«, setzt Eleni erneut an, als Susanne Mohr aufgebracht an ihnen vorbeischwirrt.

»Frau Mohr«, ruft Eleni ihr zu. »Kommen Sie doch bitte einen Augenblick her zu uns.«

Die hagere Gestalt nähert sich, lässt sich auf eines der freien Polster plumpsen, in dem sie fast versinkt und beschwert sich: »Was soll das eigentlich noch für einen Erholungswert haben? Wir kommen zur Entspannung hierher und werden stattdessen tagtäglich von der Polizei belästigt. Und jetzt ist auch noch so ein Köter dabei!« Verärgert fährt sie sich durch die kurzen, blonden Haare, die danach im vorderen Teil zu Berge stehen.

»Wir tun nur unsere Arbeit«, versucht Eleni die Frau zu beruhigen. »Wie ich eben schon zu ihrer Bekannten sagte«, sie nickt in Sabine Proceks Richtung, »liegt es ja nicht nur in unserem, sondern doch wohl auch in Ihrem Interesse, dass der brutale Mord, der hier vor Ihren Augen geschehen ist, rasch aufgeklärt wird. Außerdem gilt es, die verschwundene Shankara zu finden.«

»Ja, schon«, windet sich Frau Mohr heraus. »Aber Sie wissen doch, die kostbarsten Wochen im Jahr und so. Ich arbeite sehr viel. Manchmal vierzehn Stunden am Tag. Da hat man sich ein wenig Regeneration doch wohl verdient?«

Kommissarin Mylona lässt sich die Angaben, die Frau Procek zur gemeinsamen Gestaltung des Samstagvormittags gemacht hat, von der Hinzugekommenen bestätigen und verabschiedet sich dann mit den Worten: »Ich werde mal schauen, ob es draußen schon Erkenntnisse gibt.«

Auf dem Weg durch den langen Flur mit der Reihe grüngestrichener Türen läuft ihr Frau Hemmerle in die Arme.

»Hoppla«, reagiert Eleni bewusst spaßig auf die unsanfte Rempelei. Die Frau hat die Tür zu ihrem Zimmer viel zu laut zugeworfen und ist kopflos mit flatterndem, rotem Haarschopf hinaus auf den Flur gestürzt.

»Ich kann nicht mehr«, ist alles, was sie herausbringt. Ihre Nerven scheinen blank zu liegen.

Die Kommissarin packt Gabi Hemmerle an beiden Schultern und zwingt sie tief durchzuatmen.

»Was ist los? Was beunruhigt Sie so sehr?«, erkundigt sich Eleni sanft.

»Ach, einfach alles. Es fing so schön an« – die Kriminalbeamtin erinnert sich der Tatsache, dass auch diese Frau nach langem Ringen mit sich selbst zugegeben hat, ein Verhältnis zu Walter Stein zu unterhalten – »und jetzt ist alles kaputt.« Sie schnieft vernehmlich. »Erst ein kleiner Diebstahl, dann ein ausgewachsener Mord und nun ist auch noch Shankara verschwunden. Bestimmt wurde sie auch umgebracht!«

»Ganz ruhig, Frau Hemmerle. Wie kommen Sie darauf, dass Shankara ebenfalls tot sein könnte? Bisher gibt es keinerlei Anhaltspunkte für ein weiteres Verbrechen.«

Die Frau blickt die Kommissarin aus verquollenen, dunkelumrandeten Augen an, schafft es dann aber verhältnismäßig gefasst zu antworten: »Ich fühle, wenn etwas nicht stimmt. Ich konzentriere mich auf meine Chakren, die Energiezentren meines Körpers, und die zeigen mir ganz deutlich, wenn etwas im Unreinen ist.«

Auf den verständnislosen Blick der Ermittlerin hin holt die Yogabegeisterte weiter aus: »Das kommt aus dem Kundalini. Am Ende der Wirbelsäule schlummert eine Kraft, die durch Yoga geweckt wird und sich nach oben windet.«

»Sehr schön. Aber was hat das mit Shankaras' Verschwinden zu tun?«

Die Rothaarige tritt einen Schritt zurück, um sich von den immer noch auf ihren Schultern ruhenden Händen der Kommissarin zu befreien.

»Eben habe ich mich in meinem Zimmer auf den Boden gesetzt, ein wenig Kundalini-Yoga praktiziert und dabei alle mir zur Verfügung stehenden Energien in meinem Scheitelchakra gebündelt. Das reagiert bei mir am intensivsten.«

Eleni kann sich einen Seitenblick auf das Haupt der Frau nicht verkneifen. Diese hat die winzige Augenbewegung wahrgenommen und lächelt spöttisch. »Das kann man nicht sehen. Glauben Sie mir einfach. Jedenfalls habe ich meine Energien auf Shankara gelenkt und sie auch gefunden.«

»Sie haben die Vermisste gefunden?« Eleni starrt der Frau ungläubig ins Gesicht.

»Nicht so, wie Sie meinen. Aber ich habe in meinem Scheitelchakra einen Blick auf Shankara werfen können. Zwar ganz kurz, einen Sekundenbruchteil, aber das Bild war klar und deutlich und ...«, sie seufzt, eine tiefe Atemwelle, die den ganzen Körper hebt und wieder fallen lässt, »es war entsetzlich. Ihr Kopf war voller Blut und ihre Augen stierten ins Leere«, beendet sie die Ausführungen über ihre Energiezentren. Im selben Augenblick dreht sie sich abrupt um und läuft im Eilschritt davon.

Nicht, dass die in beruflichen Dingen streng rational denkende Kriminalistin allzu viel auf die innere Erleuchtung einer Frau Hemmerle geben würde, aber sie hätte sie doch gerne noch gefragt, ob in ihrer Inspiration vielleicht ersichtlich war, wo die blutige Gestalt gelegen habe. Ein kleiner Hinweis darauf, ob man im Freien oder in geschlossenen Räumen suchen musste, hätte schon genügt. Der rasche Abgang der Frau hat überdies verhindert, dass Eleni sie nach eventuellen Filmaktivitäten ihres Liebhabers fragen konnte. Das würde sie ein anderes Mal nachholen müssen.

Während Eleni im Park des Yogacamps nach ihrem jüngeren Mitarbeiter Ausschau hält, läutet ihr Handy und sie hebt ab. »Inspektor Gamiras, schön, dass Sie sich mal melden.« Sie schafft es nicht, einen leicht ironischen Ton aus ihrer Stimme herauszuhalten.

»Konnte soeben die Brandstiftungsgeschichte klären«, verkündet der Ältere ungerührt. »Habe außerdem gütliche Einigung zwischen Täter und Geschädigtem erreicht«, unterstreicht er seinen Erfolg.

Gamiras' telegrammartiger Sprachstil beginnt die Kommissarin schon wieder zu nerven, doch sie unterbricht ihn nicht.

»Schaden hält sich in Grenzen. – Fahrzeugschuppen war zur Zeit des Feuers leer. – Nur ein paar alte Reifen waren drin. – Gehört zwei Brüdern, die ihn für ihr gemeinsames Taxi nutzen. – Gab Streit wegen einer Nachtfahrt vergangene Woche. – Einer beschuldigte den anderen, einen Teil des Fahrpreises in die eigene Tasche gewirtschaftet zu haben. – Streit eskalierte. – Feuer wurde aus Wut gelegt. – Konnte Anklageerhebung verhindern.«

Eleni sieht regelrecht, wie die Brust ihres Mitarbeiters vor Stolz anschwillt.

»Garage wird von beiden gemeinsam wieder aufgebaut. – Material bezahlt der, der den Brand gelegt hat«, schließt Gamiras.

Und dafür hat der Inspektor eineinhalb Tage gebraucht? – wundert sich Eleni. Da sie ihm aber bei nächster Gelegenheit auch noch wegen der Radiosache auf den Zahn fühlen muss, macht sie keine diesbezügliche Bemerkung, sondern sagt nur: »Dann erledigen Sie bitte noch den dazugehörigen Schriftkram. Sollten wir bis dahin nicht wieder im Büro sein, so kommen Sie ebenfalls hierher und unterstützen uns bei der Suche nach der Yogatrainerin.«

Während ihres Gesprächs mit Gamiras hat Nionio Spirakis seine Vorgesetzte entdeckt und ist im Laufschritt zu ihr getreten. Ungeduldig tritt er von einem Fuß auf den anderen.

»Ich muss Schluss machen«, beendet Eleni das Telefonat und drängt den jungen Beamten: »Und? Habt ihr sie gefunden?«

»Yeah, gerade eben. Sie ist tot.«

»Ist das sicher?«

»Ja, ganz eindeutig, obwohl man, so wie sie daliegt, nicht viel von ihr sieht.«

Nionio macht auf dem Absatz kehrt und Eleni muss sich anstrengen, um mit seinen langen Beinen Schritt zu halten. Er führt sie zu dem Törchen, welches von der Grünanlage aus direkt zum Strand führt. Ein schmaler, von dichtem Buschwerk gesäumter Pfad, führt steil bergab. Nach etwa hundert Metern macht er eine Biegung und gleich darauf sieht die Kommissarin die Uniformierten, die vor einer guten halben Stunde in diese Richtung losmarschiert sind. Während zwei den Weg nach beiden Seiten absichern, müht einer sich damit ab, das dornige Gestrüpp an einer Stelle zu lichten. Beim Näherkommen sieht Eleni ein Beinpaar, das aus dem schon freigelegten Unterholz herausragt. Sofort erkennt sie die Sandalen mit den gekreuzten Riemchen wieder.

»Scheiße«, rutscht es ihr heraus. »Nionio, informier den Doktor, lass die Spurensicherung kommen und pfeif die anderen Suchtrupps zurück. In dieser Reihenfolge, bitte.«

Sie bückt sich, um mehr vom Körper der Kräuterexpertin erkennen zu können. Der lange, helle Rock, den Shankara schon am Freitag getragen hat, ist nach oben gerutscht und legt zwei schlanke, wohlgeformte Beine frei. Statt des dunklen T-Shirts trägt sie dazu eine grüne Bluse mit einem Blättermuster. Sie muss sich überwinden, ihren Blick noch höher gleiten zu lassen, zu groß ist die Angst, die Vision von Gabi Hemmerle bestätigt zu finden. Als sie endlich und nur durch noch tieferes Bücken einen Blick auf den Kopf der Leiche erhascht, zuckt sie unwillkürlich zurück. Die Gesichtszüge sind von einer dicken Schicht verkrusteten, schwarzen

Blutes fast vollständig bedeckt. In dem dunklen Haar kann man die Körperflüssigkeit nur durch starke Verklebungen ausmachen.

Mit langsamen Bewegungen kommt Eleni wieder hoch und reibt sich mehrfach sorgenvoll über die Stirn. »Verflucht«, kommentiert sie das Gesehene. »Erschlagen, würde ich auf den ersten Blick sagen. Was ist hier nur los? Waren wir zu langsam im Fall Renate Lindenfeld? Hätten wir das da«, sie weist mit der rechten Hand in Richtung des toten Körpers, »verhindern können?«

Sie erwartet keine Antworten, sondern macht sich, Nionio im Schlepptau, auf den Rückweg zum *Haus Sonnengruß*. Die Uniformierten würden den Leichnam bis zum Eintreffen von Dr. Xenakis und der Spurensicherung bewachen.

Erschöpft lässt Kommissarin Mylona sich im mittlerweile leeren Foyer auf eine der Sitzgelegenheiten fallen. Zu der Entscheidung, ihren Dienst bei der Kölner Kriminalpolizei zu quittieren und die Stelle auf Zakynthos anzunehmen, hatte sie nicht zuletzt die Aussicht auf einen ruhigeren Arbeitsalltag bewogen. Doch schon im ersten Jahr hatte sie eine hässliche Serie von drei Morden aufzuklären gehabt. Ein Fall, der ihr extrem an die Nieren gegangen war, vor allem ab dem Zeitpunkt, an dem sich der Täter herauskristallisierte. Sie konnte damals letztendlich alles klären, aber das Ergebnis war für sie persönlich so erschütternd und unbefriedigend ausgefallen, dass sie bis heute daran knabberte. Und nun, nur anderthalb Jahre später, abermals ein Doppelmord!

Sie beschließt, Spirakis das Feld zu überlassen, und ins Büro zurückzukehren, um ihre Gedanken zu ordnen. Hier kann sie momentan eh nicht allzu viel ausrichten.

»Nionio, ich fahre in die Stadt zurück. Kümmere du dich bitte um Dr. Xenakis und die zwei von der Spurensicherung.«

»Ähm, Tassoula wird wohl nochmals allein kommen. Ich glaube, Mathew ist erst ab morgen wieder da«, wirft der Inspektor ein.

»Auch gut, dann kannst du ihr ja wieder ein bisschen zur Hand gehen.« Sie arbeitet sich aus dem weichen Sitz hoch. »Ach, und wenn du vorher noch Zeit hast, versuch doch bitte Frau Westhoff und Frau Hemmerle zu finden und nach dieser Idee einer versteckten Kamera zu fragen. Diplomatisch, wenn's geht.«

»Das bekomme ich schon hin.«

»Gut. Dann bis später.«

»See you.«

An der Kreuzung, wo Eleni von dem Schotterweg auf die Landstraße abbiegen muss, kommt ihr der weiße Kastenwagen der Spurensicherung entgegen. Beide Autos halten kurz.

»Noch eine Leiche, sagt Nionio?«, vergewissert sich Tassoula. Mit einer hektischen Handbewegung versucht sie ihr vom Fahrtwind zerzaustes, ausnahmsweise offen getragenes Haar zu ordnen.

»Ja, und leider gar kein schöner Anblick. Ich habe Nionio da gelassen. Er wird dir helfen, wo er kann.«

»Danke.« Tassoulas Augen machen einen sehr müden Eindruck auf die Kommissarin und sehen ein wenig so aus, als hätte die junge Frau geweint.

»Alles in Ordnung mit dir?«, erkundigt sie sich sicherheitshalber.

»Alles Ok«, antwortet Tassoula knapp und gibt gleichzeitig wieder Gas.

Auf dem Kommissariat trifft Eleni Gamiras an, der noch mit dem schriftlichen Bericht zu der Brandsache beschäftigt ist. Bei seinem Anblick kommt ihr sofort der Radiobericht über die Mordsache Lindenfeld in den Sinn. Der ältere Inspektor gehört noch zu der Generation von Polizisten, für die es völlig normal ist, ab und zu die Hand für Informationen und kleine Gefälligkeiten aufzuhalten. Eleni ist deswegen in der Vergangenheit bereits mehrfach mit ihm aneinandergeraten. Vor ihrem inneren Auge kann sie ihn förmlich das Geldbriefchen des Radiomoderators in die Tasche seiner perfekt gebügelten Hose stecken sehen.

»Haben Sie gestern zufällig ERZ gehört, so am späten Vormittag?«

Gamiras scheint nichts Ungutes zu ahnen, denn er blickt sie offen an und fragt verwundert: »Nein, wieso?«

»Der Sender hat über den ersten Mord berichtet und ...«

»Den ersten?«, fährt Gamiras dazwischen und zieht geräuschvoll die Luft ein.

»Unterbrechen Sie mich bitte nicht. Ich bringe Sie gleich auf den Stand der Dinge. Aber zunächst muss dieser Punkt geklärt werden.« Eleni setzt ihre strengste Miene auf. »Also: Ich frage mich, wie die vom Radio an die Information gekommen sind. Es herrscht absolute Nachrichtensperre.«

»Wenn Sie denken ...« Nionio Gamiras ist ehrlich erschrocken. »Nein, Frau Kommissarin. Von mir hat keiner was darüber erfahren.«

Ein forschender Blick, der bis in die tiefsten Gründe von Gamiras Seele greift, überzeugt Eleni davon, dass es dieses Mal wohl nicht ihr direkter Mitarbeiter war, der Polizeiinterna ausgeplaudert hat. Sie weiß, dass der Inspektor auch früher nicht aus reiner Unbedachtsamkeit heraus derartige Dinge gemacht hat, sondern einerseits aus schlichter Gewohnheit und andererseits, um sein recht schmales Gehalt aufzubessern. Zwei Kindern gleichzeitig eine Ausbildung zu finanzieren, ist nicht gerade einfach. Die Tatsache, dass im Zuge der Sparmaßnahmen nicht nur diverse Zulagen gestrichen wurden, das dreizehnte und vierzehnte Monatsgehalt dran glauben mussten und das Renteneintrittsalter für Polizeibeamte um fünf Jahre auf sechzig hochgesetzt wurde, macht es für Nionio Gamiras auch nicht leichter.

»In Ordnung«, sagt Eleni. »Dann beauftrage ich Sie hiermit offiziell, herauszubekommen, wer das Leck ist. Und nun zu unseren Morden.«

Rasch bringt sie den Inspektor auf den neuesten Stand und lässt sich dann an ihrem Schreibtisch nieder. Nach etwa einer Stunde höchster Konzentration und geduldigen Aktenstudiums steht sie auf und ergänzt die von Gamiras schon mit Tatortfotos und in Blockbuchstaben notierten Stichpunkten halb gefüllte

Schautafel. Als erstes fügt sie das zweite Mordopfer hinzu. Unter den Namen der beiden Frauen notiert sie die Todesarten, die nicht identisch sind. Weitere Punkte, die nicht übereinstimmen, sind die Herkunftsorte – das erste Opfer stammt aus Würzburg, das zweite aus München – sowie der Familienstand. Gudrun Meier war, wie sie der Akte entnommen hat, ledig. Auch der Grund ihrer Reisen nach Zakynthos unterscheidet sich; während die eine als Urlauberin im *Haus Sonnengruß* weilte, hatte die andere einen Job dort. Doch Eleni findet auch Gemeinsamkeiten: Beide Opfer waren weiblichen Geschlechts. Ob das, beispielsweise in Bezug auf die Affären Walter Steins eine Rolle spielt, ist noch zu klären. Von der Würzburgerin weiß die Kommissarin inzwischen sicher, dass diese ein Verhältnis mit dem Yogi gehabt hatte. Bei Frau Meier macht sie in dieser Reihe ein Fragezeichen auf der Tafel, da sie Herrn Stein die Frage nach einer sexuellen Beziehung zu seiner Mitarbeiterin nicht erneut vorgelegt hat. Eine weitere Verbindung zeigt sich in der Feststellung, dass sowohl Shankara als auch Renate Lindenfeld sich schon im letzten und im vorletzten Jahr in der Yogastätte in Vassiliko aufgehalten haben. Und nicht nur das! Beide müssen über Aaron Stein, der den süddeutschen Raum mit seinen Yogalehren beglückt, nach Zakynthos gefunden haben. Zu schade, dass man mit dem Mann im Moment nicht reden konnte!

Nachdenklich greift die Kommissarin zum Telefon. Sie zögert noch, ob sie den Polizeipräfekten jetzt gleich über den zweiten Mordfall informieren soll oder besser damit wartet, bis sie von Spirakis weitere Einzelheiten erfahren hat. Schließlich ringt sie sich dazu durch, das leidige Gespräch hinter sich zu bringen.

»Schaffen Sie es, den Fall, äh, die Fälle, in sagen wir zwei bis drei Tagen zu klären?«, fragt der Präfekt in barschem Ton, als Eleni geendet hat. »Länger kann ich die Presse nicht heraushalten.«

Die Sorgen möchte ich haben, denkt sich Eleni, sagt aber in ihrem zuversichtlichsten Tonfall: »Wir tun hier, was wir können.«

»Was halten denn Sie persönlich von der ganzen Sache?« Es ist das erste Mal, dass ihr Vorgesetzter in irgendeiner Form Vertrauen in ihre Arbeit zum Ausdruck bringt. »Ich denke, dass die Lösung innerhalb dieser Yogastätte liegt«, antwortet die Kommissarin vorsichtig.

»Schön, schön. Dann hätten wir es wenigstens mit einem rein deutschen Verbrechen zu tun. Das erhitzt die Gemüter weit weniger, als ein einheimischer Verrückter, der auf unseren Ferieninseln Jagd auf Touristen macht.«

Ein Klicken in der Leitung zeigt Eleni, dass der hohe Herr in Patras grußlos aufgelegt hat.

»Schön! Ich möchte gerne mal wissen, was an zwei Morden schön sein soll«, brummelt sie vor sich hin.

Gamiras scheint das Gespräch mitverfolgt zu haben – die Stimme des Polizeipräfekten war zumindest laut genug dafür gewesen – denn er versucht, dessen Einschätzung der Lage zu verteidigen: »Er meinte wohl, dass die Deutschen im Moment sowieso nicht gerade sehr beliebt sind hier in Griechenland.«

»Das ist auch mir nicht entgangen«, entgegnet Eleni scharf. »Obwohl ich keinerlei Grund dafür erkennen kann. Schließlich hat der deutsche Tourismus in den vergangenen Jahrzehnten einen erheblichen Beitrag zum Wirtschaftswachstum Griechenlands geleistet.«

Gamiras schaut seine Vorgesetzte halb mitleidig, halb belustigt an: »Das ist es ja eben. Und genau diese Abhängigkeit ist es, die unsere Aversion hervorruft. Schon im Zweiten Weltkrieg marschierte der Deutsche hier ein und spielte sich als Retter und Wohltäter der griechischen Nation auf. Das haben wir nicht vergessen.«

Eleni schüttelt unwirsch den Kopf. Einen ganz ähnlichen Kommentar hatte auch der alte Vassilis neulich abends gebracht.

Später am Nachmittag erscheint ein ziemlich mitgenommener Spirakis. Er fasst die bislang spärlichen Ergebnisse der Fachkräfte zusammen. »Dr. Xenakis konnte den Todeszeitpunkt auf plus minus drei Tage ansetzen. Er meinte, die Nächte seien noch so kühl, dass der leblose Körper glücklicherweise noch nicht zu stinken angefangen habe. Außerdem konnte er schon mit Bestimmtheit sagen, dass die Frau mit einem stumpfen Gegenstand erschlagen wurde. Und damit hatte er völlig Recht.« Er vergewissert sich der vollen Aufmerksamkeit seiner beiden Zuhörer, indem er eine kurze Pause einlegt. »Wir haben die Tatwaffe später noch gefunden.« Abermals lässt er die Spannung steigen, indem er einen Moment wartet. »Ein dicker Stein. Der Hund hat ihn im Gestrüpp erschnüffelt und Tassoula will ihn noch heute untersuchen. Aber es klebte so viel Blut daran, dass kaum ein Zweifel besteht.«

Am Abend trennt sich die Kommissarin von ihren Kollegen mit der Anweisung: »Und morgen zur Hausdurchsuchung bitte ganz pünktlich.« Bei zwei Morden kann sie mit Fug und Recht das komplette Yogacamp auf den Kopf stellen. Die Mannschaft dafür hat sie bereits zusammengestellt. Jetzt bleibt nur noch zu hoffen, dass auch etwas dabei herauskommt.

MITTWOCH, 19. MAI

Nionio Spirakis betritt das Büro so schwungvoll, dass ein leichter Windhauch die losen Papiere auf den Schreibtischen aufflattern lässt. »Hi«, grüßt er und verkündet gleich im Anschluss das Ergebnis der Tatwaffenuntersuchung: »Tassoula hat gestern noch die Blutspuren an dem Stein mit der Probe, die sie von Shankaras Leichnam genommen hat, verglichen. Identisch! Der Stein ist die Mordwaffe!«

»Woher weißt du das denn schon in aller Frühe?« Eleni wirft ihrem jüngeren Mitarbeiter, der für gewöhnlich morgens nicht so rasch in die Gänge kommt, einen prüfenden Blick zu. Er steht sehr gerade vor ihr, die gesamte Körpermuskulatur straff gespannt, die

Augen hinter seiner Sonnenbrille verborgen und strahlt sie mit seinen perfekt weißen Zähnen an, wobei er sich mit der Rechten über die Stoppeln an seinem Kinn streicht. Die Yogis würden sagen, er sei in eine Aura positiver Energie gehüllt.

»Ich war gestern Abend mit Tassoula aus«, wirft er wie nebensächlich hin. »Bei der Gelegenheit hat sie es mir erzählt.«

»So, so. Ihr zwei seid also miteinander ausgegangen«, nickt Eleni wissend.

»Sie brauchte jemanden, dem sie ihr Herz ausschütten konnte«, vertraut Nionio ihr an.

»Und da kam sie ausgerechnet auf dich?« Sie gibt dem jungen Mann spielerisch einen Stups gegen die Schulter. Nionios blendendes Aussehen scheint einmal mehr seine Wirkung auf das schöne Geschlecht nicht verfehlt zu haben.

Spirakis grinst. »Sure! Ich kann ein ziemlich guter Zuhörer sein.« Er zögert kurz, doch dann gibt er preis: »Sie glaubt, dass ihr toller Hecht von einem Rechtsanwalt sie betrügt.«

»Und da hat sie sich an deiner starken Brust ausgeheult. Verstehe.« Nachtigall, ick hör dir trapsen – kommt ihr spontan eine berlinerische Redensart dazu in den Sinn. »Mit einem Stein erschlagen«, lenkt die Kommissarin zurück zum Thema. »Das klingt schwer nach einer Affekttat.«

Wenig später bläst sie zum Aufbruch nach Vassiliko. Außer dem Spurensicherungsteam sowie ihren Inspektoren und sich selbst hat sie noch drei der Polizisten, die schon am Vortag bei der Suche nach Shankara geholfen hatten, zur Hausdurchsuchung eingeteilt.

Walter Stein ist über den erneuten Großaufmarsch der Polizei in höchstem Maße erbost: »Kann ich bitte mal den Durchsuchungsbefehl sehen?«, fordert er direkt.

»Beschluss heißt das, nicht Befehl«, korrigiert Kommissarin Mylona und hält ihm ein Blatt Papier unter die Nase, auf dem oben in Fettdruck ›Ένταλμα έρευνας κατ' οίκον‹ steht. »Alles klar?«, fragt sie, seine Verwirrung genießend.

Der Yogi nickt resigniert, mault: »Als ob einer von uns als Täter in Frage käme ...«, und kann dann nur zuschauen, wie die Beamten sich in seinem Eigentum breit machen. Da der spärlich möblierte Eingangsbereich in kürzester Zeit durchkämmt ist, bittet Eleni alle Urlauberinnen sowie das vollständige Personal dort zu warten, bis die Untersuchung beendet ist.

Sie selbst knöpft sich zunächst Viviane Westhoff und Gabi Hemmerle nochmals einzeln vor, denn Spirakis ist am gestrigen Tag nicht mehr dazu gekommen, die beiden Frauen nach eventuellen Filmaktionen des Liebesreigens zu befragen. Die wie üblich stark geschminkte, dauergewellte Dame aus Regensburg lacht sich bei dem Verdacht halbtot. »Und wenn«, meint sie achselzuckend, als sie sich wieder gefasst hat. »Dann bin ich jetzt vielleicht ein richtiger Internet-Pornostar.«

Absolut gegenteilig reagiert die nah am Wasser gebaute Frau mit dem starken Chakra. »Wie? Was? Sie meinen, er hat uns mit seinem Computer gefilmt?«, fragt sie fassungslos.

»Gefilmt hat er wohl eher mit einer winzigen versteckten Kamera«, verbessert Eleni die offensichtlich mangelhaften technischen Vorstellungen von Frau Hemmerle. »Aber vielleicht auch mit seinem Laptop. Auf jeden Fall kann er mit Hilfe des Notebooks die Aufnahmen ins Netz stellen. Und dort sind sie nun, wenn sich unser Verdacht bestätigt, für jeden Menschen weltweit und dauerhaft sichtbar.«

Gabi Hemmerle reißt entsetzt die Augen auf. Sie wirkt so geschockt, dass ihr die Worte fehlen.

Eleni nutzt ihre Verwirrung, um bezüglich ihrer Shankara-Vision vom Vortag nachzuhaken: »Das Bild, das sie gestern von ihrer toten Yogalehrerin gezeichnet haben, entspricht übrigens ziemlich exakt den Tatsachen. Ich frage mich natürlich, ob es sich wirklich nur um eine innere Eingebung gehandelt hat.« Sie beobachtet jede Regung in Körper und Gesicht der Rothaarigen. »Die präzise Beschreibung der Leiche von Gudrun Meier kann auch etwas ganz anderes bedeuten«, fügt sie hinzu.

Diese Anspielung ist zu viel für die sensible Person. Sie japst nach Luft und bricht dann in einem Heulkrampf zusammen, aus dem Eleni sie so schnell nicht wird wieder befreien können. Also lässt sie den Verdacht erst einmal auf sich beruhen und schließt sich der Untersuchung der Räumlichkeiten an.

Die Kommissarin nimmt sich gerade mit Plastikhandschuhen den Schrankinhalt im Doppelzimmer von Melanie Adelrich und Gabriele Theobald vor, als ihr Handy läutet.

»Mama?«, entfährt es ihr verwundert.

»Chronia pollá, herzlichen Glückwunsch zum Geburtstag, mein Kind«, säuselt es fröhlich durch die Leitung.

Am Morgen hat Eleni ganz kurz daran gedacht, dass der heutige Tag ihr vierundvierzigster Geburtstag ist und überlegt, dass sie vielleicht am Abend ein paar Kollegen zum Essen ausführen sollte. Doch dann war ihr Kopf wieder voll und ganz mit den Mordfällen beschäftigt gewesen und nun trifft sie der Anruf ihrer Mutter, die seit dem Tod des Vaters bei ihrem Bruder in Larissa lebt, völlig unerwartet.

»Ich hoffe, du kannst den Tag genießen und musst nicht zu viel arbeiten«, hört sie ihre Mutter sagen, die wie immer ohne eine Antwort abzuwarten, fortfährt: »Ach, wenn du doch endlich diesen scheußlichen Beruf aufgeben würdest.«

»Mama, ich habe zu tun«, macht Eleni den schwachen Versuch, die immer gleiche Litanei ihrer Mutter zu unterbrechen.

»... am besten einen griechischen Mann«, plappert diese unbeirrt weiter, »mit einem guten Auskommen. Dann kannst du zu Hause bleiben und musst nicht dauernd Verbrecher jagen.«

»Ich stecke mitten in einem Mordfall, Mama. Genauer gesagt in zweien. Ich habe jetzt wirklich keine Zeit zum Plaudern.«

»Ich sag es ja: Das ist kein Beruf für eine Frau.« Näheres zu Elenis Arbeit hat Frau Katarina, nach der ihre eine Enkelin benannt ist, noch nie interessiert und so fährt sie unbeirrt fort, von ihren eigenen Plänen zu berichten: »Nächste Woche fahre ich mit Kostas und Semele nach Platamonas in unser Ferienhaus. Das Wetter soll sehr schön werden, und vielleicht kann man ja schon baden gehen.« Offensichtlich hat Elenis Mutter sich so gut in das Leben ihres Bruders Kostas und dessen Frau integriert, dass sie auch deren Besitztümer schon für sich vereinnahmt. »Du solltest auch mehr entspannen und nicht immer so viel arbeiten.«

»Ja, Mama.«

»Ich will doch nur dein Bestes«, kommt es unvermeidlich noch, bevor Eleni den Anruf mit dem Versprechen, sich ganz bald zu melden, zu Ende bringen kann.

Die gründliche und systematische Durchsuchung des *Haus Sonnengruß* war um einiges ergiebiger gewesen, als Kommissarin Mylona zu hoffen gewagt hatte.

Gemeinsam mit ihren beiden Inspektoren hat sie Mathew und Tassoula zur Kriminaltechnik begleitet. Die drei zusätzlich angeforderten Polizeibeamten hat sie wieder in ihren Alltagsdienst entlassen. Die Spurensicherer tragen gerade das sichergestellte Beweismaterial ins Gebäude, als Eleni auffällt, dass die Mittagszeit bereits weit überschritten ist und niemand zwischendurch Zeit zum Essen gehabt hat. »Herr Gamiras«, spricht sie ihren Mitarbeiter an, »wären Sie wohl so freundlich, eine Runde Pita mit Souvlakia für alle zu besorgen?« Sie kramt einen Geldschein hervor und drückt ihn dem Inspektor in die Hand.

»Hm«, brummt dieser und macht sich auf den Weg.

Neben sämtlichen Aktenordnern aus Walter Steins Büro haben Mathew und Tassoula diverse durchsichtige Plastiktüten auf dem großen zentralen Tisch ausgebreitet. Die größte davon enthält den schon vor mehr als einer Woche als gestohlen gemeldeten Laptop. Elenis Blick wird magisch von der Beschriftung dieser Tüte angezogen. *Raum 8*, entziffert sie, *Gabi Hemmerle*. Vor der Hausdurchsuchung wurde die von Nionio Gamiras angefertigte Skizze der Yogastätte vergrößert und alle Räume zur besseren Orientierung mit Nummern versehen. Eleni stutzt. Dann hat also die weinerliche Münchnerin den Diebstahl begangen. Wieso hat sie das getan? Sicherlich nicht, um sich durch den Verkauf des Geräts zu bereichern. Wie stets bei angestrengtem Nachdenken kratzt Elenis Zeigefinger heftig über das Nagelbett ihres Daumens. Sie ruft sich das kurze Gespräch, das sie am Morgen mit Frau Hemmerle geführt hat, in Erinnerung. War sie nicht der Meinung gewesen, dass man mit einem Laptop Filmaufnahmen machen kann?

»Du blutest an der rechten Hand«, unterbricht Spirakis ihren Gedankengang.

»Was?« Eleni betrachtet ihren malträtierten Daumen, zieht ein Papiertaschentuch hervor und drückt es auf die blutende Stelle. Gabi Hemmerle muss zumindest den Verdacht gehegt haben, dass der Yogi ihre Liebesakte filmt. Ein anderer Grund für die Entwendung des Notebooks fällt der Kommissarin nicht ein.

Spirakis tritt mit einem Stück Heftpflaster auf sie zu: »Hier, kleb das mal auf deinen Daumen.«

Geistesabwesend tut Eleni wie ihr geheißen, während ihr Blick weiter über die Plastiktüten gleitet. Es sind vor allem zwei weitere, die das Interesse der Kommissarin erwecken. In der einen erkennt sie ein goldenes Armband, in der anderen eine Miniaturkamera. Doch bevor sie sich die Beschriftungen ansehen kann, kehrt Gamiras mit den duftenden Fleischspießchen zurück, die er auf einem Tisch neben der Tür ablegt. Tatsächlich sind alle fünf reichlich ausgehungert und so machen sie sich erst einmal über die Souvlakia her.

Noch an ihrem letzten Bissen kauend, wendet Eleni sich wieder den Beuteln mit den Beweisstücken zu und greift nach dem mit der winzigen Kamera. Da steht es in fein säuberlichen Buchstaben, die wahrscheinlich von Tassoula stammen: *Raum 13 – Walter Stein*. Also doch, denkt Eleni triumphierend, dass sie mit ihrem vagen Verdacht richtig lag.

»Wo genau hast du die Kamera gefunden?«, wendet sie sich an Tassoula. »Das ist doch deine Schrift hier?« Sie hält der jungen Frau die Tüte vor die Nase.

»Ja«, bestätigt die Kriminaltechnikerin und berichtet dann: »Die habe ich in der Lampe über dem Bett entdeckt.«

»Gute Arbeit«, lobt die Kommissarin. »Damit haben wir den Beweis, dass der softe Yogi nicht nur ein Casanova ist, sondern seine Abenteuer überdies gefilmt hat. Davon gehe ich jedenfalls aus. Aber ihr werdet ja zumindest die letzten Aufnahmen sichtbar machen können.«

»Klar können wir«, wirft Mathew kaugummikauend ein. »Hat das Priorität?« Da er erst heute zu den Untersuchungen dazugestoßen ist, ist er noch nicht allzu vertraut mit dem Fall.

»Absolute Priorität«, sagt Eleni mit Nachdruck. »Ebenso wie der Laptop.« Sie weist auf den größten der Beweismittelbeutel. »Da sollten sich diverse von dieser Kamera aus übertragene Sexfilmchen drauf befinden, wenn ich mich nicht irre. Schaut bitte unbedingt auch nach, ob er diese Filmchen nur zu seinem Privatvergnügen gespeichert oder auch online gestellt hat.«

»Wurden die beiden Frauen wegen dieser Filme ermordet?«, erkundigt sich Tassoula.

»Einen Zusammenhang sehe ich unbedingt.« Eleni denkt kurz nach und fasst dann für alle zusammen: »Meiner Meinung nach lässt sich eine ganze Reihe möglicher Motive aus diesen Filmen ableiten. Da wäre zum einen Gabi Hemmerle, bei der ihr den Laptop gefunden habt. Sie ist, wie ich im Gespräch mit ihr feststellen konnte, technisch nicht sonderlich versiert. Wahrscheinlich hat sie das Notebook zwecks Entsorgung brisanten Materials einkassiert, nicht wissend, dass sie die Filme dadurch keineswegs unter Kontrolle hat. Sie könnte es aber auch geschafft haben, ein bisschen in den Dateien ihres Liebhabers herumzuschnüffeln, dabei auf ihre Bettkonkurrentinnen gestoßen sein und diese daraufhin aus purer Eifersucht ermordet haben.«

»Stop!«, unterbricht Spirakis. »Ob Shankara ebenfalls zu den Bettgenossinnen des Gurus gehört hat, wissen wir doch überhaupt noch nicht.«

»Schon klar«, räumt Eleni ein. Gleich nachdem die Frau tot aufgefunden worden war, hat die Kommissarin versucht, telefonisch jemanden unter ihrer Heimatadresse zu erreichen, jedoch ohne Erfolg. Daraufhin hat sie ihre Kollegen in München darum gebeten, die Angehörigen von Gudrun Meier ausfindig zu machen und über das Geschehene ins Bild zu setzen. Eleni hat also momentan tatsächlich noch keinerlei Hinweise auf ein intimes Verhältnis Shankaras zu Walter Stein. »Aber wir werden es wissen«, sagt sie zuversichtlich, »sobald das Filmmaterial ausgewertet ist.«

Elenis Zeigefinger gleitet abermals zu ihrem Daumen, findet dort aber nur ein Pflaster vor. »Im Zusammenhang mit den Filmen sind aber auch noch andere Täter und Motive denkbar«, leitet sie zum nächsten Verdacht über. »Walter Stein beispielsweise kommt durchaus als Täter in Frage. Vielleicht hat Renate Lindenfeld sein Filmhobby entlarvt, wollte ihn anzeigen oder hat ihn gar erpresst und wurde deshalb von ihm umgebracht.«

»Und wer hat dann die andere Frau erledigt?«, nörgelt Gamiras.

»Die hätte dann ebenfalls Walter Stein auf dem Gewissen. Entweder aus ein und demselben Grund oder aber, weil sie den ersten Mord beobachtet hat und er keine Mitwisserin haben wollte.«

Spirakis pfeift leise durch die Zähne. »That's right«, stimmt er mit einem bewundernden Blick auf seine Chefin zu. »Ist doch ganz klar: Shankara musste sterben, weil sie den Mörder von der Lindenfeld kannte!«

»Nicht so schnell«, bremst Eleni ihn aus. »Bislang ist alles nur Theorie. Und in dieser sind noch mehr Varianten vorstellbar.« Vier Augenpaare sind gespannt auf die Kommissarin gerichtet. »Es könnte auch so gewesen sein, dass Frau Lindenfeld die Filmtätigkeit Walter Steins aufgedeckt und mit einer seiner anderen Geliebten darüber gesprochen hat. Vielleicht wollte diejenige aus Scham eine Publikmachung verhindern und musste deshalb zum Äußersten greifen.« Eleni schaut ihre Mitarbeiter der Reihe nach an. »Jetzt warten wir erst einmal die Auswertung der Kamera und des Laptops ab. Daraus werden sich bestimmt neue Anhaltspunkte ergeben.«

Sie dreht sich wieder dem zentralen Tisch zu und hält einen weiteren kleinen Beweismittelbeutel hoch. *Raum 15 – Theres Oberle*, steht darauf.

»Warum habt ihr dieses Armband hier aus dem Zimmer der Köchin eingepackt«, interessiert sich Eleni.

»Das war ich«, meldet sich Spirakis. »Es kam mir irgendwie zu zierlich für die doch eher korpulente Frau vor. Ich dachte, wir sollten klären, ob es ihr gehört oder ob es noch eine Diebin in dem Yogacamp gibt.«

Kommissarin Mylona betastet das Tütchen mit dem filigranen Schmuckstück. Auch ihr fällt es schwer, sich das goldene Armband am Handgelenk von Frau Oberle vorzustellen. »Es sieht tatsächlich zu klein und eng für die Köchin aus«, befindet sie. Dann wirft sie den Beutel zurück auf den Tisch und ruft ihre Inspektoren zu sich: »Wir lassen Mathew und Tassoula jetzt ihre Arbeit machen und fahren zurück ins Büro«, entscheidet sie.

»Ich habe noch ein paar dringende Besorgungen zu erledigen«, führt Nionio überraschenderweise an. »Kann ich etwa eine Stunde frei nehmen?«

Eleni ist mehr als erstaunt, gestattet ihm aber die kurze Auszeit.

Im Kommissariat stapeln sich die Papiere. Ganz obenauf findet Eleni eine in kaum leserlicher Schrift hingeschmierte Notiz über einen eingegangenen Anruf der Polizeiinspektion 15, München-Sendling, mit der Bitte um Rückruf. Mühsam entziffert und wählt sie die dabeistehende Nummer und stellt sich vor.

»Ah ja, sie hatten um Angaben zu einer Person namens Gudrun Meier, Alter zweiunddreißig, wohnhaft Implerstraße 82 A, gebeten.« Der deutsche Kollege redet in breitestem Bayrisch, so dass

Eleni aufpassen muss, um alles mitzubekommen. »Ja, also. Wir haben nichts über diese Person in unserer Kartei; noch nicht mal Punkte in Flensburg. An der Adresse ist sie allein gemeldet.«

»Haben Sie Angehörige von Frau Meier finden können?«

»Ja mei, da gibt es eine Mutter in einem Seniorenstift in Pasing. Das Personal dort meinte allerdings, wir könnten uns die Mühe sparen, extra vorbeizukommen, weil die alte Dame wohl Olzheimer hat und eh niemanden mehr erkennt.«

»Was bitte hat die alte Dame?«

»Alzheimer«, verbessert der Beamte ins Hochdeutsch. »Sie leidet an Alzheimer und erkennt anscheinend oft ihre eigene Tochter nicht mehr.«

»Gut, vielen Dank für Ihre Hilfe.«

Als nächstes entdeckt die Kommissarin den Obduktionsbericht von Gudrun Meier auf dem Stapel. Routiniert überfliegt sie die Seiten. Am Schluss der detaillierten Ausführungen findet sie die Angabe, die sie am meisten interessiert: *Todesursächlich waren mehrere harte, aber durchaus auch mit geringem Kraftaufwand mögliche Schläge auf den Hinterkopf. Da alle Schläge mehr oder weniger dieselbe Stelle trafen, lässt sich nicht mit Sicherheit sagen, ob es sich um drei, vier oder eventuell sogar fünf Schläge gehandelt hat. Der Schädelknochen weist multiple Bruchstellen auf. Am Gehirn Prellungen, Quetschungen und massive Verletzungen durch eingedrungene Knochensplitter. Der Tod trat unmittelbar nach Zufügung der Schläge ein.* Wenigstens scheint es schnell gegangen zu sein, tröstet sich Eleni. *Der Todeszeitpunkt lässt sich aufgrund der Tatsache, dass der Corpus stark divergierenden Temperaturen ausgesetzt war, nur grob auf den 15. Mai bzw. die Nacht zum 16. Mai festlegen.*

Eleni blättert rasch die letzte Seite um und findet unter dem Bericht noch einen handschriftlichen Kurzvermerk: *Leichnam Renate Lindenfeld zur Bestattung freigegeben.*

Da es sich um eine Nachricht handelt, auf die der Witwer in Würzburg sicherlich dringend wartet, wählt Kommissarin Mylona gleich darauf dessen Nummer an.

»Sandra Lindenfeld«, dringt ein dünnes Stimmchen an ihr Ohr.

Eleni schluckt schwer. Die Möglichkeit, dass die ihr unbekannte, frische Halbwaise ans Telefon gehen könnte, hat sie beim Wählen gar nicht in Betracht gezogen.

»Hier spricht die Kommissarin aus Griechenland, die sich um die Aufklärung des Todes deiner Mutter kümmert«, beginnt sie behutsam. »Es tut mir übrigens schrecklich leid für dich und deinen Vater.«

»Danke«, antwortet das junge Mädchen. »Aber ich glaube, am schlimmsten ist es für Oma«, gibt sie mit viel Verständnis zurück.

Wieder etwas, das Eleni nicht bedacht hat. »Für deine Oma natürlich auch herzliches Beileid«, beeilt sie sich hinzuzufügen.

»Ich sag es ihr. Sie ist zurzeit hier bei uns. Wissen Sie schon, wer das getan hat?«, möchte Sandra erfahren. »Und warum?«

Eleni wählt ihre nächsten Worte mit Bedacht: »Wer deine Mutter umgebracht hat, wissen wir noch nicht. Aber dem Warum sind wir schon ein gutes Stück näher gekommen. Leider darf ich dir nichts darüber sagen, solange die Ermittlungen nicht abgeschlossen sind.« Gott sei Dank, darf ich ihr nichts sagen, denkt Eleni gleichzeitig. Für ein Mädchen aus einem biederen katholischen Elternhaus war es gerade schwierig genug, den gewaltsamen Tod der Mutter zu verkraften. Wie würde sie die Umstände, die wahrscheinlich dazu geführt haben und die – so ist sie sich inzwischen sicher – irgendwie mit dem Sexualleben der Verstorbenen im Zusammenhang stehen, auffassen? Um weiteren bohrenden Fragen des Mädchens zuvorzukommen, bittet die Kommissarin: »Kann ich deinen Vater wohl kurz sprechen? Ist er zu Hause oder geht er schon wieder zur Arbeit?«

»Nein, er ist da. Es dauert aber einen Moment. Ich muss ihn aus dem Keller holen, wo er sich fast ständig aufhält.«

»Ach ja, die Eisenbahn, nicht wahr?«

»Ich glaube eigentlich nicht, dass er sich mit seiner Modellbahn beschäftigt. Er surft dauernd nur im Internet herum. Ich hol ihn dann mal. Einen Moment, bitte.«

Eleni nimmt wahr, wie das Telefon abgelegt wird und stellt sich, während sie wartet, die düstere Atmosphäre des Hauses Lindenfeld vor. Vor wenigen Tagen noch eine etwas spießige, aber offenbar glückliche Kleinfamilie und heute eine familiäre Ruine, zerstört durch ... Ja, durch was eigentlich? Durch einen kleinen Seitensprung der Frau? Durch deren Versuch, ihrem Leben etwas mehr Spannung zu verleihen? Durch ...

»Lindenfeld«, meldet sich Sandras Vater mit Grabesstimme.

Eleni gibt die Auskunft der Pathologie an ihn weiter. »Sie können Ihre Frau also jetzt nach Deutschland holen und dort beisetzen lassen«, endet sie.

»Gut. Ich habe bereits mit einem Bestatter gesprochen. Wird ganz schön teuer, vor allem die Überführung«, teilt er der Kriminalbeamtin mit.

»Das kann ich mir vorstellen und es tut mir sehr leid«, sagt Eleni, die sich zwar darüber ärgert, dass Herr Lindenfeld den finanziellen Aspekt so herausstreicht, aus vielen anderen Fällen jedoch weiß, dass die Beschäftigung mit vergleichsweise kleineren Sorgen den Angehörigen von Verbrechensopfern am Anfang dabei hilft, den ganz großen Kummer zu verdrängen. »Gibt es keine Sterbeversicherung?«

»Doch schon, aber die deckt nur einen Teil der Kosten. Danke für Ihren Anruf. Auf Wiederhören.«

Eleni benötigt einen Moment, um sich von den Stimmen der Verzweifelten zu lösen. Dann geht sie zur Tagesordnung über und macht als Nächstes einen erneuten Versuch, die Würzburger Freundin von Renate Lindenfeld an die Strippe zu bekommen. Doch wieder ertönt nur die Bandansage. Offensichtlich verbringt Andrea Bauer ihren Urlaub nicht auf Balkonien.

Nach einem Blick auf die Wanduhr gilt der folgende Anruf der Kommissarin den Kollegen von der Spurensicherung. Es ist inzwischen früher Abend, die beiden hatten also einige Stunden Zeit für die Untersuchung von Laptop und Kamera und können ihr vielleicht schon etwas mehr über deren Inhalt sagen. Sie lässt das Telefon lange klingeln, doch Mathew und Tassoula scheinen sich bereits in den Feierabend verdrückt zu haben. Verärgert schaut sie auf und stellt fest, dass auch ihr eigenes Büro still und verlassen ist. Wo sind Gamiras und Spirakis hin? Was ist hier eigentlich los? Zwei Mordfälle und sämtliche Mitarbeiter pochen auf einen pünktlichen Feierabend? Verdrossen schiebt Eleni die Papiere auf ihrem Schreibtisch zusammen und macht sich ebenfalls auf den Nachhauseweg. Vielleicht könnte sie ja noch ein Gläschen Wein mit Vassilis trinken und so ihrem Geburtstag wenigstens noch zu einem gemütlichen Ausklang verhelfen.

Auf dem Rückweg versucht Eleni, sich die unterschiedlichen Personen, die derzeit das *Haus Sonnengruß* bewohnen, abwechselnd mit einem Seil und einem dicken Stein bewaffnet vorzustellen. Aber in den Bildern, die in ihrem Kopf entstehen, wollen die Menschen und die Tötungsarten einfach nicht zusammenpassen.

Kurz bevor sie Vassilis' Anwesen erreicht, kommen ihr die Angehörigen von Renate Lindenfeld und das Telefonat mit ihnen wieder in den Sinn. Irgendein Detail macht sie im Nachhinein stutzig, doch sie kann den Gedanken nicht weiter verfolgen, denn beim Öffnen des Tores schallt ihr ein vielstimmiger Chor entgegen: »Na zissis, Eleni ke chronia pollá, hoch soll sie leben«, ertönt es aus etlichen Kehlen. Auf einmal sieht sie sich umringt von lauter lieben Leuten, die ihr gratulieren. Nionio, der sich ganz nach vorne gedrängt hat, umarmt sie herzlich und ruft laut: »Surprise! Chronia pollá, herzlichen Glückwunsch!«

»Ach herrje, damit habe ich ja überhaupt nicht gerechnet«, entfährt es der Kommissarin.

»Da kennst du uns aber schlecht«, lacht Nionio, und seine Mutter bestärkt ihn: »Schnapszahlen müssen hier ganz besonders gefeiert werden.« Eleni hat Frau Eftychia Spirakis kürzlich ihr Alter verraten, daher weiß diese, dass es sich um ihren vierundvierzigsten Geburtstag handelt. Die Kommissarin trifft sich in unregelmäßigen Abständen mit ihr und ihren beiden Schwestern, um Unterricht im Kochen griechischer Gerichte zu nehmen. In der Menge macht Eleni auch eine der beiden Tanten ihres jungen Kollegen, die lebhafte Efterpi, aus. Evgenia, die dritte im Bunde der Spirakis-Schwestern, ist offenbar nicht mitgekommen.

Inzwischen hat sich Dr. Xenakis bis zu Eleni vorgearbeitet und gratuliert ihr herzlich zum Geburtstag.

»Danke«, freut sich Eleni. »Ihre Stimme habe ich beim Gesang gleich herausgehört.«

»Das will ich hoffen«, meint der kleine Mann selbstbewusst. »Ich singe schließlich nicht umsonst im Chor von Agios Dionysios. Sie müssen dieses Jahr unbedingt am 24. August kommen, wenn wir unser großes Konzert zum Festtag des Heiligen geben.«

»Gerne«, verspricht Eleni und blickt in die Runde. Gamiras ist mit seiner Gattin Anastasia erschienen, Mathew und Tassoula sind ebenfalls da – kein Wunder, dass sie die beiden an ihrem Arbeitsplatz nicht erreichen konnte – außerdem hat auch Jannis sich von seiner Taverne loseisen können und natürlich Vassilis, der ruhig seine Pfeife schmauchend in einer Ecke des Hofes sitzt und Herakles beruhigend den Kopf tätschelt.

Irgendwie hat der alte Schreiner es geschafft, aus einfachen Brettern zwei Tische zu zaubern. Auf einem entdeckt Eleni einen Berg hübsch verpackter Geschenke, dem sie sich nun nähert.

»Wenn ich das alles jetzt auspacke, ist der Abend vorbei«, entschuldigt sie sich und lässt ihren Blick über die Gaben schweifen. Auch zwei Pakete aus Deutschland, eines von Zoi und ein weiteres von einer Kölner Freundin, findet sie dort aufgebaut; Vassilis muss sie in den vergangenen Tagen abgefangen und bis zum Geburtstag versteckt haben.

Der zweite Tisch ist deutlich länger als der erste und randvoll beladen mit Schüsseln, Platten und dampfenden Töpfen, die alles zu bieten scheinen, was die griechische Küche hergibt. Ein Dutzend Stühle hat Vassilis ebenfalls zusammenbekommen und um den Tisch herum gestellt.

»Ihr seid komplett verrückt«, schimpft Eleni zum Spaß und steckt sich rasch ein Keftedaki, ein Fleischbällchen, in den Mund.

»Wer hat denn das alles vorbereitet? Da müssen doch unendlich viele Stunden Kocherei drin-stecken!«

»Für das phantastische Essen zeichnen dein Freund Jannis und die Damen Spirakis verantwortlich«, informiert Vassilis sie. »Ich sorge nur dafür, dass das Ganze nachher auch schön schwimmen kann.« Er deutet auf das Weinfass, das er für den Abend aus seiner Küche geschleppt und auf einem selbst gezimmerten Podest deponiert hat.

Efterpi ist diejenige, die zu Tisch ruft: »Sonst wird das Stifado kalt«, sagt sie bestimmt. »Weißt du noch, wie das geht?«, fragt sie das Geburtstagskind und hebt den Deckel des größten Topfes.

»Das habe ich doch erst kürzlich bei euch gelernt«, erinnert sich Eleni. »Rindfleisch, Zwiebeln, Knoblauch und Schalotten in Olivenöl anbraten. Dann ...«

»Und in Zitrone!«, fügt Efterpi eifrig hinzu.

»Richtig. Dann die Gewürze: Pfeffer, Salz, ein Lorbeerblatt, Oregano, ein bisschen Zimt und Kümmel. Nach einer Weile kommt der Wein dazu.«

»Ablöschen nennt man das«, verbessert Nionios Tante.

»Klar. Also mit Wein ablöschen. Dann kommen noch Tomaten dazu. Fertig!«

»Fast. Du hast die Preiselbeeren und den Essig vergessen. Sind aber wichtig, wegen des süß-sauren Kontrasts. Jetzt probier halt mal.«

Eleni nimmt dankbar den Teller an, den Efterpi währenddessen gefüllt hat, und setzt sich zu ihren Gästen, die zwischenzeitlich alle Platz genommen haben.

Jannis unterhält die fröhliche Runde mit dem neuesten Tratsch der Insel: »... aber er weigert sich standhaft, eine Satellitenschüssel aufs Dach zu setzen, weil sie die Bienen vertreiben würde. Irgendwann erschlägt seine Frau ihn. Dann habt ihr wieder einen Mordfall.«

»Heute will ich nichts mehr von Morden hören«, wehrt Eleni lachend ab. »Erzähl uns lieber was Lustiges!«

»Einen Witz?« Jannis muss nicht lange überlegen: »Ok, den hat mein Schatz mir neulich erzählt. Hört zu: Ein Reporter, auf der Suche nach einer spannenden Story, kommt in ein Bergdorf – sagen wir mal nach Volimes – und fragt einen Passanten: ›Ich habe gehört, hier wohnt der älteste Mann Griechenlands. 120 Jahre! Ist das wahr?‹ ›Ja‹, gibt der Angesprochene zur Antwort, ›aber er ist nur selten zu sehen.‹ ›Er ist wohl sehr krank und bettlägerig?‹ ›Nein, ganz und gar nicht! Aber sein Vater ist sehr streng und lässt ihn nicht so oft aus dem Haus.‹« Alle lachen noch, als Jannis schon die nächste Schmunzelgeschichte einfällt: »Bei Reporter musste ich gerade an eine Zeitungsmeldung denken, die ich vor ein paar Monaten gelesen habe. Dir habe ich sie, glaub ich, schon erzählt, Eleni.« Er nickt der Kommissarin zu und erzählt: »Es war eine Nachricht über den Tod eines deutschen Politikers. Der hieß Otto Graf Lambsdorff. Wisst ihr, was die in dem Käseblättchen aus seinem Namen gemacht haben: *Fotograf* Lambsdorff!«

Als die nächste Lachsalve sich gelegt hat, schwenkt das Gespräch, an das Stichwort Politiker anknüpfend, zu diesem Thema über. Dr. Xenakis hebt warnend den Zeigefinger seiner linken Hand, während er sich mit der Rechten über das fetttriefende Kinn wischt. »Macht euch darauf gefasst, dass die Regierung demnächst umfangreiche Kontrollen hier durchführen wird«, gibt er in seiner zakynthischen Mundart, die fast jedes o zum u macht, bekannt.

Erstaunte Blicke wenden sich ihm zu. »Ich lese doch immer die Berichte des Gesundheitsministeriums. Die Regierungsbeamten haben festgestellt, dass es fast eine Viertelmillion Behinderte in Griechenland gibt, die wegen ihrer diversen Leiden staatliche Zuschüsse erhalten. Angeblich gibt es unter diesen Sozialhilfeempfängern jede Menge Betrüger.« Der Arzt nimmt einen ordentlichen Schluck Wein und fragt dann in die Runde: »Wisst ihr, dass es laut Statistik allein hier auf Zakynthos siebenhundert Blinde gibt?«

»Was?«

»So viele?«

»Ich kenne nur einen!«

Xenakis genießt seinen kleinen Auftritt. »Aus meiner Praxis heraus – und ich bin schon ein paar Jahrzehnte als Arzt hier tätig – würde ich schätzen, dass es sich reell um etwa ein Zehntel handelt«, sagt er und scherzt: »Ist vielleicht einer von euch bei den Behörden als blind registriert?«

»Huh, ich bin blind. Ich brauche Unterstützung«, witzelt Mathew, der schon eifrig einen Kaugummi bearbeitet, den er sich gleich nach der Mahlzeit in den Mund gesteckt hat.

»Du bist Engländer«, fertigt Gamiras ihn kurzerhand ab. »Kriegst vom griechischen Staat eh nichts.«

»Ausgerechnet du mit deinen Luchsaugen«, kommentiert seine Kollegin Tassoula. Sie sitzt neben Nionio und hat eindeutig bessere Laune als an den vergangenen Tagen.

»Mathew hat vielleicht scharfe Augen, aber deine sind dafür umwerfend schön«, schwärmt ihr Tischnachbar charmant und schaut Tassoula verträumt an.

Seine Mutter, die den Blick beobachtet hat, stupst ihre Schwester an: »Die wäre doch was, oder?«, flüstert sie ihr zu.

Efterpi bedenkt die junge Frau mit einem prüfenden Blick. »Wenn sie so tüchtig wie hübsch ist ...!«, raunt sie zurück. »Das *Glykó kutaliú* ist jedenfalls prima.« Sie steckt ihren Löffel zum wiederholten Male in das Glas mit der klebrig-süßen Nachspeise aus eingelegten Früchten, welche die Kriminaltechnikerin mitgebracht hat. »Falls sie das selber gemacht hat«, fügt sie, sich die Lippen leckend, skeptisch hinzu.

»Ach, mikruli mu, mein Kleiner«, stöhnt Eftychia. »Wenn er sich doch endlich für eine Braut entscheiden könnte.«

Die Schüsseln und Platten leeren sich, der Wein fließt in Strömen und die Stimmung in Vassilis' Hof könnte besser nicht sein. Der Mond bestrahlt die Szenerie in seinem sanftesten Licht.

Zu später Stunde klingelt Elenis Telefon noch einmal. »Das wird Alekos sein«, vermutet sie glücklich. »Drüben in Amerika ist es ja erst Nachmittag.« Rasch springt sie auf, um nicht alle Anwesenden zum Schweigen zu bringen und geht ein paar Schritte zur

Seite. Nach nur zwei Minuten beendet sie das Gespräch: »Leg auf, das wird zu teuer, mein Schatz. Wir können am Wochenende skypen, wenn du Zeit hast.« Sie haucht einen Kuss ins Telefon und geht dann kurz nach oben in ihre Wohnung, um sich eine Strickjacke zu holen, denn am Abend ist die Luft noch recht frisch.

Nach einer Weile, die sie wieder mit ihren Gästen geplaudert und gescherzt hat, bemerkt sie, dass irgendetwas pausenlos an ihrer Jacke zupft. Ein kurzer Blick genügt, um zu erkennen, dass Herakles sich scheinbar bestens mit einem losen Faden amüsiert, den er schon auf eine Länge von etwa einem Meter aus dem Kleidungsstück herausgezogen hat.

»He, was machst du denn da? Ich bin doch nicht Ariadne, die Theseus aus dem Labyrinth des Minotaurus helfen will!«

»Des Dädalus«, korrigiert Vassilis sofort. »Dädalus hat das Labyrinth für König Minos von Kreta gebaut. Das Ungeheuer, der stierköpfige Minotaurus, hat nur darin gehaust.«

»Das weiß ich doch«, verteidigt sich Eleni.

»Aber weißt du auch, dass der große Künstler und Baumeister Dädalus ein Mörder war?«

»Heute keine Mordgeschichten, haben wir gesagt«, fällt Spirakis ihm ins Wort.

»Doch, das interessiert mich jetzt«, besteht Eleni auf einer Fortsetzung. »Lass hören!«

»Dädalus hatte nicht nur einen Sohn, Ikarus, den ihr sicherlich alle kennt.« Er schaut fragend in die Runde. »Der, der mit seinen selbstgebastelten Flügeln abgestürzt ist, weil die Sonne das Wachs daran zum Schmelzen gebracht hat«, erläutert er sicherheitshalber zur Auffrischung. »Er hatte auch einen Neffen, der zugleich sein Schüler war. Talos hieß der junge Mann. Er war ein sehr begabter Schüler. Zu begabt.« Vassilis bemerkt, dass jetzt alle aufmerksam lauschen. »Diesem Talos werden Erfindungen wie die Töpferscheibe, der Zirkel und die Säge zugeschrieben. Ein schlauer Bursche. Aber, wie gesagt, zu schlau in den Augen seines Onkels. Dieser hat ihn nämlich irgendwann aus reinem Künstlerneid von der Akropolis gestoßen.«

»Pfui!«, machen die Schwestern Spirakis.

»Wie grausam!«, urteilt Frau Gamiras. »Und er stürzte in den Tod?«

»Nicht ganz«, tröstet Vassilis. »Die Göttin Athena hatte Mitleid und verwandelte Talos im Sturz in ein Rebhuhn.«

Ab Mitternacht brechen die Gäste nach und nach auf. Die Letzten helfen, das Kochgeschirr in den Autos von Jannis und von Spirakis' Mutter zu verstauen. Nionio selbst ist mit seinem Motorrad gekommen und Eleni staunt nicht schlecht, als sie beim Abschied sieht, wie Tassoula hinter ihm auf das Zweirad steigt.

DONNERSTAG, 20. MAI

»Eigentlich haben wir momentan ja gar keine Zeit zum Feiern«, begrüßt Kommissarin Mylona ihre Inspektoren, die erstaunlicherweise beide vor ihr aus dem Bett gefunden haben. »Aber es war ein tolles Fest gestern und ich danke euch für die Überraschung, die euch wirklich gelungen ist.« Ein Anflug von Rührung hat sich in ihre Stimme geschlichen. »Dafür legen wir jetzt richtig los«, fügt sie mit einer Energie, die so gar nicht zu ihren müden Augen passen will, hinzu. »Wir haben gestern, denke ich, Riesenfortschritte gemacht.« Sie wendet sich Nionio Spirakis zu: »Darf ich davon ausgehen, dass du die Auswertungen unserer Kriminaltechniker gleich mitgebracht hast?«

Der junge Mann grinst breit und selbstbewusst. »Allerdings. Tassoula hat mir heute Morgen alles mitgegeben, was sie gestern schon untersucht haben.« Obwohl seine Nacht noch um einiges kürzer gewesen sein dürfte, als die der meisten übrigen Gäste vom Vorabend, sieht man ihm keinerlei Müdigkeit an. »Mathew und Tassoula haben sich als erstes den Film aus der Minikamera vorgenommen und das Material für uns auf eine Disc gebrannt.« Er zieht die CD aus seiner Hosentasche und legt sie in seinen Computer ein. »Mit dem Laptop wollen sich die beiden heute Vormittag befassen. So…«, er macht einige Eingaben über die Tastatur, »wir können gleich loslegen, wenn ihr wollt.«

Eleni und Gamiras treten hinter ihn und blicken gespannt auf den Bildschirm. Eine nackte Frau mit fülligen Rundungen und langem, blondem Haar räkelt sich auf einem breiten Bett.

»Sabine Procek«, registriert Eleni sofort.

Ihr heller Leib hebt sich kontrastreich von dem dunkelblauen Laken ab. Die Perspektive ist etwas gewöhnungsbedürftig, da die Aufnahmen von schräg oben gemacht wurden. Die Frau auf dem Bildschirm dreht sich lasziv auf die Seite, hin zu einem ebenfalls völlig unbekleideten Mann, der nun ans Bett tritt. Er ist nur von hinten zu sehen, aber der sehnige Körper und die halblangen, weißen Haare verraten eindeutig, dass es sich um Walter Stein handelt. Er setzt sich auf die Bettkante und beginnt seine Geliebte zu streicheln. Seine Hände gleiten in fließenden Bewegungen über ihren Bauch und ihr Gesäß, vollführen dann knetende Bewegungen an ihren vollen Brüsten und gleiten schließlich zu ihrem weit geöffneten Schoß hinunter.

»Gar nicht ungeschickt, der Kerl«, muss Spirakis zugeben.

»Pst«, macht Gamiras, der das aufgezeichnete Liebesspiel gebannt verfolgt.

Walter Steins Kopf folgt seinen Händen und versenkt sich zwischen die Beine von Sabine Procek, die nun zu stöhnen anfängt. Je aktiver der Mann wird, desto lauter wird die Frau. Immer stärker windet sie sich dabei auf dem dunklen Bett und steckt sich endlich einen Zipfel des Kopfkissens in den Mund, um ihre inzwischen unkontrollierbaren Schreie zu dämpfen.

»Spul bitte mal ein Stück vor«, fordert Eleni und trägt dadurch zu einer abrupten Ernüchterung ihrer männlichen Kollegen bei.

Spirakis folgt ihrer Anweisung bis sie »Stop!« ruft.

In der nächsten Sequenz schimmert das Bettzeug violett. Ein schöner weiblicher Rückenakt beherrscht das Bild. Das Gesicht ist kaum zu erkennen, da der Teil, der nicht im Kissen liegt, von weichem, hellbraunem Haar bedeckt wird.

»Ist das …?«, setzt Spirakis an.

»Moment! Schalt mal auf Standbild!« Eleni betrachtet konzentriert die Rückansicht der nächsten Gespielin von Walter Stein. »Da!«, ruft sie plötzlich. »Seht ihr das Muttermal?« Sie legt ihren Finger auf die Stelle am Bildschirm, an der das Gesäß der Person zu sehen ist. »Im Obduktionsbericht von Renate Lindenfeld wird doch ein sichelförmiges Muttermal auf dem Po erwähnt.«

»Genau das wollte ich doch sagen«, mault Nionio, der das erste Mordopfer auch ohne dieses Detail erkannt hat.

»Weiter«, bittet Eleni. »Aber vielleicht besser im Schnelldurchlauf. Wir wollen schließlich nur sehen, wer alles auf dem Band zu erkennen ist.«

Eine leichte Enttäuschung macht sich auf den Mienen der Männer breit.

»Ihr könnt euch das Ganze von mir aus in aller Ruhe ansehen, wenn der Fall gelöst und es wieder ruhiger bei uns ist«, gestattet sie ihren Untergebenen.

Dem Liebesakt mit Renate Lindenfeld folgt einer mit der durch ihre roten Haare unverkennbaren Gabi Hemmerle. Der Sex, den Herr Stein mit ihr hat, gleicht eher einer Yogastunde zwischen den Laken, so sehr verrenken sich beide Partner in den abstrusesten Stellungen – Asanas, wie sie wohl selbst sagen würden. Danach ist Frau Procek ein weiteres Mal mit dem Yogi in Aktion zu sehen. Sie kommt auf dem Band insgesamt vier Mal vor. Viviane Westhoff ist die Letzte der Frauen, die sich mit Walter Stein auf dem Bett räkeln. Für ihr Alter – immerhin über fünfzig – ist sie noch ganz schön attraktiv. Sie ist die Einzige der Geliebten, mit der der nimmermüde Lover nicht die sanfte Streichelschiene fährt. Sie wird offenbar gerne etwas härter angepackt, womit Walter Stein offensichtlich auch kein Problem hat. Ganz im Gegenteil: Er lässt in den Szenen mit Frau Westhoff sogar ein gewisses Gewaltpotential erkennen. Erst mit der flachen Hand, später mit einer Peitsche, schlägt er auf ihr Gesäß, die Oberschenkel und die Brüste ein, dass es nur so klatscht und sich rote Flecken und Striemen auf der Haut der Frau bilden. Auch sie kommt auf dem Band vier Mal vor.

Als der Film zu Ende ist, resümiert Eleni: »Wie lange ist dieses Yogacamp in diesem Jahr schon in Betrieb?« Sie rechnet kurz im Kopf nach. »Doch erst seit dem 7. Mai, oder? Also vor noch nicht einmal zwei Wochen sind die ersten Urlauberinnen angereist. Puh!«

»Yeah, der Typ ist sexuell ziemlich aktiv«, staunt auch Nionio.

»Habt ihr Shankara irgendwo auf dem Band ausgemacht?« Eleni wird wieder sachlich.

»Nein.«

»Ich auch nicht«, sagt die Kommissarin gedankenverloren. »Was nicht unbedingt heißt, dass sie nicht mit Walter Stein im Bett war. Sie könnte ihn einfach besser gekannt und sich Filmaufnahmen verbeten haben.«

»Ok«, sie klatscht in die Hände. »Wir holen diesen Sexprotz und seine drei noch lebenden Bettgenossinnen zur Vernehmung her.« Sie wirbelt herum. »Ihr fährt mit zwei Wagen. Gamiras, Sie übernehmen bitte den Yogameister und du, Nionio, packst das Weibsvolk ein.« Sie hält kurz inne. »Ach ja, und bringt bitte auch die Köchin mit«, fügt sie an den älteren Inspektor gewandt hinzu. Mit Theres Oberle ist noch die Sache mit dem goldenen Armband, das ihr selbst kaum passen kann, zu klären.

Die Zeit, die ihre Mitarbeiter unterwegs sind, nutzt Kommissarin Mylona unter anderem für ein Telefonat mit der Spurensicherung. Mathew teilt ihr mit, dass Tassoula immer noch mit der Durchsicht des Laptops von Walter Stein zugange ist.

»Hat sie schon irgendeinen Hinweis darauf gefunden, dass Herr Stein seine privaten Sexfilmchen online gestellt hat?«

Die Antwort lässt nur wenige Sekunden auf sich warten. »Nein, aber sie sagt, wenn dem so ist, dann findet sie es und gibt euch gleich Bescheid.«

»Was ist mit den übrigen Beweisen, die ihr sichergestellt habt?«

»Ich habe mir die ganzen Springseile genau angeschaut, die wir aus dem Trainingsraum mitgenommen haben. Fabrikation ist einheitlich und identisch mit der der ersten Mordwaffe. Als nächstes mache ich mich an die Untersuchung der Habseligkeiten von dem zweiten Mordopfer.«

»Ok, danke.« Eleni will schon auflegen, als ihr noch etwas einfällt. »Könntest du mir dieses Armband aus dem Zimmer von Theres Oberle rasch vorbeibringen?«

»Klar, bin schon unterwegs.«

Es wird eng im Büro, als Gamiras und Spirakis mit den einbestellten Personen zurückkehren. Den Mienen nach zu urteilen, hat die Abholung ins Kommissariat sehr unterschiedliche Reaktionen hervorgerufen. Während der Yogi die Gelassenheit selbst ist, wirkt seine Haushälterin ziemlich verärgert. Frau Hemmerle macht einen überaus verunsicherten Eindruck, in Frau Proceks Zügen spiegelt sich die pure Neugier wider und an Frau Westhoff meint Eleni eine leichte Belustigung erkennen zu können.

»Ich nehme mir jeden einzelnen persönlich vor«, teilt sie ihren Kollegen mit. »Ich möchte sie gern in ihrer Sprache vernehmen, weil dabei vielleicht mehr rauskommt als bei Gesprächen auf Englisch.«

Beginnen möchte sie mit der Köchin: »Frau Oberle? Wenn Sie mir bitte folgen würden.« In der Tür dreht sie sich noch einmal um: »Ihr haltet den Rest der Truppe bei Laune«, weist sie die beiden Inspektoren an. »Kaffee, Wasser, Smalltalk und so weiter.«

Mit der beleibten Grazerin verlässt Kommissarin Mylona das Büro und führt sie in einen Nebenraum, wo sie ungestört reden können. Neben der Sache mit dem zierlichen Armband, der sie wenig Bedeutung beimisst, muss sie die Haushälterin vor allem zu deren Eindruck vom Liebesleben ihres Arbeitgebers befragen.

»Ich weiß gar nicht, was Sie von mir wollen?«, legt Theres Oberle sogleich aufgebracht los. »Oder meinen Sie, ich laufe herum und bringe wahllos unsere Kundinnen um die Ecke?«

»Beruhigen Sie sich, bitte.« Eleni weist der Frau einen Stuhl zu und nimmt selbst ihr gegenüber Platz. »Wir verdächtigen im Moment noch niemanden konkret. Aber aus der gestrigen Hausdurchsuchung haben sich ein paar Fragen ergeben. An Sie habe ich eigentlich nur eine einzige.« Sie kramt den Plastikbeutel mit dem goldenen Armband hervor und legt ihn vor sich auf den Tisch. »Das haben wir in Ihrem Zimmer gefunden. Der Größe nach kann das Schmuckstück unmöglich Ihnen passen, also müssen Sie uns erklären, woher sie es haben.«

Die Köchin wirft einen Blick auf die durchsichtige Tüte, macht eine wegwerfende Handbewegung und beschwert sich dann: »Und dafür zitieren sie mich hierher auf die Wache?« Sie schnaubt verächtlich. »Natürlich passt mir das nicht. Ich habe es neulich als Geschenk für meine Nichte gekauft. Sie hat bald Geburtstag und ich will es ihr durch eine der nach Graz zurückreisenden Frauen zukommen lassen. War's das?«

Eleni atmet erleichtert aus. Die Erklärung ist schlüssig und sie ist froh, nicht noch mehr Komplikationen durch einen weiteren Diebstahl in den Fall einfließen zu sehen. »Ja, danke. Das war es im Wesentlichen. Sagen Sie mir nur noch, was Sie über das Intimleben Ihres Arbeitgebers wissen.«

Erstaunt blickt die Haushaltshilfe auf.

»Jetzt muss ich aber lachen. Das fragen Sie mich doch nicht im Ernst?«

»Doch, zwei Morde sind nun einmal ernst und Sie kennen Herrn Stein wahrscheinlich besser als irgendein anderer Mensch.«

»Ich führe ihm den Haushalt und koche hier für seine Gäste. Das ist alles. Dadurch kenne ich Herrn Stein nicht sonderlich gut und sein Liebesleben geht mich überhaupt nichts an.« Theres Oberle macht einen auf bockig.

»Wir wissen inzwischen, dass Herr Stein ein sehr reges Sexualverhalten an den Tag legt. Da müssen sie doch zwangsläufig das ein oder andere mitbekommen?«

»Das wissen Sie vielleicht! Mir ist nichts dergleichen bekannt. Zu Hause hat er selten Damenbesuch. Fragen Sie ihn doch einfach selbst, wenn Sie an pikanten Details interessiert sind.«

»Das werde ich auch«, meint Eleni, die freche Antwort der Köchin ignorierend. »Sie dürfen jetzt gehen.«

»Servus«, verabschiedet sich die Köchin knapp.

Walter Stein ist dann auch der Nächste, den die Kommissarin in den separaten Raum bittet. Er ist wie üblich ganz in Weiß gekleidet. Wahrscheinlich haben die Inspektoren ihn aus einem seiner Entspannungskurse herausgeholt oder aber es gehört zu seinem Image, stets in Weiß aufzutreten.

Um nicht gleich mit der Tür ins Haus zu fallen, berichtet Eleni ihm zunächst, was der Obduktionsbericht von Gudrun Meier ergeben hat und was die Kollegen in München über deren Angehörige herausgefunden haben.

»Sie suchen also jemanden, der für die Bestattungskosten aufkommt?«, schließt er nüchtern aus dem Gesagten.

»Daran habe ich eigentlich nicht gedacht. Aber ...«

»Schon gut«, fällt er ihr ins Wort. »Mein Bruder und ich können das gerne übernehmen. Gibt es sonst noch etwas, womit ich Ihnen helfen kann?«

Dir wird deine gönnerhafte Art schon noch vergehen – denkt Eleni und sagt in höflichem Ton: »Allerdings. Wie Sie sich unschwer vorstellen können, hat die gestrige Durchsuchung Ihrer Immobilie einige aufschlussreiche Dinge zu Tage gefördert.«

Der Miene des Yogis ist keine Spur eines schlechten Gewissens anzusehen, obwohl er das Fehlen seiner Kamera unweigerlich schon entdeckt haben muss.

»Aufschlussreich war vor allem ein Film, den wir sicherstellen konnten«, fährt Kommissarin Mylona fort. »Er stammt aus einer Kamera, die in Ihrem Schlafzimmer direkt über dem Bett versteckt war.«

Falls Eleni mit irgendeiner – sei es erbosten oder Erstaunen mimenden – Reaktion gerechnet hat, so wird sie enttäuscht. Walter Steins Miene bleibt undurchdringlich, seine Körperhaltung weist nicht die geringste Anspannung auf.

»Sie wissen, was auf dem Film zu sehen ist?«

Jetzt lächelt er kaum wahrnehmbar.

»Natürlich weiß ich das. Ich habe die Aufnahmen schließlich selbst gemacht.«

»Und zu welchem Zweck, wenn ich fragen darf?«

»Zum Zwecke der sinnlichen Erbauung und als anregende Hilfestellung.«

»Wozu brauchen Sie da Filme? Das haben Sie doch live in Hülle und Fülle!«

»Ich schon!« Stein betrachtet seine Privilegien bei Frauen offenbar als Selbstverständlichkeit. »Aber viele andere Männer nicht. Durch meine Filme kann zum Beispiel Männern mit Erektionsschwierigkeiten sehr geholfen werden.«

»Unter denen Sie ganz offensichtlich nicht leiden«, kann Eleni sich nicht verkneifen dazwischen zu funken.

Walter Steins dünnlippiges Lächeln wird eine Spur breiter. »Nein, gewiss nicht.«

Der Kerl ist die personifizierte Eitelkeit, ärgert sich Eleni, versucht jedoch ganz ruhig zu bleiben. »Gehe ich recht in der Annahme, dass Sie mit Hilfe für Ihre erektionsschwachen Geschlechtsgenossen meinen, dass Sie Ihr privates Filmmaterial ins Internet stellen?«

»Ja, exakt das meinte ich damit. Ich bin aber sicher, dass auch Ihr Geschlecht durchaus Geschmack an meinen Aufnahmen findet. Soll ich Ihnen das Forum nennen, in das ich meine Filme einstelle?«

Eleni kann ihr Erstaunen ob des freiwilligen Angebots kaum verbergen. »Das wäre sehr hilfreich.« Sie notiert die Website, die Walter Stein ihr nennt und entschuldigt sich für einen Augenblick.

Im Büro reicht sie den Zettel mit der neuen Information an Spirakis weiter und bittet ihn, sich diesbezüglich mit Tassoula in Verbindung zu setzen.

Zurück in dem Nebenraum, in welchem der Yogi ganz entspannt wartet, schießt die Kommissarin ihre nächste Frage ab wie einen Pfeil: »Wissen Ihre Geliebten von den Aufnahmen?«

Walter Stein lässt sich Zeit. »Nur wenige. Nur die, die wie ich den künstlerischen Wert meiner Filme erkennen. Die anderen braucht mein Hobby nicht zu interessieren.« Seine kühlen Augen erscheinen Eleni wie aus einem Eisblock gehauen. »Jede der Frauen bekommt von mir, was sie will und braucht«, fährt er fort, »und alle sind glücklich und zufrieden.«

So viel Arroganz ist für die Kommissarin fast unerträglich. Um das Ego des Mannes wenigstens ansatzweise zu erschüttern, wirft sie wie nebensächlich hin: »Sie sind aber scheinbar nicht ganzjährig als Wohltäter des weiblichen Geschlechts in Aktion.«

»Sagt wer? Meine Haushälterin?«, schließt Herr Stein aus der Tatsache, dass diese gerade vor ihm vernommen wurde. »Das ist eine Frage der Spiritualität«, erklärt er dann schlicht.

Eleni muss sich beherrschen, um nicht laut loszuprusten.

»Das ist was, bitte?«

»Spirituelle Abstinenz und spirituelle Aktivität stehen bei mir im Einklang miteinander. Aus der Ruhe kommt die Kraft.«

Unter diesem Aspekt hat Eleni den bekannten Yogaspruch noch nie betrachtet. »Also stimmt es, dass Sie nur in den Monaten, die Sie hier auf Zakynthos verbringen, ein erfülltes Sexualleben haben?«

»Nein, das stimmt so nicht. Schauen Sie, Frau Kommissarin, Sex und Yoga sind sich sehr ähnlich. In beiden Praktiken lösen wir den Geist von allem Weltlichen und legen all unsere Energie in den Körper. Ich kann Ihnen bei Gelegenheit gerne zeigen, was ich damit meine.«

Eleni zuckt zusammen und muss kräftig schlucken, bevor sie dankend ablehnt und mit der Vernehmung weitermacht: »Und wenn nun doch eine ihrer aktuellen Geliebten, die ihr Hobby vielleicht nicht so toll fand, dahinter gekommen ist, dass sie beim Sex gefilmt wird?«

»Was dann? Ein Riesenskandal? Wohl kaum. Gabi, also Frau Hemmerle, hat uns kürzlich auf meinem PC in voller Aktion gesehen. Manchmal benutze ich neben der verborgenen Minikamera zusätzlich noch die in meinem Laptop«, fügt er erklärend an. »Die unterschiedlichen Perspektiven machen die Filme reizvoller, verstehen Sie?«

»Das kann ich mir wohl denken«, bemerkt Eleni und drängt dann: »Und wie hat Gabi Hemmerle reagiert?«

»Sie hat zunächst einen Schreck bekommen, hat sich dann aber die Aufnahmen mit mir gemeinsam angeschaut und war allem Anschein nach ganz zufrieden mit ihrer eigenen Darbietung.«

»Die war ja auch zirkusreif«, wirft Eleni ein.

Der Yogi schmunzelt. »Ja, Gabi ist ziemlich gelenkig.«

»Was ist mit Ihren anderen Sexpartnerinnen? Wer könnte sonst noch mitbekommen haben, dass während des Geschlechtsaktes mit Ihnen Kameras liefen?«

»Vivi zum Beispiel ...«

»Sie meinen Frau Westhoff?«

»Ja. Wir kennen uns schon ein paar Jahre und sie hat eine sehr offene Einstellung zu der sogenannten natürlichsten Sache der Welt. Sie weiß, dass ich uns aufzeichne und ist begeistert davon.«

»Und Frau Procek und Frau Lindenfeld?«

»Die wissen – ähm wussten – nichts davon.«

Eleni sammelt sich und geht dann zu einem direkten Angriff über. »Könnte es nicht so gewesen sein, dass Renate Lindenfeld Ihre filmischen Aktivitäten entlarvt hat, dass sie gedroht hat, Sie deswegen anzuzeigen oder Sie vielleicht sogar erpresst hat? Und dass Ihnen das ganz und gar nicht gefallen hat? Musste die Frau deswegen sterben?«

Walter Stein lässt sich auch von diesen harten Vorwürfen nicht aus der Reserve locken. Er bleibt gelassen, als er zurückfragt: »Und Shankara? Warum wurde sie dann Ihrer Meinung nach umgebracht?«

Eleni ist schnell mit einer Antwort zur Hand: »Frau Lindenfeld könnte zum Beispiel ihre Mitarbeiterin in dieser Angelegenheit um Rat gebeten und sie so zur Mitwisserin gemacht haben. Apropos Shankara! Haben Sie mit ihr ebenfalls geschlafen?«

In diesem Augenblick öffnet Gamiras die Tür und stellt zwei Tassen frisch gebrühten Kaffee vor die beiden hin. Eleni nickt ihm dankend zu und er verlässt sofort wieder den Raum.

»Ob ich mit Shankara geschlafen habe?« Er lächelt wieder süffisant vor sich hin. »Nein, das habe ich nicht. Sie war an Männern eher wenig interessiert.«

»Frau Meier war lesbisch? Wollen Sie das sagen?«

»So nennt man das wohl.«

Eleni ordnet die neuen Erkenntnisse in fieberhafter Eile in ihrem Kopf. Shankara und Renate Lindenfeld wurden demnach keinesfalls aus ein und demselben Grund ermordet. Keine eifersüchtige Konkurrentin, die beide beseitigen wollte und auch keine von dem Yogi verschmähte Täterin, die aus Neid zwei seiner Betthäschen um die Ecke gebracht hat. Aber als dem eigenen Geschlecht zugetane Frau könnte sie über eine gehörige Portion Empathie verfügt haben. Vielleicht hat Renate Lindenfeld das gespürt und sich tatsächlich mit ihren Sorgen bezüglich der Filmaufnahmen an sie gewandt. Sie schüttelt ihre dunklen Locken. Noch gibt es keinen Hinweis darauf, dass das erste Mordopfer überhaupt von Walter Steins Filmleidenschaft wusste. Eleni nimmt einen Schluck Kaffee und setzt sich gerade auf.

»Zurück zu diesem Forum, in welchem Sie Ihre Sexnummern präsentieren. Handelt es sich um eine jedermann zugängliche Site?«

»Im Prinzip schon, aber man muss zunächst Mitglied werden. Ich war selbst einige Jahre passives Mitglied, bevor ich mich der Filmerei zugewandt habe.«

»Wie lange machen Sie das eigentlich schon?«

»Ich habe erst vergangenes Jahr damit begonnen, eigene Werke einzustellen. Wissen Sie, das ganze Forum besteht aus Beiträgen von Amateurfilmern und ich war von der Qualität des Dargebotenen nicht mehr so recht überzeugt. Mit meinen Aufnahmen möchte ich dem Forum zu einem anderen, besseren Niveau verhelfen, was mir sicherlich auch gelingt.«

Wie kann ein Mensch nur dermaßen von sich selbst überzeugt sein und diesen Narzissmus auch noch so offen zur Schau stellen? Kommissarin Mylona wird der Yogameister immer unsympathischer und fast wünscht sie sich, sie hätte mehr gegen ihn in der Hand als die bloße, durch nichts gestützte Vermutung, er könne sich einer Erpresserin durch Mord entledigt haben. Eine Knasterfahrung würde ihn vielleicht von seinem hohen Ross herunterholen. Doch leider ist es nicht verboten, private Sexfilme ins Internet zu stellen, solange man keinen finanziellen Profit daraus schlägt, keine Minderjährigen vorkommen und alle Beteiligten zustimmen. Letzteres bildet die einzige Schwachstelle, die Walter Stein eventuell zum Verhängnis werden könnte: Falls nämlich eine der Frauen, die nicht über seine Filmerei Bescheid wussten, ihm eine Klage wegen Verletzung der Persönlichkeitsrechte anhängen würde. Aber auch dann würde ihm wohl nur eine saftige Geldstrafe blühen. Schließlich dankt sie ihm für seine Auskünfte und entlässt ihn.

»Om Shanti«, wünscht der Yogi und verneigt sich leicht.

Von Gabi Hemmerle möchte Kommissarin Mylona nach allem, was sie von Walter Stein erfahren hat, vor allem ihre Version der Situation hören, in der sie das Filmhobby ihres Lovers entdeckt hat. Hat diese hochempfindsame Frau tatsächlich so locker reagiert, wie der Yogi ihr weismachen wollte?

»Zunächst war ich natürlich geschockt«, erzählt die Rothaarige. »Aber dann hat er mir den ganzen Film gezeigt, den er an diesem Tag gedreht hat und ich fand ihn eigentlich recht ästhetisch.«

»Es hat Sie überhaupt nicht gestört, dass Herr Stein sie bei ihren Schäferstündchen filmt und diese Aufnahmen öffentlich zur Schau stellt?«

»Das mit der Öffentlichkeit wusste ich doch nicht! Davon hat Walter nichts gesagt.« Sie wickelt sich eine Strähne ihres Haares spielerisch um den Finger und sucht nach den richtigen Worten. »Ich habe anfangs geglaubt, er mache diese Filmchen nur für sich privat, also um sich an ihnen zu erfreuen, wenn ich nicht mehr auf der Insel bin.« Auf den Wangen der Frau haben sich hektische rote Flecken gebildet. »Erst später ist mir die Idee gekommen, dass er sie – ähm – allgemeiner verwendet. Und da habe ich seinen Laptop an mich genommen«, sprudelt es aus ihr heraus. »Das musste ich doch wohl! Ich bin schließlich verheiratet! Was ist, wenn mein Mann ganz zufällig auf diese Bilder stößt?« Schon schießen der sensiblen Frau wieder die ersten Tränen in die Augen. Eleni kann nicht sagen, ob aus Scham oder Verzweiflung.

Sie fragt: »Haben Sie sich die Filme denn nochmals alleine angesehen?«

»Wie denn? Ich weiß doch noch nicht mal, wie der blöde Laptop angeht!«

Abrupt wechselt die Kommissarin die Richtung des Gesprächs: »Wusste vielleicht Renate Lindenfeld von der Filmerei? Wollte sie sich selbst und die anderen Geliebten von Walter Stein bloßstellen, um dem Ganzen ein Ende zu bereiten?«

Gabi Hemmerle blickt die Kommissarin aus weit aufgerissenen, geröteten Augen an. »Was? Und ich soll sie deshalb getötet haben? Meinen Sie das, ja?« Die Frau hat erstaunlich schnell geschaltet. »Das ist doch absurd! Ich kann keiner Fliege etwas zuleide tun!«

Diesen Gesamteindruck macht Frau Hemmerle allerdings auch auf Eleni. »Wegen des Diebstahls müssen Sie sich auf eine Anzeige gefasst machen«, erwähnt sie noch.

»Aber ich hätte ihm den Laptop doch vor meiner Abreise wieder zurückgegeben. Ich wollte nur zuerst jemanden finden, der diese Schundfilme löscht. Muss das denn wirklich zu einer Anzeige führen?«

»Das hängt von dem Geschädigten, in diesem Fall also von Herrn Stein ab. Wenn er Sie wegen des Diebstahls anzeigen möchte ...« Eleni vollendet den Satz durch ein Schulterzucken und schickt Gabi Hemmerle zurück zu den anderen.

Bevor sie die nächste der drei Geliebten hereinholt, möchte Eleni einer Idee, die ihr im Gespräch mit Frau Hemmerle gekommen ist, nachgehen. Sie kann zwar überhaupt nicht einschätzen, wo diese hinführen wird, möchte ihr aber umgehend auf den Grund gehen. Sie wählt eine Nummer in Deutschland an und hofft inständig, dass auf ihrer alten Dienststelle in Köln jemand Bereitschaft hat, den sie persönlich kennt. Und sie hat Glück, denn sie erreicht eine Kollegin, mit der sie viele Einsätze zusammen gemeistert hat.

»Eleni, wie schön von dir zu hören«, freut diese sich aufrichtig.

Die griechische Kriminalbeamtin hält sich nicht mit langen Vorreden auf: »Steffi, ich brauche dringend eure Hilfe.«

In wenigen Sätzen schildert sie ihr die beiden Mordfälle und kommt dann gleich auf die Website zu sprechen, für die Herr Stein seine Filme produziert. Sie gibt der Kollegin den Namen des Forums und bittet: »Könnt ihr herauskriegen, wer diese Site konsultiert?«

»Schon, aber das können Zigtausende sein. Das dauert.«

»Filtert mir nur die User in Deutschland, Österreich und Griechenland heraus, dann hält sich die Zahl vielleicht in Grenzen.«

»Kann sein. Es gibt so viele private Pornoseiten im Netz«, meint Steffi resigniert, »dass sich die Besucher auf eine Unmenge von Foren verteilen. Brauchst du nur die Standorte oder auch die Namen? Dann wird es nämlich noch länger dauern, weil die meisten irgendwelche Nicknames benutzen.«

Eleni überlegt kurz. »Erst einmal nur die Standorte. Wenn ich da fündig werde, komme ich vielleicht noch einmal auf euch zu.«

»In Ordnung. Ich reich es an die Sitte weiter, die kennen sich besser damit aus und sag denen, sie sollen sich bei Dir melden.«

»Danke, Steffi. Du bist ein Schatz.«

»Du wirst den Mörder der beiden Frauen schon schnappen.«

Die Vernehmung von Frau Sabine Procek ist kurz. Sie ist inzwischen ganz und gar nicht mehr stolz auf ihr erotisches Verhältnis zu dem großen Meister. Sie ist der Typ Frau, der gerne im Mittelpunkt steht und bei Männern keine Nebenbuhlerinnen duldet. Seit sie erfahren hat, dass sie nicht als Einzige das Bett mit Walter Stein teilt, ist der Guru bei ihr unten durch. »Und das mit der versteckten Kamera stimmte wohl auch noch, wie?«, erkundigt sie sich frostig.

»Ja, wir haben eine solche Installation in seinem Schlafzimmer über dem Bett gefunden.«

»Ach, von oben hat er uns gefilmt? Wie originell!«

Die verblüffte Reaktion der Blondine zeigt es eigentlich schon deutlich, aber Eleni geht lieber auf Nummer sicher: »Und Sie haben bestimmt nichts davon gewusst?«

»Nein, sonst hätte ich ...«, sie ringt nach Luft. Aufrichtige Entrüstung begleitet ihre Worte. »Nie im Leben hätte ich mich mit dem Kerl eingelassen, wenn ich geahnt hätte, dass er mich derart perfide hintergeht.«

»Leider muss ich Ihnen mitteilen, dass Ihr Yogatrainer sogar noch weiter gegangen ist.« Sie zögert ein paar Sekunden, in denen sie die Miene ihres Gegenübers genau studiert. »Er hat die Szenen des intimen Beisammenseins mit Ihnen und aktuell drei weiteren Frauen auch im Internet veröffentlicht.«

Das geschulte Auge der Kommissarin entdeckt im Gesicht von Sabine Procek die unverkennbaren Spuren von Bestürzung und Schock. Die Frau starrt sie mit weit aufgerissenen Augen an, wird erst ganz blass und läuft dann puterrot an. »So ein ...«, sie sucht nach dem passenden Ausdruck, »... ein sexistisches Schwein! Ich werde ihn anzeigen.« Ihre Gesichtsfarbe kehrt zur Normalität zurück. »Jawohl, das werde ich tun!«

»Eine gute Idee«, spornt Eleni sie an, während sie sich einige stichpunktartige Notizen macht. Dann verabschiedet sie Frau Procek mit dem Stereotyp: »Danke, Sie haben uns sehr geholfen.«

»Danke, Sie mir ebenfalls«, murmelt die mollige Blondine. »Servus.«

Viviane Westhoff tritt wie immer sehr selbstbewusst auf. Ihre Dauerwelle liegt tadellos, die Fingernägel sind sorgfältig manikürt und blassrosa lackiert, das Tages-Make-up ist dezent und ihre Garderobe – ein cremefarbenes, bis an die Knie reichendes Sommerkleid, das in der Taille von einem schmalen Ledergürtel zusammengehalten wird, ein bunt gemusterter Seidenschal und teuer wirkende Sandalen mit hohem Absatz – ist äußerst geschmackvoll.

»Sie sind mit Abstand die Älteste unter den Geliebten von Herrn Stein«, provoziert die Kommissarin die Frau, gleich nachdem diese Platz genommen hat.

»Immerhin noch ein gutes Jahr jünger als er selbst«, gibt Frau West-hoff ruhig zur Antwort.

Touché – denkt Eleni, sie ist nicht nur ganz Dame von Welt, sondern auch keineswegs auf den Mund gefallen. »Und Sie waren als Einzige in seine Filmaktivitäten eingeweiht.«

Wieder reagiert die Regensburgerin besonnen. »Wir haben eben auf der ganzen Linie ähnliche Interessen, der Herr Stein und ich.«

Tolle Interessen, findet Eleni, der die von Schlägen stark geröteten Pobacken von Viviane Westhoff einfallen.

»Für Sie ist es demnach ganz in Ordnung, dass jedermann sich an ihrem nackten Körper und ihren sexuellen Vorlieben ergötzen kann?«

»Wir sind doch alle erwachsene Menschen. Schlimm finde ich es nur, wenn Kinder für so etwas missbraucht werden«, äußert Frau Westhoff und präzisiert ihren Standpunkt: »Kinder sind unschuldige, wehrlose Wesen, die nicht begreifen, was mit ihnen geschieht. Wenn wir, als Erwachsene, miteinander schlafen, wissen wir das sehr wohl. Wir lassen uns bewusst auf einen Sexualpartner ein, genießen den Zärtlichkeitsaustausch und ...«

»... und lassen x-beliebige Fremde an diesem teilhaben«, vollendet Eleni. Gleichzeitig fällt ihr die für den brutalen Sex, den sie auf dem Band zwischen Walter Stein und Viviane Westhoff gesehen hat, völlig deplazierte Formulierung auf. »Zärtlichkeitsaustausch, so nennen Sie das also? Wissen Sie, wie ich das bezeichne? Es ist Pornographie, hart an der Grenze zur Gewaltpornographie!«

Endlich scheint Eleni die Ruhe der gepflegten Dame aus Regensburg erschüttert zu haben, denn diese zuckt merklich zusammen. Die Kommissarin setzt gleich noch einen drauf: »Leute, die wie Sie und Herr Stein Gefallen an derart rohen Sexspielen finden, sind meist auch anderweitig sehr schnell gewaltbereit. Das weiß ich aus meiner langjährigen Erfahrung in der Verbrechensbekämpfung.« Eleni versprüht pure Angriffslust. »Haben Sie sich mit Ihrem Liebhaber zusammengetan, um Renate Lindenfeld beiseite zu räumen, die ihn erpresst hat?«

»Sie hat ihn erpresst? Aber wie denn das? Womit?« Jetzt wirkt die Frau ehrlich konsterniert.

»Die saloppe Einstellung zu Walter Steins Hobby teilen jedenfalls ausschließlich Sie mit ihm. Die anderen Frauen, die ein Verhältnis mit ihm haben oder hatten, finden es ganz und gar nicht komisch, dass ihr Yogameister sie beim Sex gefilmt hat.«

»Damit geht wohl jeder so um, wie er es für richtig hält«, lautet Frau Westhoffs emotionsloses Urteil.

»Sie können jetzt gehen«, beendet Eleni das unerfreuliche Gespräch abrupt. Die coole Art der so fein scheinenden Dame, die hinter ihrer perfekten Fassade doch nur gewöhnlich und verroht ist, wird ihr unerträglich.

Die Bewohner des *Haus Sonnengruß* haben einstimmig darauf verzichtet, von Streifenwagen zurückgebracht zu werden, was der Kommissarin sehr recht ist, denn so kann sie ihre Inspektoren gleich über alle Neuigkeiten, die sich aus den Vernehmungen ergeben haben, informieren. Sie macht es sich hinter ihrem Schreibtisch bequem und nimmt dankbar den frischen Kaffee entgegen, den Spirakis ihr reicht. Im Hintergrund ertönt leise Musik aus dem Radio.

»Also, wo stehen wir?«, möchte sie nach ihrer ausführlichen Berichterstattung wissen.

»Die Frauen scheiden für mich als Täterinnen aus«, stellt Spirakis fest.

»Wieso?«, kritisiert Gamiras. »Beide Morde können durchaus von einer Frau begangen worden sein. Es bedurfte weder für das Zuziehen des Seils noch für die Schläge mit dem Stein besonderer körperlicher Kraft.«

»Ich weiß, aber sie kommen durch das, was sie gesagt haben oder durch die Art, in der sie es gesagt haben, nicht in Frage«, gibt Eleni zurück. »Die Westhoff ist zwar kalt wie eine Hundeschnauze, aber ich sehe weit und breit kein Motiv bei ihr. Frau Proceks Empörung war eindeutig nicht gespielt. Wir können davon ausgehen, dass sie tatsächlich nichts von den Filmen wusste und damit fehlt auch ihr ein schlüssiges Motiv. Und Gabi Hemmerle ...«

»Ja, was ist mit der?«, fährt Gamiras dazwischen. »Immerhin hat sie auch den Laptop geklaut!«

»Schon, aber von Diebstahl zu Mord ist es noch ein weiter Weg. Ich möchte sie eigentlich ebenfalls als Verdächtige ausschließen.«

»Sie ist viel zu sensibel für irgendwelche Gewalttaten«, stimmt Nionio seiner Chefin zu. »Der wird wahrscheinlich schlecht, wenn sie Blut sieht.«

»Pst«, ruft Gamiras auf einmal, erhebt sich und stellt das Radio lauter, in dem gerade die Nachrichten beginnen.

Ein erneuter Generalstreik gegen das Sparprogramm der Regierung legt das öffentliche Leben in der Hauptstadt und in weiten Teilen des Landes lahm. In der Stimme des Sprechers schwingen Aufregung und Empörung mit. *Zigtausende Demonstranten haben sich auf dem Platz vor dem Parlamentsgebäude versammelt. Die Wut der griechischen Bevölkerung eskaliert immer mehr. Solche Szenen hat Athen schon lange nicht mehr gesehen.* Die drei Ermittler lauschen gebannt. *Uniformierte bemühen sich, die Demonstranten zurückzudrängen. Einige dreschen mit Schlagstöcken auf panisch zurückweichende Menschen ein, andere setzen ihre Schilde ein, um eine Gasse für die Limousinen der Politiker zu schaffen.*

»Shit«, murmelt Nionio, während der ältere Inspektor kummervoll vor sich hinstiert und an seinen Jungen denkt, der mitten in dem Schlamassel steckt.

Eleni knibbelt wieder eifrig an ihrem Daumen herum. Einige Minuten nach der Nachrichtensendung kehrt sie zur Arbeit zurück und fasst weiter zusammen: »Die Köchin ist natürlich auch raus. Die Sache mit dem Armband hat sie plausibel erklärt, und dass sie am Intimverhalten ihres Brotgebers gänzlich desinteressiert ist, nehme ich ihr ebenfalls ab. Bleibt ...«

»Walter Stein«, folgert Spirakis und witzelt: »Der Stein mit dem Stein«, wobei er den Namen des Yogi ins Griechische überträgt.

»Woher weißt du, was Stein bedeutet?«, fragt Eleni stirnrunzelnd.

»Tassoula hat es mir gesagt. Sie hat mal einen Deutschkurs besucht.«

»Aha«, macht Eleni und kommt zum Thema zurück: »Ja, der smarte, allzu selbstsichere, aber leider reichlich undurchschaubare Yogi. Was machen wir mit dem?« Sie registriert einen strafenden Blick Nionios auf ihre rechte Hand, stellt das Kratzen ein und nimmt stattdessen einen Bleistift vom Schreibtisch, an dem sie die Bewegung fortführt. »Für eine Erpressung seitens Renate Lindenfeld haben wir keinerlei Anhaltspunkte. Noch nicht einmal dafür, dass sie überhaupt von den pikanten Aufnahmen Kenntnis hatte. Da gibt es bisher nur drei Personen: Walter Stein selbst, Viviane Westhoff sowie durch einen Zufall Gabi Hemmerle.«

»Und wie passt der Tod von Shankara ins Bild?«, wirft Inspektor Gamiras plötzlich ein.

»Da stehen wir auch noch ziemlich auf dem Schlauch«, muss die Kommissarin zugeben. »Mit der ganzen Sexkiste hatte sie jedenfalls nichts zu tun. Vorstellbar ist für mich nur die Variante, dass sie in irgendeiner Form zur Mitwisserin wurde, und zwar entweder, indem die Lindenfeld sie, bevor sie sterben musste, ins Vertrauen gezogen hat oder aber sie hat den Täter am Tag des ersten Mordes gesehen und wurde deshalb ebenfalls beseitigt.« Sie kaut nachdenklich an einem Ende des Bleistifts.

Nach einer Weile erzählt sie ihren Mitarbeitern noch von dem Gedanken, der ihr im Gespräch mit Gabi Hemmerle gekommen ist, als diese nebenbei ihrer Befürchtung, ihr Mann könne die Bilder im Internet finden, Ausdruck verlieh.

»Aber warten wir erst einmal ab, ob die Recherche meiner ehemaligen Kollegen in Köln etwas ergibt.« Sie erhebt sich. »Es ist schon spät. Lasst uns morgen weitermachen.«

FREITAG, 21. MAI

Am folgenden Morgen wird Eleni erneut mit dem Glückwunsch »Chronia pollá!« von ihren Kollegen empfangen.

»Jetzt reicht es aber, Leute«, wehrt sie sich. »Mein Geburtstag war doch vorgestern und ist definitiv vorbei.

»Der Geburtstag schon«, klärt Nionio Gamiras sie auf. »Aber heute ist der Festtag *Konstantinos und Eleni*!«

»Ach, herrje! An meinen Namenstag habe ich ja überhaupt nicht gedacht. Vergesst, dass ich schon hier war«, entschuldigt sich die Kommissarin und schlüpft gleich wieder zur Tür hinaus.

Draußen eilt sie in die nächstgelegene Konditorei und lässt sich einen großen Karton mit Loukoumades, den herrlichen mit Honig gesüßten Hefekugeln, füllen. Die vielen Jahre, die Eleni in Deutschland gelebt hat, haben den Stellenwert des Namenstages für sie so in den Hintergrund gedrängt, dass sie den ihrigen nun bereits zum dritten Mal in Folge verschwitzt hat. Hätte nicht irgendjemand, ihre Mutter oder ihre Schwester beispielsweise, schon ganz früh am Morgen anrufen können, um ihr zu gratulieren? Gerade dieses Mal, wo ihre Mitarbeiter vor zwei Tagen eine so phantastische Party zu ihrem Geburtstag organisiert haben, ist es ihr vor diesen außerordentlich peinlich, dass sie an ihren Namenstag und den dazugehörigen Brauch, etwas Süßes anzubieten, nicht von allein gedacht hat.

Mit der verspäteten Gabe unter dem Arm kehrt sie ins Büro zurück. »So, guten Morgen! Jetzt bin ich da!«, ruft sie und stellt den Karton auf ihrem Schreibtisch ab.

»Chronia pollá!«, wünschen Gamiras und Spirakis auf ein Neues und bedienen sich aus dem inzwischen geöffneten Süßigkeitenkarton.

Das Fax aus Köln kommt am späten Vormittag. Mit Feuereifer stürzt sich Kommissarin Mylona darauf und studiert es. Dann gibt sie das Gelesene an ihre Mitarbeiter weiter: »Also, der überwiegende Teil der User des besagten Internetforums sitzt in Japan und den USA. Genaue Standorte der PCs haben die Kollegen hier ausgespart, da ich nur um eine Liste der User aus den für unseren Fall relevanten Ländern gebeten habe.« Sie nimmt einen Schluck Kaffee und stopft sich einen Schokoladenkeks dazu in den Mund. »Aus Griechenland gibt es nur einen einzigen Zugriff auf das Sexforum, und zwar von der Insel Samos aus. Den können wir getrost außer Acht lassen.« Sie leckt sich ein paar Krümel von den Lippen. »In Österreich haben die Kölner Kollegen insgesamt elf Zugriffe festgestellt, davon sieben aus Wien, zwei aus Salzburg sowie je einen aus Graz und Linz. Zweiunddreißig PC-Standorte, die sich in die Sexfilm-Site eingeloggt haben, wurden in Deutschland lokalisiert. Die meisten im süddeutschen Raum. Ich habe einen in Erlangen, einen in Augsburg, einen in Würzburg, zwei in Karlsruhe, zwei weitere am Bodensee, acht in Stuttgart und allein im Großraum München nochmal neun gezählt.«

»Alle Standorte sind in größeren Städten?«, fragt Spirakis verwundert.

»Nicht unbedingt«, lenkt Eleni ein. »Ich denke, die Lokalisierung der IP-Adressen wurde im ersten Schritt weiträumig vorgenommen, das heißt, dass durchaus auch einer der User beispielsweise in einem Dorf zwanzig, dreißig Kilometer außerhalb von Karlsruhe sitzen kann. Gamiras, reichen Sie mir doch bitte mal die Unterlagen aus dem *Haus Sonnengruß* mit den Heimatadressen der Frauen.« Sie schiebt sich flott einen weiteren Keks in den Mund.

»Ok, wenn wir nur die Herkunftsorte unserer Yogaleute berücksichtigen, komme ich in der Liste aus Köln auf …« Mit dem Finger über die Faxseite fahrend, zählt sie noch einmal nach. »… auf achtzehn Übereinstimmungen.« Ein weiterer Schluck Kaffee, dann fährt sie fort: »Die aber nicht alle gleichermaßen interessant für uns sind. Aus Wien stammen Frau Procek, Frau Mohr und Frau Kaltenegger, aus Graz Frau Adelrich, Frau Theobald und die Köchin, Theres Oberle. Außerdem hat Walter Stein dort seinen Hauptwohnsitz; Nebenwohnung in Wien. Münchnerinnen sind Frau Hemmerle und auch Shankara lebte dort. Und in Würzburg war Frau Lindenfeld beheimatet.«

»Wo soll das Ganze überhaupt hinführen?«, erkundigt sich Gamiras, der nicht so recht folgen kann. »Haben Sie einen bestimmten Verdacht?«

»Den habe ich allerdings!« Die Kommissarin sieht ihre beiden Inspektoren forschend an. »Die Frauen aus Graz kommen in den Filmen des Yogi gar nicht vor. Also können uns auch die Grazer User des Sexforums egal sein. Das gleiche gilt für die Münchner Website-Besucher in Bezug auf Shankara, denn sie tritt ebenfalls nicht als Akteurin in Walter Steins Bett auf.«

»Ich habe immer noch nicht kapiert, worauf Sie eigentlich hinauswollen«, beschwert Gamiras sich erneut.

Eleni antwortet nicht. Sie steckt den nächsten Schokokeks in den Mund, wischt sich die Krümel von den Fingern, aber man merkt, wie sie fieberhaft nachdenkt. Dann sagt sie: »Sonst kommt nur Gabi Hemmerle aus München in Betracht. Doch wäre beispielsweise deren Mann auf die Sexszenen mit seiner Gattin gestoßen, dann hätte diese oder Walter Stein dran glauben müssen.«

»Ah«, machen beide Inspektoren gleichzeitig, doch ihre Vorgesetzte lässt sich nicht unterbrechen: »Also sind die Münchner PC-Standorte hier auf der Liste auch uninteressant. Weiter: Die User aus Wien? Hm?« Eleni denkt kurz noch einmal nach, verwirft diese aber auch sogleich: »Nur Sabine Procek kommt sowohl aus Wien als auch in den Filmen vor. Aber hier liegt der Fall genau so wie bei

Frau Hemmerle: Wenn es in ihrem Umfeld jemanden gäbe, der das entdeckt und dem das missfallen hätte, dann wäre sie jetzt tot und nicht Renate Lindenfeld. Bleibt ein PC im Raum Würzburg, von dem aus jemand das Forum mit den intimen Privatfilmen verfolgt. Was, wenn dieser jemand Alfred Lindenfeld ist? Wenn ausgerechnet er über diese Website gestolpert ist?«

»Und wenn schon!«, lehnt der ältere Inspektor Elenis gewagte Theorie spontan ab. »Selbst wenn – und ihr müsst zugeben, dass es sich um ein sehr dickes Wenn handelt – also, selbst wenn er diese Website besucht und dort seine Frau in voller Aktion mit Walter Stein gesehen hat, kann er es doch nicht gewesen sein, weil er zum Zeitpunkt des Mordes an seiner Frau gar nicht auf Zakynthos war.« Er lehnt sich zurück und verschränkt die Hände über der Wölbung seines stattlichen Bauches.

Auch Nionio ist skeptisch. »Auf mich hat Herr Lindenfeld weder den Eindruck eines Sexkonsumenten noch den eines vor Eifersucht rasenden Totschlägers gemacht. Er ist doch vor Kummer ganz zerfressen über den Tod seiner Frau.«

»Er kann ebenso gut vor Kummer zerfressen sein, wie du so schön sagst, weil er seine Gattin umgebracht hat«, gibt Eleni zu bedenken. »Schon manch ein Mörder hat seine Tat unmittelbar nach der Ausführung zutiefst bereut.« Und sehr vielen Ehegatten traue ich einen Mord aus Eifersucht zu, setzt sie in Gedanken hinzu, wobei sie nicht zuletzt an die aufgebrachten, stets unbegründeten Reaktionen ihres Exmannes Giorgos zurückdenkt, wenn sie auch nur mit einem anderen Mann gesprochen hatte.

»Halten wir uns lieber an diesen Yogi und die Erpressungsvariante«, schlägt Gamiras vor. »Wenn wir dafür noch ein paar Beweise finden, dann können wir den Kerl festnageln.«

Doch Eleni lässt nicht so leicht locker. »Ich möchte, dass wir eine Sache überprüfen. Nur um ganz sicherzugehen, dass wir den Witwer als Verdächtigen streichen können.« Ihr Blick fordert höchste Aufmerksamkeit. »Wir werden die Angaben zu seinem Flug hierher checken. Erinnert ihr euch, dass wir ihn mittags am

Tag nach dem Mord an seiner Frau am Flughafen abholen wollten, er aber bereits da war?«

»Ja«, nickt Spirakis sofort. »Er hat doch einen früheren Flug genommen, weil er sich vor der griechischen Mittagshitze fürchtete, oder?«

»Das hat er zumindest ausgesagt. Ich will aber Klarheit darüber, ob das auch so stimmt. An die Arbeit!«

Während sich Spirakis sogleich daran macht, im Internet die verschiedenen Freitagsflüge von deutschen Flughäfen nach Zakynthos zu kontrollieren, wählt Eleni direkt die Telefonnummer des Flughafens.

»Hier spricht Kommissarin Eleni Mylona.«

»Oh, chronia pollá«, kommt es spontan.

»Danke«, erwidert Eleni und fährt sogleich fort: »Ich benötige eine Auskunft über eine Einreise aus Deutschland. Bitte schauen Sie doch nach, ob ein Herr Alfred Lindenfeld« – sie buchstabiert den Namen – »heute vor einer Woche in einer Maschine, die am Vormittag aus Frankfurt gelandet ist, saß.«

»Die Flugnummer, bitte.«

»Die weiß ich nicht«, faucht Eleni ungeduldig. »Aber wie viele Flüge können das schon gewesen sein?«

»Da müssen Sie sich einen Moment gedulden«, meint die professionell-höfliche Stimme am anderen Ende der Leitung. »Dazu muss ich die Passagierlisten einsehen. Kann ich Sie zurückrufen?«

»Meinetwegen.« Eleni diktiert die Durchwahl zu ihrem Büro und legt auf.

»Well, ich habe hier die Flugpläne von unserem Flughafen«, meldet Nionio sich hinter seinem Bildschirm. »Freitags gibt es tatsächlich einen Flug aus Frankfurt, Ankunft 9:15 Uhr; dann eine Stunde später einen aus Düsseldorf und mittags den aus Nürnberg, an dem wir gewartet haben.«

»Das ist alles? Vor zwei Jahren kamen doch mindestens zehn Flüge aus verschiedenen deutschen Städten an einem Tag.«

»Die Touristen bleiben wegen der Krise aus«, erläutert Gamiras besserwisserisch. »Das weiß doch jeder.«

»Ist der Flugverkehr hier auf Zakynthos denn immer noch so organisiert, dass an bestimmten Wochentagen ausschließlich Flüge aus bestimmten Ländern kommen?«

Spirakis verschafft sich einen weiterreichenden Überblick. »Sieht so aus«, gibt er gleich darauf bekannt. »Montags und samstags kommen die Briten. Laut Flugplan starten sie in Birmingham, Liverpool, Manchester und London. Dienstag sind so wie Freitag die Deutschen dran: Abflüge in Düsseldorf, Nürnberg, Frankfurt sowie dienstags einer aus Hannover. Mittwochs gibt es zwei Maschinen aus Österreich, Graz und Linz, sowie eine aus Lyon. Jeden Donnerstag landen die hübschen Skandinavierinnen.« Nionio reckt sich und grinst Eleni über seinen Bildschirm hinweg an. Sie lässt die flotte Bemerkung unkommentiert und so zitiert Spirakis weiter von der Website des Flughafens: »Insgesamt drei Flüge, je einer aus Schweden, Norwegen und Finnland. Samstags haben wir nochmals eine englische Invasion und zusätzlich einen Flug aus Krakau. Am Sonntag kann man aus Maastricht direkt hierher fliegen und außerdem aus Mailand. Zusätzlich natürlich noch diverse Inlandflüge: Athen täglich, Thessaloniki, Kephallonia und Kerkyra je einmal pro Woche. Das war's! Überarbeiten tut sich das Flughafenpersonal wirklich nicht mehr.«

»Die haben doch auch nicht mehr dieselbe Anzahl an Leuten wie vor ein paar Jahren«, protestiert Gamiras. »Was meinst du, wie viele da entlassen worden sind?« Er ist richtig wütend geworden, während er das sagt, was wohl daran liegt, dass sein Schwager, der Bruder seiner Frau, von eben diesen Entlassungen betroffen war. Man hat ihn im Zuge der Personalausdünnung in Frührente geschickt, in eine Rente, von der er seine Familie kaum noch ernähren kann.

»Flüge aus Deutschland kommen also immer dienstags und freitags?«, vergewissert sich Eleni bei Nionio. Er nickt nur, denn in diesem Augenblick klingelt das Telefon.

»Flughafen Zakynthos, Lambridis am Apparat«, meldet sich die Stimme von zuvor. »Wir haben keinen Passagier dieses Namens auf der Liste für den Flug, den sie mir genannt haben. Es tut mir leid. Aber ...«

»Das muss Ihnen nicht leid tun«, freut sich Eleni. »Ganz im Gegenteil. Könnten Sie bitte auch noch nachsehen, ob der Name Alfred Lindenfeld für einen anderen Flug aus Deutschland im Laufe der vergangenen Woche auftaucht?«

»Das wollte ich Ihnen doch eben noch mitteilen, aber Sie haben mich unterbrochen.« Die Stimme klingt etwas beleidigt. »Und abermals nein! Ein Herr Lindenfeld ist den ganzen Monat über – und die Charterflüge beginnen ja erst im Mai – nicht aus Deutschland eingereist.«

»Dann muss er über Athen gekommen sein und vielleicht per Bus und Fähre nach Zakynthos. Aber so reiseunerfahren, wie der Mann ist oder zumindest getan hat, als es um seine Rückfahrt ging?«

»Er kam aus Österreich«, teilt die Stimme, nun wieder freundlich, der Kommissarin mit.

»Was? Wann?«

»Am Mittwoch, dem 12. Mai, und zwar mit der Abendmaschine aus Linz. Ankunftszeit 23.15 Uhr. Der Flug landete ganz pünktlich.« Die Stimme räuspert sich. »Ich hoffe, ich konnte Ihnen helfen?«

»Ja, sogar sehr. Vielen Dank.« Eleni atmet geräuschvoll aus und gibt das soeben Gehörte an ihre Kollegen weiter.

Dann haut sie mit der Faust auf den Tisch. »Ja!«, ruft sie triumphierend aus. »Damit haben wir ihn!«

»Als Beweis für eine Täterschaft des Alfred Lindenfeld ist das aber noch ein bisschen dünn«, zweifelt Gamiras. »Vor Gericht kommen wir damit nicht durch.«

»Da hat er Recht«, meint auch Spirakis. »Der Mann ist schließlich freier EU-Bürger und kann fliegen wohin und wann er will. Wenn wir nicht mehr gegen ihn in der Hand haben, holt ihn jeder Anwalt im Nullkommanichts wieder raus.« Er betrachtet die Spitzen seiner Stiefel. Als er den Blick wieder hebt, sagt er: »Aber mich hast du überzeugt, Eleni. Das ist unser Mann!«

»Wir machen Folgendes«, schlägt die Kommissarin vor. »Wir konzentrieren uns voll und ganz darauf, dass Alfred Lindenfeld der Mörder seiner Frau ist. Fakt ist jetzt, dass er zum Zeitpunkt ihres Todes bereits hier auf Zakynthos war. Was wir brauchen, sind Zeugen, die ihn gesehen haben, möglichst in der Nähe des Tatorts. Ich weiß, das ist eine Menge Lauferei, aber wir benötigen mindestens eine verlässliche Aussage.« Sie blickt ihre Inspektoren auffordernd an.

»Wir haben aber gar kein Foto von Herrn Lindenfeld«, wendet Gamiras berechtigterweise ein. »Ohne Bild wird das schwierig.«

»Lassen Sie sich fürs Erste ein Phantombild anfertigen. Ich versuche, dann noch ein Foto aus Deutschland zu bekommen. Ich mache mit der PC-Spur weiter, und so wie es aussieht, werde ich wohl in Kürze nach Würzburg fahren.«

Eleni greift nach dem Telefonhörer und wählt abermals die Nummer des Polizeipräsidiums in Köln. Das Fax ist von einem ehemaligen Kollegen unterzeichnet, an den sie sich nur flüchtig als Spezialisten für Computerkriminalität erinnert. Sie lässt sich mit dem Mann verbinden und dankt ihm zunächst für die Liste mit den PC-Standorten.

Anschließend fragt sie ihn: »Ist es möglich, zu einem der Standorte einen konkreten Namen herauszubekommen?«

»Möglich schon, aber ziemlich kompliziert und langwierig. Das funktioniert nur über den Betreiber. Andersherum ist es ein Kinderspiel.«

»Andersherum?«

»Also, wenn Sie mir einen PC liefern«, erklärt der Spezialist, »dann ist es für mich ein Leichtes festzustellen, ob die besagte Website von diesem Gerät aus geöffnet wurde. Auch wenn der User alle Verläufe gelöscht hat.«

»Verstehe!« Eleni überlegt kurz, ob es Sinn macht, den Kollegen den komplizierteren Weg beschreiten zu lassen, oder ob sie mit diesem Beweis, den sie sicher ist, auch zu finden, besser abwartet, bis sie vor Ort ist, und entscheidet sich für Letzteres. »Dann versuche ich schnellstmöglich an den verdächtigen PC heranzukommen«, teilt sie dem Kölner mit und verabschiedet sich mit nochmaligem Dank.

Ihr nächster Anruf gilt dem Präfekten in Patras. Nachdem sie ihn über den Stand der Ermittlungen informiert hat, bittet sie ihn um die Erlaubnis zu einer Dienstreise nach Deutschland sowie um ein offizielles Amtshilfegesuch an die Würzburger Kriminalpolizei. Ihr Vorgesetzter zeigt sich sehr kooperativ, bewilligt das Reisevorhaben sofort und verspricht, das andere Papier in Kürze nach Zakynthos faxen zu lassen.

»Dann kann ich jetzt ja endlich eine Pressekonferenz einberufen«, meint er abschließend.

»Vielleicht warten Sie besser noch ein oder zwei Tage damit, bis wir alle Beweise hieb- und stichfest beisammen haben«, bittet Kommissarin Mylona.

»In Ordnung. Sie geben mir dann von unterwegs aus Bescheid. Gute Reise.« Er räuspert sich: »Ach – und herzlichen Glückwunsch zum Namenstag.«

Vielleicht gibt es heute noch einen Direktflug von Zakynthos aus, überlegt Eleni mit einem Blick auf die Wanduhr. Wenn sie sich recht erinnert, ist Freitag der Tag, an dem der Flugverkehr zwischen der Insel und mehreren deutschen Städten stattfindet. Rasch wählt sie abermals die Nummer des Flughafens und erfährt, dass die Maschinen nach Frankfurt und Düsseldorf bereits gestartet sind, somit nur noch der Flug nach Nürnberg aussteht. Einen Platz in dieser Maschine zu ergattern ist nicht das Problem, sie ist nur etwa zur Hälfte ausgebucht. Schwieriger wird es mit dem Timing. Die Nürnberger Maschine wird pünktlich in zehn Minuten erwartet und hat nur fünfzig Minuten Aufenthalt auf dem Flugplatz von Zakynthos eingeplant. Eleni hat also genau eine Stunde Zeit.

Als erstes setzt sie Gamiras und Spirakis über ihre Reisepläne ins Bild, dann sucht sie die Würzburger Anschrift der Familie Lindenfeld heraus, eilt als Nächstes nach Hause, um ein paar Klamotten in eine Tasche zu werfen, hält im Vorbeifahren noch einmal an ihrer Dienststelle an, wo das Fax aus Patras mittlerweile eingetroffen ist und rast schließlich zum Flughafen, wo sie eine Viertelstunde vor Abflug eintrifft.

Die Stunden im Flugzeug verwendet Kommissarin Mylona darauf, sich die einzelnen Fakten wie die Teile eines Puzzles im Kopf zurechtzulegen. Dazu versetzt sie sich in das Leben der Lindenfelds. Alfred ist ein solider Beamter Ende Vierzig, verheiratet und Vater einer Tochter. Sein Alltag bewegt sich zwischen der Arbeit im Büro und seinem Hobbykeller, in dem eine Modelleisenbahn und ein Computer stehen. Den Haushalt besorgt seine Ehefrau, die auch zum überwiegenden Teil für die Erziehung von Tochter Sandra zuständig ist. Durch deren Heranwachsen hat sie irgendwann mehr freie Zeit - zu viel freie Zeit - und sucht sich ebenfalls ein Steckenpferd. Sie beginnt einmal pro Woche zu einem Yogakurs zu gehen. Doch dieses Hobby beschert Renate Lindenfeld mehr als nur eine Auszeit von der Familie. Sie verändert sich. Zunächst schleichend, kaum wahrnehmbar, bis sie ihren Gatten eines Tages mit der Idee eines Urlaubs in Griechenland überfällt. Kein Familienurlaub, nein! Sie möchte allein verreisen. Sex haben die Eheleute zu diesem Zeitpunkt schon lange keinen mehr. Alfred Lindenfeld gleicht dieses Manko aus, indem er sich in seinem Keller, wo ihn niemand stört, auf verschiedenen einschlägigen Websites herumtreibt. Anfangs wohl mit schlechtem Gewissen - denn er ist streng katholisch und ein sehr biederer Typ - dann mit immer größerer Selbstverständlichkeit und immer größerem Zeitaufwand.

Eine Stewardess in einer adretten Uniform stoppt den Getränkewagen neben der Sitzreihe der Kommissarin. Eleni wählt einen Orangensaft und versinkt sofort wieder in ihren Gedanken.

Das Ehepaar Lindenfeld lebt mehr oder weniger nebeneinander her. Ruhig und ohne Streitigkeiten, aber auch ohne tieferes Interesse am Partner. Renate reist vor zwei Jahren erstmalig nach Zakynthos und kehrt – nun spürbar verändert – heim. Im Alltag legt sich diese massive Veränderung rasch wieder, aber nur äußerlich. In ihrem Inneren vollzieht sich in Renates Wesen ein markanter Wandel. Von der braven, häuslichen Gattin, die sich perfekt in das spießige Dasein ihres Mannes integriert hat, mausert sie sich nach und nach zu einer emanzipierten Frau mit dem Recht auf ein erfüllteres, spannenderes Leben. Sie unternimmt die Reise ein zweites Mal; das kleine Abenteuer scheint zu einem festen Bestandteil im Jahresablauf zu werden. Unterstützung erhält sie sicherlich von ihren Freundinnen, vielleicht auch von ihrer Mutter und/oder ihrer Tochter.

Eleni dankt der Flugbegleiterin, die ein Tablett mit einer warmen Mahlzeit auf das ausklappbare Tischchen vor ihr stellt.

Beim Aufbruch zu ihrer dritten Zakynthosreise, heute vor exakt zwei Wochen, ist Renate Lindenfeld eine selbstbewusste Mittvierzigerin. Sie hat nach außen hin die ihrem Charakter eigene stille Art beibehalten, ist aber gefestigt in ihren Wünschen und Entscheidungen und greift zu, wenn das Schicksal ihr eine Abwechslung bietet.

Eleni hält kurz inne. Frau Lindenfeld ist heute vor zwei Wochen auf Zakynthos angekommen und hatte den Yogaurlaub für vierzehn Tage gebucht. Demnach müsste eigentlich Renate jetzt wohl in eben der Maschine sitzen, die nun sie selbst nach Deutschland befördert. Ich sitze quasi auf dem Platz einer Toten – fährt es Eleni durch den Kopf. Sie reicht das Tablett mit der etwa zur Hälfte verzehrten Mahlzeit an die Stewardess zurück.

Was geschieht mit ihm, mit Alfred Lindenfeld? Was geht in ihm vor, als er bemerkt, dass sich seine Frau immer mehr von ihm entfernt, immer häufiger eigene Wege beschreitet? Er vergräbt sich in seiner virtuellen Scheinwelt, in der er sich inzwischen sehr routiniert bewegt. Gerade in den Wochen, die seine Frau außer Hause ist, experimentiert er mit einer Vielzahl neuer Sexforen herum und versucht, seinen Frust über die Veränderungen in seinem Leben dadurch unter Kontrolle zu halten. Die Eisenbahn spielt kaum noch eine Rolle. An einem Abend in der zweiten Maiwoche stößt er auf das Forum, in dem unter anderem Walter Stein seine Aufnahmen öffentlich zeigt. Eleni ruft sich die Bilder der Bettszene mit Renate Lindenfeld in Erinnerung. Sie war nur schwer erkenntlich, ihr Gesicht von der Kamera abgewandt und halb im Kissen verborgen, aber ihr Rücken war vollständig zu sehen gewesen und auf ihrem Gesäß das auffällige, sichelförmige Muttermal. Daran muss Alfred Lindenfeld seine Frau erkannt haben, überlegt die Kommissarin. Von nun an überschlagen sich die Ereignisse im Leben des prüden Würzburgers. Er verspürt den nicht mehr aufzuhaltenden Drang, seine Gattin zur Rede zu stellen. Der Zeitpunkt ist günstig, als Tochter Sandra zu einem mehrtägigen Pfadfindertreffen aufbricht. Niemand wird seine Abwesenheit bemerken. Den Freitag nach Christi Himmelfahrt hat er auf seiner Dienststelle schon länger als Brückentag eingetragen. Er nimmt einen Zug nach Linz, fliegt von dort aus nach Zakynthos, wo er spät am Abend landet. Die Adresse, an der seine Frau ihren Entspannungswahn auslebt, dürfte ihm bekannt sein. Sicherlich ist diese nicht verreist, ohne für ihre Erreichbarkeit zu sorgen, für den Fall, dass mit Sandra etwas nicht stimmt. Er nimmt ein Taxi und gelangt zum *Haus Sonnengruß*. Irgendwo in der Nähe verbringt er die Nacht in der festen Absicht, am kommenden Morgen das Gespräch mit Renate zu suchen. Er kann nicht wissen, dass er sie schon früh und auch noch allein im Garten antreffen wird. Das ist ein Zufall. Ein Zufall, der mitverantwortlich dafür ist, dass der Mann zum Mörder wird. Die Aussprache der Eheleute eskaliert. Alfred ergreift das Springseil und legt es seiner Frau um den Hals. Vielleicht nur, um sie zum Schweigen zu bringen, nur weil er nicht mehr hören mag, was sie ihm zu sagen hat. Eine Tötungsabsicht muss nicht unbedingt bestanden haben. Jedenfalls zieht er das Seil zu, bis die Frau still ist.

Er steht unter Schock, registriert erst nach einigen Minuten, was er getan hat, und macht sich schnell aus dem Staub.

Eleni schließt, der Aufforderung einer Bandansage gehorchend, ihren Gurt, als die Maschine zur Landung ansetzt. So muss es gewesen sein.

Während die Kommissarin am Gepäckband auf ihre Reisetasche wartet, schaltet sie ihr Handy wieder ein, das auch sogleich Töne von sich gibt. Sie hört ihre Mailbox ab: Drei Anrufe von ihrer Mutter, die in gesteigerter Ungeduld versucht hat, ihre Namenstagswünsche loszuwerden, und einer von Gamiras. Der auf der Mailbox hinterlassenen Bitte ihres Inspektors, sich umgehend bei ihm zu melden, kommt sie unverzüglich nach.

»Was gibt es Dringendes?«, erkundigt sie sich, die Augen auf die vorbeiziehenden Gepäckstücke geheftet.

»Wir haben einen Volltreffer gelandet!«, verkündet ihr Mitarbeiter.

»Einen Volltreffer? In welcher Angelegenheit?« Eleni muss sich erst wieder ins Gedächtnis rufen, mit welcher Aufgabe ihre Kollegen zuletzt beschäftigt waren.

»Konnten Zeugen ausfindig machen, der Herrn Lindenfeld in der Nacht vor dem Mord hier auf der Insel gesehen hat.«

»Was? Das ist phantastisch«, jubelt Eleni. »Erzählen Sie!« Nebenbei hebt sie mit einem raschen Griff ihre Tasche vom Band und lässt sie neben sich auf den Boden plumpsen.

»Ich hatte eine Idee. Hab mich daran erinnert, dass die Taxifahrer – die von der Brandstiftungssache – erinnern Sie sich? – also, dass die sich wegen einer falsch abgerechneten Nachtfahrt gestritten haben.«

Elenis Spannung wächst. »Und?«, fragt sie ungeduldig.

»Naja, hab ihnen auf gut Glück das Phantombild gezeigt. Und, wie gesagt: Volltreffer!«

»Sie haben Alfred Lindenfeld erkannt?«

»Der eine. Der, der in besagter Nacht Fahrbereitschaft hatte. Fahrt ging nach Vassiliko zum *Haus Sonnengruß*. Musste die Adresse ziemlich lange suchen und zweimal nach dem Weg fragen.«

»Wie sicher ist er sich bezüglich des Datums und des Fahrgastes?«

»Sehr sicher!«

»Danke, Gamiras. Hervorragende Arbeit!« Sie stellt sich vor, wie die Brust ihres Mitarbeiters vor Stolz anschwillt. »Ich bin eben in Nürnberg gelandet und fahre jetzt weiter nach Würzburg. Ihr hört von mir.«

Im Zug setzt Kommissarin Mylona ihre Überlegungen fort. Alfred Lindenfeld ist also, wie sie ganz richtig vermutet hat, mit einem Taxi nach Vassiliko gefahren. Wie er am nächsten Tag von dort zurück in die Stadt gekommen ist, wird sich noch klären. Dort hat sie ihn selbst am frühen Nachmittag in Jannis Taverne zum ersten Mal getroffen. Ihre Gedanken machen einen Sprung. Wie passt der Mord an Shankara ins Bild? Eleni kratzt den letzten Rest Konzentration zusammen. Kommt Herr Lindenfeld auch hierfür in Frage? Motivmäßig durchaus, dann nämlich, wenn die Yogatrainerin ihn am Morgen des Mordes an seiner Frau in der Nähe der Yogastätte gesehen hat oder eventuell sogar unfreiwillig zur Zeugin des Tötungsvergehens wurde. Aber rein praktisch? Hatte er überhaupt die Gelegenheit, diesen zweiten Mord zu begehen? Den Todeszeitpunkt von Gudrun Meier hatte die Pathologie in Patras nur grob festlegen können. Irgendwann am Samstag, dem 15. Mai, oder in der Nacht zum Sonntag, stand im Obduktionsbericht. Am Samstagvormittag war Shankara nachweislich noch am Leben, denn da war sie mit einigen der Urlauberinnen in der Natur auf Kräutersuche. Danach jedoch hat sie niemand mehr gesehen. Später an diesem Tag war ich selbst mit Herrn Lindenfeld im *Haus Sonnengruß* – rekonstruiert Eleni die Ereignisse weiter. Falsch! Er war nicht mit ihr im Haus! Er hatte es vorgezogen, draußen auf sie zu warten. Wie lange? Etwa eine Stunde, rechnet die Kommissarin blitzschnell nach. Zeit genug, um einer Frau den Kopf einzuschlagen. Fieberhaft führt Eleni den Gedanken fort und plötzlich fällt es ihr wie Schuppen von den Augen: Der Kratzer! Hatte sie nicht bei der Abfahrt von der Yogaanlage eine böse Schramme an Herrn Lindenfelds Unterarm und Hand entdeckt? Von den Rosen, die er aus der Nähe betrachtet hat, hatte er angegeben. Genauso gut konnte er sich die Verletzung in dem unwirtlichen Buschwerk zugezogen haben, in dem man drei Tage später Shankaras Leiche gefunden hat. Auf der Rückfahrt in die Stadt war der Mann extrem schweigsam gewesen, was Eleni der Konfrontation mit dem Ort, an dem seine Frau zu Tode gekommen war, zugeschrieben hatte. So, und nur so, passt alles zusammen! Erschöpft lehnt Eleni sich zurück, schließt ihre Augen und öffnet sie erst wieder, als Würzburg als nächster Halt des Zuges durchgesagt wird.

In der bis 22.00 Uhr geöffneten Bahnhofsbuchhandlung ersteht die Kommissarin einen Stadtplan von Würzburg. Dann lässt sie sich von einem Taxi zu einem in der Innenstadt gelegenen Hotel bringen. Nach einem kalten Imbiss, den die Hotelküche um diese Uhrzeit noch bietet, zieht Eleni sich mit einer Flasche Bier auf ihr Zimmer zurück. Gefühlsmäßig würde sie lieber noch in dieser Nacht alles unter Dach und Fach bringen, aber zum einen fühlt sie sich völlig erledigt, benötigt jedoch für die Begegnung mit den Angehörigen von Renate Lindenfeld einen klaren Kopf, zum anderen weiß sie, wie schwierig es ist, die deutsche Polizei zu einem nächtlichen Einsatz zu bewegen, wenn keine brennende Gefahr im Verzug ist. Und Herr Lindenfeld würde sich ganz sicher nicht spontan absetzen.

SAMSTAG, 22. MAI

Beim Frühstück entscheidet Eleni sich gegen einen sofortigen Zugriff mit Hilfe der deutschen Kollegen. Stattdessen sucht sie sich die Adresse der Lindenfelds auf dem Stadtplan heraus, die sie im Ortsteil Versbach findet. An einem Samstagvormittag sollte sie sowohl Herrn Lindenfeld als auch Tochter Sandra zu Hause antreffen und sie möchte unbedingt zunächst jeweils alleine mit den beiden sprechen. An der Hotelrezeption lässt sie sich beschreiben, wie sie per Bus nach Versbach kommt und macht sich auf den Weg.

Die Montessoristraße ist eine ruhige Seitenstraße mit überwiegend zweistöckigen Häusern. Haus Nummer 11 stellt sich als typisches Zweifamilienobjekt dar. Durch einen gepflegten Vorgarten gelangt Eleni zur Eingangstür. Das Klingelschild besagt, dass Familie Lindenfeld die obere Etage bewohnt. Gleich nach dem ersten Schellen ertönt ein Summer und Kommissarin Mylona tritt ein. Oben wird sie von einer älteren, schwarz gekleideten Frau in Empfang genommen, die sich mit dem Namen Rutlinger vorstellt.

»Sie müssen die Mutter von Renate Lindenfeld sein.« Rechtzeitig fällt Eleni wieder ein, dass Sandra ihr am Telefon mitgeteilt hat, ihre Oma sei zurzeit bei ihnen in Würzburg. »Mein herzliches Beileid zum Tod ihrer Tochter«, fügt sie hinzu.

»Danke«, murmelt die Frau automatisch. Doch dann schaut sie die Besucherin erstaunt an: »Woher wissen Sie? Wer sind Sie?«

Eleni stellt sich vor und wird hereingebeten. Frau Rutlinger führt sie durch einen Flur ins Wohnzimmer. Während die alte Dame sich in der Küche zu schaffen macht, um dem Gast eine Tasse Kaffee anzubieten, schaut Eleni sich um. Eine geblümte Sitzgarnitur, bestehend aus einem Sofa und zwei Sesseln, gruppiert sich um einen niedrigen Couchtisch mit Glasplatte. Eine Wand wird von einer Anrichte aus Eichenholz eingenommen, durch deren Scheiben man das Sonntagsgeschirr der Lindenfelds sieht. In einer Ecke steht ein Flachbildschirm, daneben ein kleines Holzmöbel mit diversen Zeitschriften. Eine Längsseite des Raums wird von einem großen Fenster mit etwa einem halben Dutzend Grünpflanzen davor sowie der Balkontür eingenommen. Der Freiluftbereich der Wohnung ist so breit, dass die Bezeichnung Terrasse eher zutrifft als Balkon.

Frau Rutlinger stellt ein Tablett mit zwei Tassen, einer Thermoskanne, einer Zuckerdose, einem Milchkännchen und einem Teller voll Gebäck auf dem Couchtisch ab.

»Sind Herr Lindenfeld und Sandra nicht zu Hause?«, erkundigt sich die Kommissarin.

»Sandra ist zum Lernen zu einer Freundin gefahren. Sie war die ganze Woche nicht in der Schule und hat eine Menge nachzuholen. Nach den Sommerferien kommt sie in die Oberstufe«, erklärt sie, »da darf sie nicht zu viel Unterrichtsstoff verpassen.«

»Und ihr Vater geht auch schon wieder zur Arbeit?«

»Nein, der ist unten im Keller. Hat sich beurlauben lassen. Ach Gott, der Ärmste!« Frau Rutlinger zückt ein Taschentuch und schnäuzt sich die Nase. »Er ist völlig gebrochen. Renates Tod hat ihn komplett aus der Bahn geworfen. Ist kaum ansprechbar, der Junge.« Sie wischt sich auch noch die Augen mit dem Taschentuch. »Da unten, da hat er seine Eisenbahn und die lenkt ihn ab«, fährt Frau Lindenfelds Mutter fort. »Er kommt eigentlich nur zum Essen und zum Schlafen hier herauf.«

Sie schenkt Kaffee in die bereitstehenden Tassen. »So, bitte«, fordert sie die Kommissarin zum Zugreifen auf und schiebt auch den Teller mit Keksen in ihre Reichweite.

Eleni denkt kurz darüber nach, die Frau in ihr Wissen bezüglich ihres Schwiegersohns einzuweihen, verwirft den Einfall aber sogleich wieder. Stattdessen lässt sie die Mutter der Ermordeten einfach reden und bittet sie nach einer Weile, ihr zu zeigen, wo es in den Keller geht.

»Ich komme gleich hoch, Mutter«, sagt Alfred Lindenfeld, der beim Geräusch der sich öffnenden Tür die Augen weiter auf den Bildschirm seines PCs geheftet behält. Der Tisch mit dem Computer ist so platziert, dass man bei Betreten des Raums nur die Rückseite des Bildschirms sieht. Außerdem muss man sich erst um eine riesige Holzplatte in Hüfthöhe herumwinden, wenn man an den PC-Platz gelangen möchte. Eleni wirft einen Blick auf die in feinster Detailtreue zusammengebaute Eisenbahnanlage. »Ist denn schon Zeit fürs Mittagessen?«, fragt die Stimme hinter dem elektronischen Gerät.

»Guten Tag, Herr Lindenfeld«, klärt Eleni das Missverständnis.

Der Kopf des Mannes schnellt seitlich neben dem Bildschirm hervor. »Ach, Sie sind das?«

Er braucht einen Moment, um die Person, die vor ihm steht, richtig zuzuordnen. Er atmet jetzt schneller und seine Nasenflügel beben. Dann fragt er konsterniert: »Wie kommen Sie denn hierher?«

Im selben Augenblick scheint er zu begreifen, was der Besuch der griechischen Kriminalbeamtin zu bedeuten hat. Eleni legt ihm mit ruhiger Stimme dar, was ihr auf ihrer gestrigen Reise durch den Sinn gegangen ist. Die Schlüssigkeit der Beweiskette, gepaart mit einer gewissen Erleichterung, dass es endlich vorbei ist, bewegt Herrn Lindenfeld dazu, ein volles Geständnis abzulegen. Der Druck, dem er in den vergangenen Tagen ausgesetzt war, macht sich Luft in einer wahren Tirade aus unzusammenhängenden Einzelheiten.

»Es war nicht so, wie Sie denken. Renate hatte sich in letzter Zeit so stark verändert. Sie hatte gar nichts mehr gemein mit der Frau, die ich geheiratet habe und die so viele Jahre treu an meiner Seite stand. Es war nicht meine Frau, die ich getötet habe, sondern eine Fremde.« Er holt tief Luft, fährt aber sogleich fort: »Meine Renate war Zeit ihres Lebens ruhig und unkompliziert. Sie war immer gut zu mir, weich und kein bisschen rebellisch. Renate war ausschließlich um mein Wohl und das unserer Tochter besorgt. Die Frau, die ich in Griechenland umgebracht habe, war ganz anders: Sie wirkte extrem selbstbewusst, wurde laut beim Sprechen und schien sich über ihr Fehlverhalten überhaupt nicht im Klaren zu sein. Ich bin kaum zu Wort gekommen, keines meiner Argumente erreichte sie. Ich stand hilflos einer Sünderin gegenüber, die keine Spur von Reue zeigte. Diese Frau dort auf der Insel war nicht meine Gattin, sie war eine Nutte.«

Eleni spürt eine eisige Wut in sich aufsteigen, weiß aber, dass sie den Mann jetzt nicht unterbrechen darf. Diese Art Geständnis hat Kommissarin Mylona schon oft zu hören bekommen und ahnt fast, welche Beteuerungen als Nächstes kommen werden.

Tatsächlich schlägt Lindenfelds Stimmung abrupt um und er berichtet in weinerlichem Tonfall weiter: »Es ist einfach so passiert. Ich wollte das doch gar nicht. Niemals hätte ich meiner Renate etwas antun können. Aber diese fremde Frau, die da vor mir stand, so stark und bestimmt ... Sie sprach von einer neuen Zukunft, einer Zukunft, in der ich keine Rolle mehr spielen sollte. Sie redete und redete und ich ... ich wollte sie irgendwann nur noch zum Schweigen bringen. Was hätte ich denn sonst tun sollen? Sie hat ihren Tod doch geradezu herausgefordert.«

An dieser Stelle bricht Lindenfeld in haltloses Schluchzen aus, aus dem sich nur noch gestammelte Satzfetzen heraushören lassen: »Wenn überhaupt ... dann hätte ich diesen Guru töten wollen ... aber doch nicht ... meine geliebte Renate.«

Eleni wartet geduldig bis der Mann seinen Bericht schließlich beendet hat und völlig ausgelaugt schweigt. Dann fordert sie ihn sachlich auf: »Kommen Sie bitte mit.«

Von der Wohnung aus telefoniert Kommissarin Mylona unter den entsetzten Blicken der Schwiegermutter mit der örtlichen Polizeibehörde und eine Viertelstunde später holt ein Streifenwagen Alfred Lindenfeld und die griechische Kollegin ab.

SONNTAG, 23. MAI

Wohlig streckt sich Eleni in der Badewanne aus. Vor einer Stunde ist sie in Köln bei ihrer Schwester eingetroffen. Nach einer Tasse Kaffee und einem Stück selbstgebackenen Kuchens hat sie sich erst einmal ins Bad zurückgezogen. Zoi hat sie zwar bedrängt, alles sofort zu erzählen, aber dafür hätten sie schließlich noch den ganzen Abend Zeit. In ruhigem Tempo lässt sie die Ereignisse der vergangenen zwei Tage Revue passieren.

Am Samstag hat sie einige Stunden auf dem Würzburger Polizeirevier verbracht, am ersten offiziellen Verhör von Alfred Lindenfeld teilgenommen und dem Computerspezialisten über die Schulter geschaut, als sich dieser den PC des Witwers vorgenommen hat. Es dauerte gar nicht lange, bis der Mann die Konsultation des besagten Forums durch Herrn Lindenfeld nachweisen konnte. Sie hat auch den Anruf bei ihrem Vorgesetzten, dem Polizeipräfekten von Westgriechenland, nicht vergessen, ihm die endgültige Klärung der beiden Mordfälle auf Zakynthos präsentiert und ihm grünes Licht für seine heißersehnte Pressekonferenz gegeben. Natürlich hat sie auch ihre beiden Inspektoren telefonisch von der Lösung des Falls in Kenntnis gesetzt und ihnen ein erholsames, freies Wochenende gewünscht.

Nachmittags war Kommissarin Mylona nochmals bei dem kläglichen Rest der Familie Lindenfeld. Unterstützt von einer Polizeipsychologin hat sie ein langes Gespräch mit Sandra und ihrer Oma geführt. Der Verlust beider Eltern in kürzester Folge, zudem auf so dramatische Art und Weise, hat das junge Mädchen total aus der Bahn geworfen. Sie würde lange Zeit brauchen, um den doppelten Schicksalsschlag zu verarbeiten. Sandra wollte augenblicklich fortgebracht werden. Die einstmals so heimelige Atmosphäre ihres Zuhauses war ihr mit einem Mal unerträglich. Hier hatte sich die Katastrophe zusammengebraut, hier hatte der Entfremdungsprozess ihrer Eltern stattgefunden. Die Veränderungen an ihrer Mutter hatte das Mädchen sehr wohl beobachtet, aber niemals wäre sie darauf gekommen, dies als erste Anzeichen für ein familiäres Desaster zu deuten. »Sie wollte doch nur ein bisschen leben«, sagte sie über ihre Mutter. Für den Vater fand Sandra nicht das kleinste Wort der Verteidigung. Die Mutter der Verstorbenen hatte schließlich das Ruder in die Hand genommen und eine vorläufige Entscheidung getroffen. Sie würde mit ihrer Enkelin für zwei bis drei Monate irgendwohin fahren, wo diese etwas Abstand von der abscheulichen Geschichte würde gewinnen können. Die Schule war erst einmal nicht so wichtig. »Sandra ist eine leistungsstarke Schülerin«, sagte sie zuversichtlich, »sie wird den Anschluss nach den Sommerferien spielend meistern«. Ihr Vorschlag für die weitere Zukunft belief sich darauf, das Mädchen bei ihrer anderen Tochter, Renates Schwester in Bamberg, unterzubringen. »Sandra kommt mit ihrer Tante und den vier Cousins dort wunderbar aus«, gab Frau Rutlinger an. »Es ist ein lebhafter Haushalt, aber gerade das wird ihr wahrscheinlich gut tun.«

Eleni lässt noch etwas heißes Wasser nachlaufen, schließt die Augen und genießt die Wärme des Bades. Wie oft hat sie früher genau hier zwischen den mit hellbraunen Ornamenten dekorierten Kacheln gelegen, die Sorgen des Alltags abgespült und Überlegungen zu allen möglichen Themen angestellt! Ihre Gedanken wandern in die Jahre nach der Trennung von ihrem Ehemann Giorgos zurück. Seine brutale Ader, die ihm bei den griechischen Polizeikollegen größte Hochachtung eingetragen hat, war ihr selbst – vor allem in Hinblick auf den noch kleinen gemeinsamen Sohn – irgendwann unheimlich geworden und sie hatte ziemlich spontan entschieden, ihn zu verlassen. Ihre Schwester hatte beide mit offenen Armen aufgenommen, wofür Eleni ihr bis in alle Ewigkeit dankbar sein würde. Ohne die Sicherheit des Hauses in Köln, in dem sie sich nun befand, und das Zoi damals gerade mit ihrer Familie bezogen hatte, wäre ihr der Absprung nach Deutschland wohl kaum gelungen. Eleni und Alekos durften den Gästetrakt – ein geräumiges Schlafzimmer und ein eigenes Bad – beziehen und waren fünf Jahre im Haushalt der Schwester geblieben, solange, bis die frischgebackene Polizeiinspektorin sich eine eigene Wohnung leisten konnte.

Eleni taucht tiefer in das warme Nass ein und bläst spielerisch in den Badeschaum. Einzelne Flocken des seifigen Weiß fliegen auf und schweben einen Moment lang über der Wasseroberfläche. Dr. Joachim Wirtz, Zois Gatte und ein gutes Jahrzehnt älter als seine Frau, hat schon immer den größten Teil seiner Zeit in der Klinik verbracht, wo er inzwischen als Chefarzt der Orthopädie arbeitet. So war es auch für Zoi angenehm gewesen, nicht immer allein mit den Zwillingen zu sein, sondern ihre jüngere Schwester und deren Sohn um sich zu haben. Ob Zoi sich jetzt, wo alle aus dem Haus sind, nicht oft sehr einsam fühlt? – geht es ihr auf einmal durch den Kopf und sie nimmt sich vor, ihre Schwester später danach zu fragen. Aus der Distanz ist ihr dieser Gedanke noch nie gekommen und als sie Weihnachten zuletzt hier zu Besuch gewesen ist, waren alle Kinder da und das Haus voller Leben.

Ein letztes Mal taucht Eleni ihren Körper unter, bevor sie aus der Wanne steigt und sich in das riesige, weiche Handtuch, das Zoi ihr zurechtgelegt hat, einwickelt. Die Badewanne ist eines der Dinge, die ihr in ihrem selbsterwählten, neuen Zuhause manchmal fehlen. Weniger in ihrer Funktion des Aufwärmens – wonach ihr in Griechenland eher selten der Sinn steht – denn als Ort der inneren Ruhefindung. Wozu brauche ich Yoga – denkt Eleni noch – wenn es doch viel natürlichere Arten der Entspannung gibt?

Zum Abendessen hat Zoi Rouladen zubereitet, Elenis Leibspeise unter den deutschen Gerichten. Dankbar vernichtet die Jüngere zwei große Portionen. Joachim zieht sich gleich nach der Mahlzeit in sein Arbeitszimmer zurück, während die Schwestern mit ihren Weingläsern in den Wintergarten umziehen.

»Jetzt will ich aber endlich alles erfahren«, setzt Zoi ihrem Gast zu.

Eleni berichtet ausführlich von Alfred Lindenfelds erster Tat. »Er hat es so geschildert, dass seine Frau in dem Gespräch am frühen Morgen ihre Affäre erst bagatellisiert habe. Plötzlich habe sie ihn gefragt, wie er ihr eigentlich auf die Schliche gekommen sei und ...« – Eleni nimmt einen Schluck von dem schweren Rotwein, den Joachim zum Essen ausgesucht hat – »schließlich habe sie ihn damit konfrontiert, dass sie ihn verlassen wolle. Er muss völlig konsterniert gewesen sein.«

»Und dann ist er durchgedreht und hat sie erwürgt«, vollendet Zoi.

»Nicht ganz. Er sagte aus, dass Renate immer weiter auf ihn eingeredet habe und er nach dem Seil gegriffen habe, um ihren Redefluss zu stoppen, und ich glaube ihm, dass er nicht vorhatte, sie zu töten.«

»Dann läuft die Anklage wohl eher auf Totschlag im Affekt als auf Mord hinaus«, stellt Zoi fest.

»Unter Umständen, ja. Aber an einer anderen Stelle des Verhörs hat Alfred Lindenfeld betont, dass er seine Frau als Sünderin empfunden habe, die es verdient hätte, so zu enden.« Eleni hält kurz inne. »Außerdem hat er sich durch die Lügen bezüglich seines Flugs nach Zakynthos ganz schön reingeritten.«

»Dann handelt es sich aber immer noch nicht zwangsläufig um Mord, denn ein solcher setzt eine geplante Tötungsabsicht voraus. Das mit der Fliegerei kann er auch erst im Nachhinein als Alibi recherchiert haben. Klingt mehr nach Totschlag ohne Reueempfinden. Warte mal kurz ...«, Zoi erhebt sich. »Ich hole uns rasch noch etwas Käsegebäck zum Wein.«

»Bitte nicht«, versucht Eleni das Vorhaben ihrer Schwester abzuwehren, »ich platze!«. Doch diese ist bereits unterwegs in die Küche.

Durch die riesigen Scheiben des Wintergartens betrachtet Eleni den im Dämmerlicht liegenden Garten. Dort hinten in der Ecke, wo das Ehepaar Wirtz vor einigen Jahren einen Zierteich hat anlegen lassen, stand früher ein Sandkasten, erinnert sie sich, und sieht wieder drei fröhliche Kinder, die mit Plastikförmchen kleine Sandkuchen backen. Die Schaukel direkt daneben gibt es immer noch. »Irgendwann freuen sich die Enkelkinder darüber«, meint Zoi immer. Im Rückblick ist Eleni sich sicher, damals vor knapp zwei Jahrzehnten die richtige Entscheidung getroffen zu haben. Was alles geschehen wäre, wenn sie sich nicht von Giorgos getrennt hätte, möchte sie sich gar nicht ausmalen; aber auch, wenn sie Alekos allein in Griechenland großgezogen hätte, wäre aus ihm bestimmt nicht das geworden, was er nun war: ein zufriedener junger Mann, der seine Berufung als Pianist gefunden hatte. Ein glückliches, kleines Lächeln umspielt die Gesichtszüge der Kommissarin. Das, was im Leben geschieht, ist doch immer eine Mischung aus äußeren Einflüssen und dem, was man selbst daraus macht, philosophiert sie.

Zoi kehrt mit einer gefüllten Schale zurück und Eleni empfängt sie mit einer Weisheit, die ihr gerade durch den Kopf geht: »Fakt ist, dass die allerwenigsten Ermordeten selbst völlig unschuldig sind an dem, was ihnen widerfährt.«

Dann fasst sie den Ablauf der Ereignisse weiter zusammen: »Nach der Tat, so erzählte Herr Lindenfeld, sei er wie benommen am Strand entlang-gelaufen. Stundenlang, teils über Felsen geklettert, von einer Bucht zur nächsten. Wenn ich ihn richtig verstanden habe, ist er bis zu einem Strand, der Kaminia heißt, gelaufen. Das ist direkt unterhalb des Skopos.« Sie kann dem Käsegebäck nicht widerstehen und nascht davon.

»Seine Klamotten, die nach einer Nacht im Freien und einer mehrstündigen Kletterpartie übel zugerichtet gewesen sein müssen, habe er an diesem Strand in einem Restaurant gewechselt, gab der Mann weiter an. Dann sei er zur Straße hinaufgegangen und habe von dort aus nach einiger Wartezeit einen Bus in die Stadt genommen. Er stand zwar unter Schock, aber gerade in solch einem Zustand können manche Menschen auffällig klar denken und überlegt handeln.«

»Wie kam es zu dem zweiten Mord? Hast du nicht gesagt, es gab noch eine Tote?«, drängt Zoi auf den Fortgang der Geschichte.

»Ja, Shankara – in Wirklichkeit hieß sie Gudrun Meier. Es war so, wie ich vermutet hatte. Die Frau hat Herrn Lindenfeld tatsächlich am Morgen des Mordes an seiner Frau in der Nähe des Yogageländes gesehen, und als er dann am Samstag zum zweiten Mal am *Haus Sonnengruß* aufkreuzte, gleich wiedererkannt. In nur wenigen Sätzen, die zwischen den beiden gefallen sind, muss dem Mann klar geworden sein, dass Shankara eine Gefahr für ihn darstellte. Er musste sofort handeln, sagte er, und habe die erstbeste

Waffe ergriffen, die zur Hand war. Danach habe er sie ins Gebüsch geschleift, damit sie möglichst spät gefunden werde.«

»Der Mann hat also zwei unschuldige Menschen auf dem Gewissen. Was kriegt er denn eigentlich in Griechenland dafür?«, will Zoi von ihrer Schwester wissen.

»Es ist noch nicht sicher, ob er hier in Deutschland verurteilt oder der griechischen Gerichtsbarkeit zugeführt wird. Die Auslieferung wird über die internationale Rechtshilfe in Strafsachen geregelt, und laut dieser kann ein Deutscher nur unter sehr engen Voraussetzungen an ein anderes EU-Land ausgeliefert werden.«

»Hauptsache, er bekommt seine gerechte Strafe.«

»Ich denke, er ist so schon gestraft genug. Sein Gewissen – und er gehört eindeutig zu der Kategorie Täter, die ein solches haben – wird ihn sein ganzes Leben lang verfolgen. Er sieht seine Frau jede Nacht am Boden liegen, hat er gesagt, und schreckt dann schweißgebadet aus seinem unruhigen Schlaf hoch.« Eleni leert ihr Weinglas und wechselt das Thema: »Jetzt muss ich dich aber mal etwas fragen und ich schäme mich ein wenig dafür, dass mir dieser Gedanke nicht schon früher gekommen ist. Bist du eigentlich manchmal einsam? Ich meine, jetzt da die Kinder in alle Winde zerstreut sind?«

Zoi schaut ihre Schwester mit erstaunt in die Höhe gezogenen Augenbrauen an. Sie ist wie immer dezent geschminkt und trägt ihr Haar, das wie bei Eleni dunkel und lockig ist, in einem aparten Kurzhaarschnitt. Auf einmal lacht sie laut los. »Machst du dir etwa Sorgen um mich? Hey, das ist mein Part!«

Lebhaft gestikulierend greift sie nach der Weinflasche und füllt beide Gläser nochmals bis zur Hälfte. »Ich bin doch diejenige von uns beiden, die sich ständig um alle anderen sorgt«, unterstreicht Zoi ihre letzten Worte.

»Es fiel mir vorhin in der Badewanne halt so ein ...«, meint Eleni.

»Schon gut, Schwesterherz«, beschwichtigt Zoi sie. »Du brauchst dir um mich keine Gedanken zu machen. Du weißt doch, dass ich dreimal pro Woche ehrenamtlich in der ehemaligen

Grundschule unserer Kinder als Hausaufgabenbetreuerin aushelfe. Danach bin ich immer ziemlich geschafft. Dann habe ich noch mein Fitness-Studio, wo ich regelmäßig trainiere und die Sauna besuche.« Das Resultat dieser körperlichen Ertüchtigung sieht man Zois Körper tatsächlich an: Sie ist etwas kleiner als Eleni und ihre Figur wirkt so zierlich wie die eines Teenagers.

»Außerdem habe ich meine diversen gesellschaftlichen Verpflichtungen als Gattin meines Mannes und halte Haus und Garten nach wie vor ganz allein in Ordnung. Eine Putzfrau kommt mir nicht ins Haus.«

»Ich weiß, das hast du schon immer gesagt.« Eleni reibt sich die Augen und gähnt: »Ich glaube, ich gehe langsam mal schlafen. Ich bin hundemüde.«

»Was hast du denn morgen vor? Wollen wir einen Ausflug machen oder soll ich schauen, ob ich für abends Konzertkarten bekomme? Dienstag, sagtest du, fliegst du zurück nach Zakynthos?«

»Ja, in aller Herrgottsfrühe«, bestätigt Eleni. »Also eher kein Konzertbesuch. Vielleicht treffe ich mich morgen Abend kurz mit Isabelle. Sie ist die einzige Freundin, die mir hier in Köln geblieben ist, und ich habe sie eine Ewigkeit nicht gesehen. Wenn ich über Weihnachten hierher komme, ist irgendwie immer keine Zeit dafür, weil ich dann jede Minute mit euch verbringen möchte.«

»Warum verabredest du dich nicht im Laufe des Tages mit ihr. Morgen ist doch Feiertag, Pfingstmontag, da muss sie doch sicher nicht arbeiten«, regt Zoi an.

»Richtig, das habe ich ganz vergessen. Dann werde ich den Besuch bei meiner alten Dienststelle wohl eher bleiben lassen. Die paar Bereitschaftshabenden, die am Feiertag üblicherweise dort sind, werden kaum Zeit für mich erübrigen können. Aber Isabelle rufe ich morgen früh gleich an und vielleicht schaue ich später noch kurz bei der alten Frau Lehmann vorbei.«

»Ach Gott, ja, das ist eine ganz liebe, deine ehemalige Vermieterin. Sie wird sich wahnsinnig freuen, dich zu sehen. Alekos besucht sie auch noch manchmal und erzählt dann, wie dankbar sie jedes Mal ist, wenn er vorbeischaut.«

»Jetzt muss ich aber wirklich in die Federn. Ich falle gleich um vor Müdigkeit.« Eleni erhebt sich, gähnt nochmals ausgiebig und umarmt ihre Schwester dann herzlich. »Gute Nacht, Zoi.«

»Ja, gute Nacht. Schlaf dich erst mal richtig aus.«

DIENSTAG, 25. MAI

Um den Flug um 6:30 Uhr von Düsseldorf nach Zakynthos zu erreichen, ist Eleni Mylona mitten in der Nacht aufgestanden. Nach ihrer Ankunft ist sie direkt ins Büro gefahren, hat sich dort bis zum frühen Nachmittag aufgehalten und sich dann nach Hause verabschiedet, wo sie erst einmal einen ausgiebigen Mittagschlaf gehalten hat. Nach einer erfrischenden Dusche sitzt sie nun mit Vassilis in seiner gemütlichen Küche bei einem Glas Wein.

»Wie es mit der Yogaanlage in Vassiliko weitergeht«, erzählt sie dem alten Schreiner, »ist ungewiss. Das hängt unter anderem davon ab, ob eine der Frauen, die unwissentlich gefilmt worden sind, Walter Stein anzeigt. Er hat schon voriges Jahr damit begonnen, erotische Filme ins Internet zu stellen, demnach kommen wohl noch ein paar mehr Kandidatinnen in Frage, als die beiden, die sich dieses Jahr hintergangen fühlen.«

Als sie spürt, dass Herakles seinen dicken, struppigen Kopf auf ihrem Oberschenkel ablegt, beginnt sie ihn ausgiebig zu kraulen. »Auf jeden Fall«, fährt sie fort, »ist es strafbar, Fotos, egal welcher Art, von jemandem zu veröffentlichen, der dazu keine Einwilligung gegeben hat. Das nennt man: Eingriff in das Persönlichkeitsrecht.« Während ihre Linke weiter Herakles' Kopf bearbeitet, greift Eleni mit der rechten Hand nach ihrem Weinglas, führt es zum Mund und nimmt einen kräftigen Schluck.

»Ja, heutzutage ist es schwierig, in diesem Punkt die Kontrolle zu behalten, mit Internet, Fotohandys und all dem technischen Schnickschnack«, meint Vassilis, sein weißes Haupt schüttelnd.

»Spirakis hat mir mitgeteilt, dass im Moment jedenfalls erst einmal Schluss ist mit meditativen Entspannungsferien auf unserer Insel. Alle Urlauberinnen sind entweder heute abgereist oder fahren morgen zurück in ihre Heimat und für die diesen Sommer noch anstehenden weiteren Kurse hat es jede Menge Absagen gehagelt. Wer reist zum Entspannen schon an einen Ort, an dem es zwei Morde in kürzester Folge gegeben hat? Die ganze Angelegenheit ist also ganz schön geschäftsschädigend für den großen Guru ausgegangen.«

»Maßlose Eitelkeit und Selbstgefälligkeit haben noch nie zu einem guten Ende geführt«, kommentiert Vassilis. »Du kennst doch Narkissos?«

Auf Elenis Kopfschütteln hin führt der Alte aus: »Ein schöner Jüngling aus der Mythologie, der sich so sehr in sein eigenes Spiegelbild verliebt, dass er unfähig ist, andere Menschen zu lieben. Von unstillbarer Sehnsucht nach sich selbst verzehrt, wird er schließlich in eine Blume – die Narzisse – verwandelt.«

»Schon wieder eine Verwandlung«, nickt Eleni.

Eine Weile sitzen die beiden schweigend beisammen, dann knüpft die Kommissarin dort an, wo sie mit ihren Gedanken zuletzt war: »Dass es sich beim Liebhaber seiner Frau um den Yogi gehandelt hat, hat Alfred Lindenfeld übrigens erst durch die Polizei in Würzburg erfahren.«

Schon am Mittag, als Eleni vom Kommissariat nach Hause gefahren ist, war der Himmel stark bewölkt gewesen. Im Laufe der letzten Stunden hatten sich die Wolken immer mehr verdichtet und nun hört sie durch die halb geöffnete Tür, wie ein Gewitter mit gewaltigem Grollen heranzieht. Vassilis erhebt sich, geht zwei Schritte in den Hof hinaus und schaut in die schwarzen Wolkenberge, in denen sich in der Ferne helle Blitze abzeichnen.

Als er wieder bei Eleni sitzt, fragt er sie: »Kennst du den Mythos von Alkmene und dem Gewitterregen? Ich musste gerade daran denken.«

Eleni schüttelt den Kopf. »Ich weiß nur, dass sie die Mutter des Helden Herakles ist.«

»Den sie – wie ich dir neulich schon erzählt habe – von Zeus empfangen hat, der sich ihr in der Gestalt ihres eigenen Gatten genähert hat.« Vassilis stopft sich nebenher seine Pfeife. »Parallel zu der Schwangerschaft von Zeus empfing Alkmene auch ein Kind von ihrem Gemahl und wurde so Mutter der Zwillinge Herakles und Iphikles.« Der Alte unterbricht die Geschichte für einige bedächtige Züge aus der Pfeife. »Sie wird von ihrem Gatten Amphitryon wegen ihrer Untreue zum Feuertod verurteilt. So steht es bei Euripides' in seiner nach ihr benannten Tragödie.«

»Aber ...« Eleni kann kaum an sich halten. »Aber das ist ja wie in unserem Mordfall!«, stammelt sie aufgeregt.

»Es geschieht nichts, was es nicht schon einmal gegeben hat«, verkündet Vassilis weise. »Zumindest in der Mythologie. Aber im Gegensatz zu deinem Mordopfer kommt Alkmene noch einmal davon. Ein heftiger Gewitterregen löscht den Scheiterhaufen und sie wird gerettet. Ihr Gatte erkennt das göttliche Wirken und verzeiht ihr den Fehltritt.« Er schmaucht ein Weilchen, bevor er Eleni erneut neugierig macht: »Einer anderen Geliebten des Zeus erging es allerdings schlechter. Sie musste den Beischlaf mit ihm tatsächlich mit dem Leben bezahlen.«

»Welche Geliebte meinst du? Du hast mir neulich so unendlich viele aufgezählt.«

»Semele! Ich spiele auf Semele, die Tochter des Königs Kadmos von Theben und der Harmonia an. Sie wünschte sich von Zeus, er solle sich in seiner wahren Gestalt zeigen. Dieser kam ihrer Bitte nach, erschien als Blitz und Donner und verbrannte sie. Nur das ungeborene Kind, der Weingott Dionysos, wurde vom Göttervater gerettet. Prost, meine Liebe.«

Das Gewitter draußen ist inzwischen herangezogen und tobt sich in voller Wucht über der Insel Zakynthos aus. Ohrenbetäubende Donnerschläge und grelle Blitze lösen einander in kürzester Folge ab.

»Heute sind die Naturgewalten aber kräftig zugange«, kommentiert Eleni das Unwetter. »Da kann man ja richtig Angst bekommen.«

»Ja, die Natur ist manchmal furchteinflößend«, bestätigt Vassilis. »Nur der Mensch übertrifft die Natur an Grausamkeit.«

Mein Dank gilt meinem phantastischen Verleger,
meiner Familie und meinen Freunden
sowie meinem Hund, der viel Geduld aufbringen musste.
Antonia Pauly

BIOGRAPHISCHES

ANTONIA PAULY

Antonia Pauly
studierte Klassische Archäologie, Byzantinistik sowie Vor- und Frühgeschichte in Würzburg und promovierte mit einer Arbeit über Schildkröten in der Antike. Sie arbeitete für das Erzbistum Köln und für das Rheinische Landesmuseum in Bonn. Seit 2000 ist sie als Schriftstellerin, freie Texterin und Journalistin tätig.

Veröffentlichungen:
›Zimmer mit Meerblick‹, Episodenroman
A. v. Goethe Vlg., Frankfurt / 2007

›Der Büttel zu Cöln‹, historischer Roman
Emons Vlg., Köln / 2008

›Tod auf dem Mühlenschiff‹
historischer Kriminalroman
Emons Vlg., Köln / 2009

›Himmelfahrt
Kommissarin Mylona ermittelt auf Zakynthos‹
Größenwahn Verlag, Frankfurt / 2012 / 2016

›Blut am Schuh
Ein Eifel-Hundekrimi‹
Größenwahn Verlag, Frankfurt / 2015

Antonia Pauly im Größenwahn Verlag

Antonia Pauly
Himmelfahrt
Kommissarin Mylona ermittelt auf Zakynthos
ISBN: 978-3-95771-087-1
eISBN: 978-3-942223-37-9

Kommissarin Mylona ist dem brutalen Arbeitsalltag bei der deutschen Polizei entflohen und hat eine Stelle auf der griechischen Ferieninsel Zakynthos angenommen. Doch dann wird ein Hotelier grausam ermordet. Eleni Mylonas erster Fall wird sich als alles andere als ein leichter Einstieg erweisen. Täter und Motiv sind weit und breit nicht in Sicht und in der dominierenden griechischen Männerwelt muss eine alleinstehende Frau sich erst einmal durchkämpfen. Einige Verbündete machen ihr das Leben leichter: Der Tavernen-besitzer am Hafen ist immer über das Ortsgeschehen informiert, ein französische Schriftsteller ist bereit, ihr die Sehenswürdigkeiten der Insel zu zeigen und Elenis Vermieter kennt sich bestens in der griechischen Mythologie aus. Aber zwischen modernen Hotelanlagen, den weiten Stränden am smaragdgrünen Meer und Umweltaktivisten zum Schutz der bedrohten Caretta-Caretta-Schildkröte läuft ein Mörder herum. Der Sommer geht in den Herbst über und die Tage bringen neben Regen auch erste Erkenntnisse. Kann ein zweiter Mord endgültig Licht in die Sache bringen?

Der erste Fall für Kommissarin
Eleni Mylona auf Zakynthos.

Antonia Pauly
Blut am Schuh
Ein Eifel-Hundekrimi

ISBN: 978-3-95771-047-5
eISBN: 978-3-95771-048-2

Ein wunderschöner Herbstmorgen in der Eifel. Emil durchstreift mit seinem Frauchen Lisa den Wald rund um den Elefantenkopf, als ihm plötzlich ein verdächtiger Duft in die Nase steigt. Er nimmt die Spur auf, folgt ihr in das Dickicht und entdeckt die Leiche von Melanie Pütz.
Wer hat die Frau ermordet? Das muss Kommissar Josef Kolvenbach mit seinen Kollegen herausfinden. War es ihr Exfreund? Oder einer ihrer Kunden, die sie beim Jobcenter zu betreuen hatte? Kolvenbach sticht mitten in ein Wespennest aus enttäuschten Hoffnungen, verletzter Würde und beleidigten Egos; nur eine heiße Spur findet er nicht. Die Suche scheint aussichtslos, die Ermittlungen treten auf der Stelle – bis die Beamten unvermittelt Hilfe von völlig unerwarteter Seite erhalten. Denn einer der Beteiligten hat den richtigen Riecher und weiß auch, wie er ihn einsetzen muss: Emil! Aber bevor er helfen darf, muss er den Menschen erst einmal begreiflich machen, wie überlegen seine Nase dem Riechorgan der Zweibeiner ist. Und dabei ist er noch nicht einmal ein Polizeihund!

Mit ihrem neuen Buch taucht Antonia Pauly tief ein in den Lebensalltag der Eifel, eine Gegend, die ihr mindestens so vertraut ist wie ihrem vierbeinigen Helden. Mit großer Sympathie für Land, Leute und Tiere erzählt sie von einer spannenden Tätersuche – ein kriminalistischer Leckerbissen nicht nur für Hundeliebhaber!

Lena Divani
Das siebte Leben
des Sachos Sachoulis
Roman
aus dem Griechischen
von Brigitte Münch

ISBN: 978-3-95771-027-7
eISBN: 978-3-95771-028-4

Kein gestiefelter, sondern ein gebildeter Kater erzählt uns, wie er die Welt sieht und was er über die Menschen und andere Tiere denkt – dies aus der Sicht seines siebten und letzten Lebens, in dem er die Vollendung seiner Weisheit erlangt hat. Dazu zeigt sich noch eine andere Seite des Katers Sachos Sachoulis: Er kämpft hart um die Liebe seiner »Adoptivmutter«, die er respektvoll-ironisch »Demoiselle« nennt, und noch härter um ihre Bereitschaft, als Schriftstellerin seine Memoiren zu schreiben. Wie wir sehen, ist es ihm schließlich gelungen: Hier sind die Lebenserinnerungen eines außergewöhnlichen Katers.

»Das fügt sich haargenau in die Tradition der Katzenliteratur ein, von T.S. Eliot, Edgar Allan Poe, Baudelaire, Bukowski und Celine.« THE GUARDIAN

»Die Welt durch die Augen einer Katze gesehen.« LA REPUBLICA

»Eine Geschichte, die meisterhaft den feinen ästhetischen Abstand zwischen Beichte und Beobachtung einhält.«
TO PONTIKI

»Von schwieriger Zuneigung und dumpfem Schmerz.« TO VIMA

Peter Pachel
Maroulas Geheimnis
Kommissarin Waldmann
ermittelt auf Paros

ISBN: 978-3-942223-76-6
eISBN: 978-3-942223-77-5

Die griechische Insel Paros ist ein beschaulicher Platz, um Urlaub zu machen, und so trifft sich jedes Jahr aufs Neue eine eingeschworene Gemeinschaft, die bestens vertraut ist mit der Insel, ihren Einwohnern und Eigenheiten. Doch dieses Jahr bricht der Sommer in das geruhsame Inselstädtchen Naoussa mit Gewalt ein. Als noch Katharina Waldmann, die deutsch-griechische Chefin der Mordkommission Athen, zur Amtshilfe auf die Insel gerufen wird, ist jedem klar, dass ein Mord aufgeklärt werden soll. Paros beweist plötzlich allen Beteiligten, dass es voller Geheimnisse steckt.

Peter Pachel inszeniert die beliebte griechische Kulisse aus Urlaub und Gastfreudschaft neu, bettet seine Charaktere zwischen Tradition und Tourismus ein und lässt sie über Homosexualität und Natur stolpern.

»Eine spannende, hitzeflirrende ›Wer war's?‹-Geschichte. Peter Pachel feiert die griechische Küche.« BRIGITTE

»Viel Inselflair rund um die Strände von Naoussa.« WOMAN

Peter Pachel
Griechisches Gift
Kommissarin Waldmann
ermittelt auf Paros

ISBN: 978-3-95771-035-2
eISBN:978-3-95771-036-9

Hellblau leuchtet der Himmel über Paros. Katharina Waldmann bereitet sich auf das Osterfest vor. Auch einige Touristen verbringen bereits die Feiertage auf den Kykladen, so wie Marlene Winter, die sogar ein Grundstück auf der Nachbarinsel Amorgos erwerben will. Ein Treffen mit Makler Frank Felten soll die letzten Einzelheiten abklären. Doch das Abendessen in der traditionellen Taverne im Hafen von Naoussa verläuft tödlich für den Mitarbeiter der Immobilienfirma Dreamroom GmbH. Ein schrecklicher Verdacht kommt auf. Hat hier jemand nachgeholfen und wenn ja, wer hat es auf den unsympathischen deutschen Makler abgesehen?

Im zweiten Fall dienen die weiß-blauen Kykladeninseln, enge Gassen, weite Strände und klares Wasser erneut als Kulisse für die Ermittlungen der Kommissarin Waldmann. Die Auswahl an Kochrezepten am Ende des Buches rundet das kriminalistische Abenteuer in der Ägäis ab.

Thomas Bäumler

Priester, Neffe, Tod

Gerti Zimmermann recherchiert

ISBN: 978-3-95771-031-4
eISBN:978-3-95771-032-1

Georg Hornberger – geachteter Theologe, Prälat und Ehrenbürger seines oberpfälzer Heimatortes – wird brutal ermordet aufgefunden. Nicht nur die Polizei steht vor einem Rätsel. Die angehende Journalistin Gerti Zimmermann, die ein Volontariat bei der Heimatzeitung absolviert, beginnt zu recherchieren. Ihre Ermittlungen, die sie bis nach Prag führen, lassen ihr keine Ruhe. Im Tagebuch des Junkies Josef, des Neffen des Ermordeten, findet sie einen erstaunlichen Hinweis: Josef wurde als Jugendlicher von seinem Onkel sexuell missbraucht. Gerti erforscht die Familiengeschichte des Ermordeten und entdeckt Geheimnisse, deren Lüftung vielen Beteiligten ein Dorn im Auge zu sein scheint. Werden ihre Ermittlungsergebnisse Gehör finden? Ist die Redaktion der Zeitung bereit, die Wahrheit zu drucken?

Thomas Bäumler kreiert den ersten Fall der blutjungen Gerti Zimmermann, die noch am Anfang ihre Karriere steht. Auf der Bühne dieses ländlich geprägten nordbayrischen Umfeldes durchlebt eine katholische Familie ihre Tragödie. Eine sozialkritische Kriminalgeschichte mitten in Deutschland um Medienmacht, Meinungsfreiheit und Glauben. Und über sexuellen Missbrauch.

»Eine Abrechnung mit der katholischen Kirche.« SÜDDEUTSCHE ZEITUNG

» Ein ›heißes Eisen‹, das der Autor anpackt.« OBERPFÄLZER KURIER WEIDEN

www.groessenwahn-verlag.de